KB237111

춘추전국시대의 열국
무제본기
武帝本紀
古朝鮮
山戎
北狄
無終
薊
燕
鮮虞
河水
中山
廥咨如
晉陽(太原)
黃河
黎
邯鄲
西戎
白狄
汾
晉
洀水
肥鼓
石門
溧水
臨淄
濟水
薄姑
姑水
齊
紀
莒
費
郱
郕
陵
夾谷
艾陵
城濮
郜
陶丘
曲阜
魯
衛
朝歌
(殷墟)
蔡丘
薛
任
徐
郯
洛陽
溫
錢
蒭地
土
商丘
宋
泓
泗水
周
鄭
許
鄢陵
鄅
陳
宛丘
邳溝
雍城
秦
咸陽
岐
韓原
冀
令狐
曲沃
洛水
涇
河曲
渭水
鎬
豐
驪戎
陸渾或
蠻氏
許
上蔡
新蔡
宋州
六
鍾離
蔡
黃
英氏
桐
申
鄧
唐
房
息
淮水
鄀
庸
百濮
巴
丹陽
鄢
隨
漢水
楚
鄀
柏舉
郢
延陵
長岸
干江
吳
夫椒
會稽山
姑蔑
會稽
越
雲夢澤

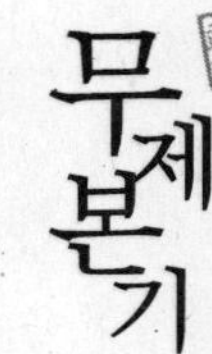

무제본기

시하 新무협 판타지 소설

FANTASTIC ORIENTAL HEROES

무제본기 2
시하 新무협 판타지 소설

초판 1쇄 찍은 날 § 2008년 6월 9일
초판 1쇄 펴낸 날 § 2008년 6월 19일

지은이 § 시하
펴낸이 § 서경석

편집장 § 문혜영
편집책임 § 이재권

펴낸곳 § 도서출판 청어람
등록번호 § 제1081-1-89호
등록일자 § 1999. 5. 31
어람번호 § 제2-1508호

주소 § 경기도 부천시 원미구 심곡1동 350-1 남성B/D 3F (우) 420-011
전화 § 032-656-4452 팩스 § 032-656-4453
http://www.chungeoram.com
E-mail § eoram99@chollian.net

ⓒ 시하, 2008

ISBN 978-89-251-1349-4 04810
ISBN 978-89-251-1347-0 (세트)

# 무제본기 武帝本紀

양명(揚名) 편

2

시하 新무협 판타지 소설
FANTASTIC ORIENTAL HEROES

도서출판 청어람

目次

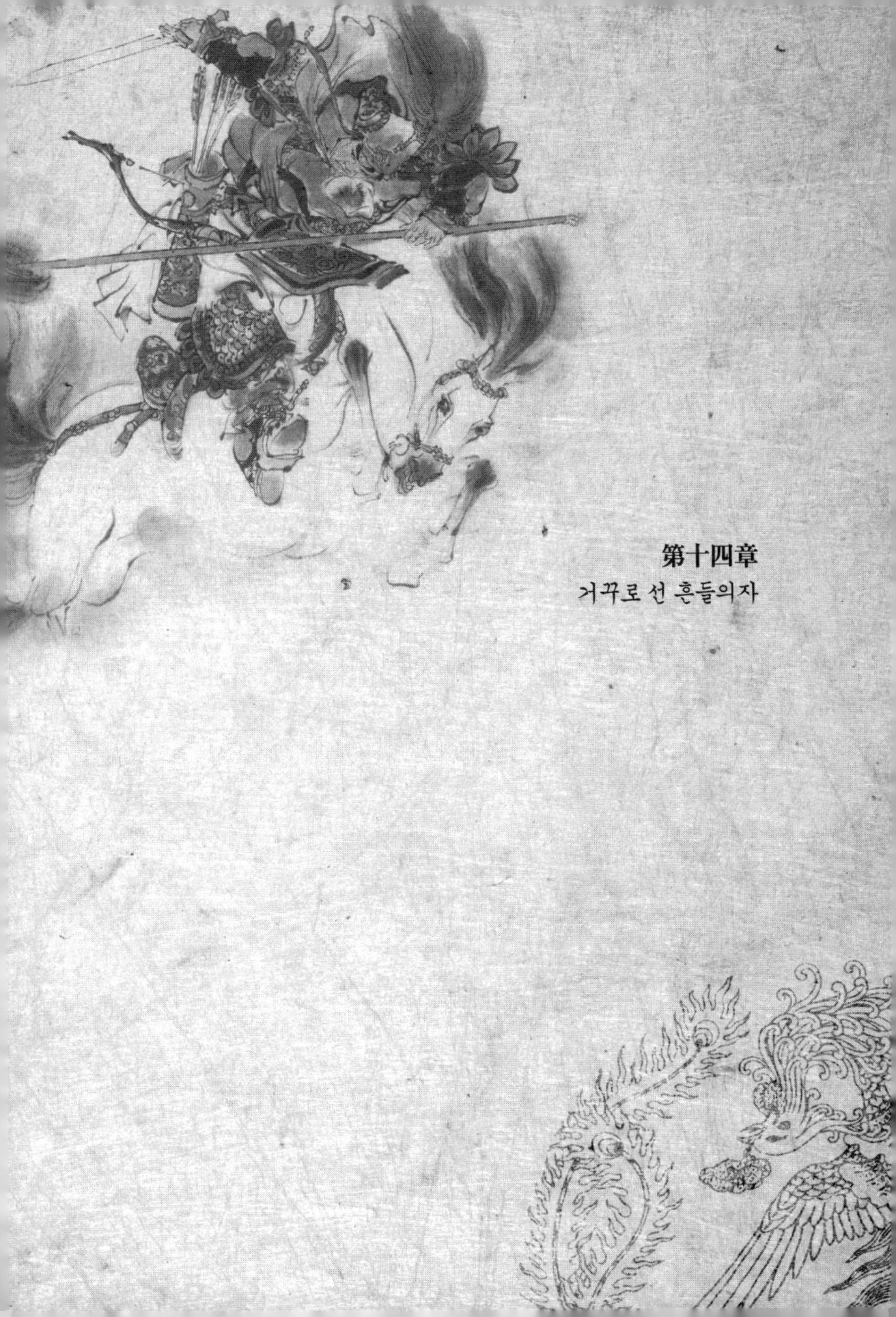

第十四章
거꾸로 선 흔들의자

무제 본기

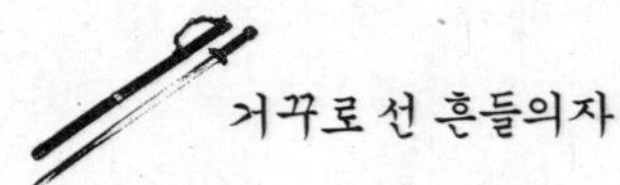

거꾸로 선 흔들의자

석실 속에서는 따깍따깍 하는 소리가 계속 들렸다.

취릉은 마치 감옥 같은 석실에 흔들의자를 놓고 자기의 몸을 그 위에 얹었다. 자단목(紫檀木)으로 만든 이 흔들의자는 그가 가장 아끼는 것이었다.

어디로 가든지 취릉은 항상 그 의자를 가지고 다녔다. 그는 흔들의자에서 잠을 잤으며, 혼자일 때는 흔들의자에서 음식을 먹었다.

구십육 년의 삶에서 칠십 년 이상을 취릉은 화려하게 보냈다. 언제나 사람들의 주목을 받았으며 가장 좋은 옷과 마차, 크고 웅장한 저택과 미녀들이 그의 것이었다.

그러나 잠을 잘 때 취릉은 오히려 아무런 가구가 없는 석실을 좋아했다. 그런 석실 한가운데에 흔들의자를 놓고 몸을 얹으면 가장 편안한 잠을 잘 수 있었다.

제일 처음 흔들의자에 앉아보았을 때가 스물세 살이었다.

주평왕(周平王)이 견융(犬戎)의 침입을 피해 서쪽 영토를 버리고 낙양(洛陽)으로 도읍을 옮기고 오십 년 정도 지났을 때다.

천자의 힘은 이미 쇠했고 이백여 제후는 저마다 강성을 추구했다. 날마다 핑계를 대어 서로 전쟁을 일삼았으며, 나라 안에서는 권력 다툼을, 집안에서는 재물과 애정 다툼이 끊이지 않았다.

지금의 천하도 그 혼란을 여전히 지속 강화해 가고 있지만 당시에는 갑자기 말세가 도래한 듯했다.

혼란과 다툼은 위로 갈수록 심했고, 백성들은 다만 목숨을 운명에 맡기고 살았다. 지금의 백성들은 오히려 혼탁한 세상에 가장 잘 적응했지만 그때는 그렇지 않았다.

스물세 살에 취릉은 처음에 정(鄭)나라에 있었다. 공부를 마친 직후였으나 누구의 천거도 받지 못했고, 돈이 없어 줄을 대어 유세를 할 상황도 못 됐다. 그러므로 그에게는 벼슬이 없었다.

당시 정나라는 의인(義人) 정백(鄭伯) 우(友)의 손자인 정장공(鄭莊公)이 다스리고 있었다.

정백 우는 웃지 않는 미녀 포사(褒似)를 웃기기 위해 거짓 봉화를 올리는 우행을 범한 서주의 유왕(幽王)이 견융의 습격을 받게 되자 홀로 어가(御駕)를 지키다 분사하여 그 의로운 이름을 청사에 길이 남긴 인물이다.

정백 우의 손자인 정장공의 이름은 오생(寤生)이다. 그의 모친 강씨가 아침에 잠을 깬 후에야 자신이 아기를 낳았음을 알았기 때문에 꿈결같이 낳은 아이라고 해서 오생이었다.

출생에 얽힌 아름답지 못한 사연 때문인지 정장공은 모친으로부터 사랑을 받지 못했다. 심지어 둘째 아들 단(段)을 편애한 모친은 장자인 그를 폐하고 차자인 단을 임금으로 세우고자 했다.

하지만 정장공은 지혜로운 사람이라 사변을 사전에 막을 수 있었다. 그리고 모친과 함께 역모를 꾀한 단을 죽인 뒤 그 증거를 모친에게 보내면서 맹세도 함께 전했다.

"황천(黃泉)에서가 아니면 다시는 만나보지 않으리."

정장공이 자신의 모친에게 했던 맹세이다. 한 형제로 태어나 직접 아우를 죽여야만 했던 분노와 슬픔이 그런 맹세를 하게 만들었던 것이다.

그러나 그 맹세는 한 분뿐인 모친을 멀리해야만 하는 또 다른 슬픔을 만들어냈다.

정장공의 모친은 자신이 보위에서 끌어내리려 했던 큰아들의 이 같은 맹세를 전해 듣고는 부끄러워 깊은 산중에 숨어 살았다.

정장공은 모친을 그리워하며 효도하고 싶었다. 하지만 일국의 임금으로서 한 번 내뱉은 맹세를 거둘 수도 없었다.

이 같은 정장공의 마음을 헤아린 취룡은 영곡(潁谷) 지방의 봉인(封人:변경을 지키는 벼슬)이던 영고숙(潁考叔)을 찾아가 함께 대책을 논의했다.

취룡의 조언을 받은 영고숙이 정장공 앞에 나아가 이렇게 말했다.

"땅을 깊이 파고 물이 솟으면 그곳이 바로 황천입니다."

정장공은 무릎을 쳤다. 그리고는 우물을 깊이 파서 그 안에 자리를 마련한 후 모친을 만났다. 맹세를 어기지 않으면서도 자기의 불효를 고백하고 그 이후로 효도할 수 있었다.

영고숙은 그 공으로 정장공에게 대부(大夫) 벼슬을 받았다.

그때 영고숙은 취룡과 했던 약속을 잊지 않고 말했다.

"소인은 작은 재주가 있사오나 충효를 다루는 큰 재주는 없습니다. 큰 재주를 가진 한 사람을 천거하고자 하니 임금께서 한번 만나보시고 인물됨을 살펴보시기 바랍니다."

취룡은 그렇게 하여 정장공을 만날 수 있었다.

취룡은 변설에 능했으며 옛 도리에 밝았다. 정장공은 그를 등용하여 영고숙과 마찬가지로 대부로 삼았다. 재상(宰相)으로 삼고 싶었으나 나이가 너무 젊었기 때문에 당장은 어려운 일이었다.

하지만 정장공은 취릉을 재상으로 삼기 전에 죽고 말았다.

취릉이 정나라에 있는 동안 정나라는 제후국 중에서 가장 강성했다.

정장공이 죽은 후에 취릉은 정나라를 떠났다. 이미 정나라에 그가 섬길 사람은 없다고 생각했기 때문이다.

정장공을 처음 만났을 때, 취릉은 어진 정장공이 앉아 있는 흔들의자에 감탄했다. 그것은 앉아서 흔들릴 때마다 하늘과 땅을 번갈아 볼 수 있는 기가 막힌 물건이었다.

정장공은 흔들의자에 앉아서 매일 하늘땅을 번갈아 보며 하늘의 도리가 땅의 백성에 이르도록 기원한다고 했다.

취릉의 재주를 알게 된 정장공은 대부 벼슬과 함께 그에게 자기가 앉았던 것과 똑같은 흔들의자를 하나 만들어 하사했다.

취릉은 정장공의 뜻을 알고 있었기에 황감하게도 임금의 것과 똑같은 의자를 받았다.

그 후 취릉은 언제나 잠마저 그 의자 위에서 잤으며, 이것은 정나라를 떠난 후에도 마찬가지였다.

항상 하늘의 도리가 땅의 백성에 이르기를 기원하는 것은 아니었지만, 첫 주군이었던 정장공의 마음을 늘 잊지 않았으며, 흔들리는 의자에 앉아서 자기의 사고가 경직되는 것을 막아왔다.

　늙은 후에도 취룽이 유연한 사고를 할 수 있게 된 데는 정장공이 선물한 혼들의자가 큰 역할을 했다.

　취룽은 손때가 묻어 반질거리는 의자의 팔걸이를 만졌다. 그의 인생은 이 혼들의자와 함께 시작되었다고 해도 과언이 아니었다.
　문득 석실에 한줄기 바람이 일었다.
　취룽이 고개를 돌려 바라보니 한 사람이 검을 뽑아 들고 석실 안에 서 있었다. 전포를 입은 소년이었다.
　소년은 체구가 비록 크지는 않았지만 당당했고 검을 뽑아 든 기세가 자연스러웠다. 표정이 온화하고 눈빛이 차분하여 소년이지만 소년처럼 느껴지지 않았다.
　"어떻게 왔는가?"
　취룽은 점잖게 물었다.
　황산고는 대답 대신 검을 취룽의 가슴에 겨누었다.
　취룽이 선선한 웃음을 지었다.
　황산고도 함께 미소를 지었다.
　취룽이 감탄하며 말했다.
　"자객이라 하기엔 너무 어리다. 어리다고 하기엔 알고 있는 바가 너무 명확하다. 너는 누구냐?"
　황산고는 여전히 빙긋 웃으며 검을 거뒀다. 그리고는 포승을 꺼내 재빨리 취룽의 양손을 팔걸이에 묶어버렸다.

　팔이 묶이면서 취룽은 즐거운 듯이 웃었다.

　"너는 연회청에서 한쪽 구석에 서 있던 아이구나. 스스로 빼어남을 숨길 줄 아니 백수(白壽)를 누리기가 어렵지 않을 듯하다."

　칭찬을 했지만 황산고는 여전히 듣고도 대꾸하지 않았다. 대신에 취룽의 두 발까지 의자의 다리에 묶어버렸다.

　'이놈 봐라!'

　취룽은 속으로 은근히 놀랐다.

　어린 나이에는 칭찬만큼 마음을 흔들기 쉬운 수단이 없었다. 그런데도 그의 눈앞에 있는 소년은 아예 대꾸조차 하지 않았다.

　취룽은 자기가 예사롭지 않은 적에게 걸려들었다는 사실을 감지하고 정신을 번쩍 차렸다.

　아흔 살이 넘은 취룽에게 있어 무서운 적은 자기를 알아주지 않는 인물이었다. 그런 자에게는 평생 쌓아온 무기인 명성과 관록과 위엄을 사용할 수가 없는 까닭이다.

　황산고는 포승으로 취룽의 상체마저 의자의 등받이에 단단히 묶었다. 그런 다음에 수건으로 눈을 가리고 흔들의자를 거꾸로 세웠다.

　거꾸로 세워진 취룽이 탄식하며 말했다.

　"내가 구십 평생에 이런 수모는 처음 겪어보는구나. 나는 늙었으니 이를 감당하지 못하고 부끄러운 꼴로 죽겠구나."

　눈으로 볼 수 없으니 귀로 기척을 들었다.

그러나 소년은 여전히 아무런 동정이 없었다. 한 점의 미안한 마음이나 가련하게 여기는 뜻이 있는 것 같지 않았다.

"나! 천하의 취룡이!"

말을 잇다가 입을 다물었다.

소년의 하는 양으로 봐서 더 이상 자기가 말하도록 내버려두지 않을 듯했다. 소년은 귀가 있어도 듣고 흔들리지 않으니 없는 것이나 마찬가지였다.

황산고가 취룡을 흔들의자에 묶고 거꾸로 세워놓은 직후였다.

석실 바깥에서 이차두가 한 손에 두 개씩의 손을 끌고 들어왔다. 네 구의 시체가 한 덩어리가 된 채 딸려왔다.

"이 빌어먹을 놈들이 죽으려고 환장을 하더라."

이차두가 멋쩍게 웃으며 변명하듯 말했다.

"네가 들어가고 난 후에 의심이 들었는지 나를 공격하더만. 즉시 죽여 버렸지!"

"밖에 흔적은 남기지 않았겠지요?"

황산고의 물음에 이차두가 고개를 끄덕였다.

"당연하지. 죽인 건 금방인데 피 닦느라고 늦은 거야. 그나저나 늙은 뱀은 꼬락서니가 좋군. 빌어먹을 개자식!"

이차두는 이빨을 뿌드득 갈았다. 흔들의자에 묶인 채 거꾸로 세워져 있는 취룡을 보고 하는 소리였다.

그는 장천사가 죽은 것이 취룡 때문이라고 생각하는 것 같왔다.

황산고는 이차두에게 고개를 한번 끄덕여 보였다.

"알았으니 나가봐!"

이차두는 건성으로 대답했다.

그러나 황산고가 막상 몸을 돌렸을 때는 그의 어깨에 손을 얹으며 말했다.

"조심해라."

미미하게 떨리는 음성이었다.

황산고는 가슴이 꽉 조이는 것 같았다. 가까스로 '예' 하고 대답한 후 석실 밖으로 뛰어나갔다.

전쟁은 함께 겪은 사람들을 피보다 강한 끈으로 묶어놓는다는 말이 진하게 느껴졌다. 더불어 태연을 가장하고 있는 이차두가 얼마나 긴장하고 있는지도 알 수 있었다.

흥분과 그 흥분을 억누르는 마음으로 평소의 절반만큼도 생각하지 못하고, 평소의 십분지 일밖에 보고 듣지 못하는 것은 황산고 자기뿐만이 아니었다.

어쩌면 전쟁에서 능수가 된다는 것은 검과 싸움에 능숙해지는 것이 아니라 이런 상황에 점점 익숙해지면서 전쟁 속에서도 평상심을 갖게 된다는 것을 의미할지도 모르는 일이었다.

*　　　*　　　*

황산고는 석실 밖 복도를 달려서 좁은 환기창을 뚫고 나갔다.

팍!

환기창은 마치 철퇴에 부딪친 조개껍데기처럼 산산조각 났다.

그새 눈발이 짙어졌다.

마법의 뜨락에 어슴푸레한 건물들만 우뚝했다.

황산고는 검을 뽑아서 오른손에 쥐고 왼손에 칼집을 들었다.

시야가 불명했다. 적이 어디에서 나타날지 알 수 없었다.

바람 소리를 제외한 모든 소리는 눈 속에 묻혀 버렸다.

차라리 마음이 편했다. 눈과 귀에 의존하지는 않았지만 황산고는 자기 몸의 신경들을 면도날처럼 예리하게 일으켜 세웠다.

눈이 내리던 겨울날, 두터운 물소 가죽 옷을 입고 했던 늑대들과의 싸움. 그때와 느낌이 비슷했다.

흩날리는 눈발 사이로 소리없이 빛도 없이 한 자루 검이 그의 겨드랑이를 찔러왔다.

황산고는 가만히 몸을 옆으로 돌리면서 검으로 똑같이 찔렀다.

푹!

검이 깊숙이 들어갔다. 그를 찔렀던 검은 툭, 처졌다.

흰색 피풍의로 몸을 감싸고 눈 위에 웅크린 자의 발아래가 붉게 물들었다. 황산고의 검은 그자의 겨드랑이를 뚫고 심장을 찔렀다.

황산고는 칼집으로 적을 밀면서 검을 뽑아냈다.

추욱! 추욱!

상처 입은 적의 심장은 아직도 멈추지 않고서 피를 분수처럼 뿜어낸다.

“어디서 온 자냐?”

흐릿한 눈발 속에서 누군가 나직하게 말했다.

황산고는 대답 대신 옆으로 움직였다.

스윽!

뒤에서 찔러오던 검이 그를 스치고 지나갔다.

퍽!

황산고는 칼집으로 뒤에서 공격한 자의 목을 찔렀다. 칼집 끝의 쇠붙이에 울대가 찍힌 자는 비명도 지르지 못하고 허물어졌다.

앞쪽에서 방금 전의 목소리가 감탄하며 말했다.

“깨끗한 솜씨! 그대는 혼자 왔는가?”

황산고는 자신을 둘러싸고 여덟 명의 사나이가 접근하는 것을 보았다. 모두 검을 가졌으며 갑주를 착용하고 있었다.

전쟁에서 닳고 닳은 듯 그들은 흉험하면서도 여유가 있었다. 황산고의 손에 죽은 두 명과는 달랐다.

한 사람이 말했다.

“물어볼 것도 없지. 검을 섞어보면 바로 알 테니까.”

"검을 섞으면 죽겠지. 하지만 그전에……."

다른 한 사람이 만류하며 말했다.

"이것은 물어봐야지. 진국 사신은 어디에 있는가?"

황산고는 그들의 말투가 송(宋)나라 사람들의 말투임을 알았다.

군사 도시인 진둔은 소비가 성했기 때문에 상인들이 많이 왕래했다. 상인들은 천하 각국의 말에 익숙했다.

황가진도 진둔으로써 예외가 아니라 황산고는 직접 흉내 내어 말하는 데는 서툴지라도 여러 나라의 말투를 구분할 수는 있었다.

송은 주무왕(周武王)이 전조(前朝)인 은(殷)의 유민(流民)들을 모아서 만든 나라였다. 은조(殷朝)의 제사가 끊이지 않도록 해준 배려로 탄생한 게 송인 것이다.

은은 달리 상(商)이라고도 불렸기 때문에 그 나라 사람들은 상인(商人)으로 일컬어졌으며, 그들이 천하의 도시를 찾아다니면서 교역을 일삼았기 때문에 지금은 교역하는 사람들을 모두 상인이라 부르는 추세였다.

상인이 많은 송나라는 부유했으며, 물자가 풍부했다. 은조 때의 유산을 몰래 숨기고 있어서 비밀이 적지 않았으며 군사들의 검법도 다른 나라와는 차이가 있었다.

송나라의 군사들을 만나면 조심해서 대적해야 한다고 황

산고도 여러 번 들은 바 있었다. 마음은 급했지만 검으로 전면에 나선 사람을 찌를 듯이 가리키며 말했다.

"당신은 내 적수가 못 돼."

"뭣?"

검을 섞어보면 안다던 사람이 어이없다는 듯이 소리치며 웃었다.

황산고가 나직한 음성으로 말했다.

"여기 있는 사람들 중 최소한 세 사람이나 당신보다 강해."

수염이 듬성듬성 나 있는 자가 분노하며 말했다.

"그래도 네놈을 죽이기는 쉽다, 이 위국(衛國) 놈아!"

그를 만류했던 사람이 팔을 잡으며 말했다.

"위나라에서 왔군. 우린 지금 적이 아니니 싸울 필요 없다. 너도 진국 사신이 목적이라면 우린 경쟁자이지, 적이 아니다. 그렇지 않은가?"

황산고가 단호한 음성으로 말했다.

"나는 당신과 이런 말을 주고받을 지위에 있지 않다. 적인지 아닌지는 우리 대장이 판단한다."

"너희 대장은 어디 있느냐? 우린 서로 도울 수 있다."

그자가 물었다.

황산고는 고저가 없는 음성으로 대답했다.

"대장은 여자가 있는 곳에 있다."

"여자가 있는 곳?"

그자가 되물으며 다른 사람들을 둘러보았다.

한 사람이 말했다.

"신응관(神鷹館)에서 전해준 정보에 진국 사신이 잘 때는 여장을 하고 여자들 속에서 잔다는 말이 있었소."

신응관은 송나라의 자객 및 첩자 조직을 일컫는 말이었다.

먼저 말했던 자가 고개를 끄덕였다.

"자네들은 벌써 따라잡았군. 거기가 어딘가?"

그는 검을 뽑아서 불쑥 내밀었다. 방금 전까지 서로 타협하려던 태도는 이미 사라지고 없었다.

쉬쉭!

황산고에게는 벌써 세 자루의 검이 영활한 뱀처럼 다가들고 있었다. 말로만 들은 송나라의 검술이었다.

황산고는 대화를 주고받았던 자를 향해서 한줄기 그림자처럼 다가섰다.

우두머리인 듯하던 그자가 소리쳤다.

"이런! 호원(狐苑)의 여우새끼였군!"

황산고의 빠른 몸놀림을 보고 그자는 황산고가 위(衛)의 정보 조직인 호원에 속해 있는 여우인 줄 안 것이다.

"죽여 버려!"

황산고와 검을 섞으려고 했던 자가 소리쳤다. 그들은 마법의 뜨락에서도 자기 집 안마당이라도 되는 듯 안하무인이었다.

황산고는 검으로 우두머리의 검을 옆으로 밀어내며 주먹으로 그자의 가슴을 쳤다.

쾅!

철판을 두드려 만든 송나라의 갑주에서 쇠북 소리가 났다.

휘익!

뒤로 벌렁 쓰러지는 그자를 뛰어넘어서 황산고는 눈 속으로 달렸다.

뒤에서 검광이 번득였지만 그를 찌르지는 못했다. 황산고가 가장 잘하는 것이며, 제일 먼저 배운 것이 바로 달아나는 법이었다.

욕설이 들렸다.

사람들이 말하기를, 송나라 사람들은 멀리 있을 때는 허세(虛勢)가 강하고 가까이 있을 때는 실리(實利)에 강하다고 했다. 멀리 있을 때 허세에 속지 않고, 가까이 있을 때 당하지 않도록 조심한다면 크게 두려워할 바가 아니었다.

송나라에서 온 자들이 그의 뒤로 쫓아왔다.

*　　　*　　　*

이차두는 손가락 끝으로 검의 날을 만져 보았다. 많이 무뎌져 있었다.

숫돌을 꺼내서 천천히 검날을 벼리기 시작했다.

사중생로의 힘이 깃들인 검으로는 철이나 청동으로 만든 갑주라도 간단히 뚫고 적을 찔러 죽일 수 있다. 하지만 그 경우에도 검의 날이 무디어지는 것까지 막을 수는 없었다.

사륵! 사륵!

검의 날을 세우는 소리가 모래가 바람에 흩어지는 듯하다.

"초조해하는군."

취룽이 내뱉었다.

"운이 좋아서 여기까지 왔겠지만 그 아이는 돌아오지 못한다."

"신경 끄시오."

이차두가 퉁명스럽게 말했다.

"당신을 죽여도 좋다는 명령을 받았으니까."

귀찮게 하면 죽여 버리겠다는 소리였다.

취룽이 태연하게 말했다.

"그럼 죽여다오."

이차두는 취룽을 노려보았다.

"발로 주둥이를 콱! 차버린다."

취룽이 껄껄 웃었다. 숨소리가 거칠었다.

"이렇게 죽어서 입으로 오물을 쏟는 것보다는 낫겠지."

"젠장! 그럼 목을 그어줘?"

이차두는 신경질적으로 검을 내밀었다.

취룽은 눈을 감으며 말했다.

"내가 바라는 바지."

이차두는 가소로운 듯이 피식 웃었다.

"이봐, 영감! 영감이 누군지 우린 몰라. 우리는 아무리 대단한 작자라도 목에 줄 긋고 나면 죽는다는 걸 알아. 날 시험하지 않는 게 좋아."

취룽은 가쁘게 숨을 몰아쉬면서 말했다.

"젊은이, 자넨 실수했어. 나를 데리고 아까 그 소년과 함께 나갔어야 했어. 여기는 곧 내 부하들이 돌아와."

이차두는 코웃음을 쳤다.

"신경 끄셔. 오는 족족 죽여 버릴 테니까."

취룽이 빙그레 웃으며 말했다.

"잘됐군. 그 편도 괜찮아. 그럼 내게 약속해 주게. 그들이 오더라도 나를 죽이지는 않겠다고."

"영감, 뭔 소리야?"

이차두가 화를 내면서 말했다.

"자네 솜씨가 뛰어난 줄은 알겠네. 그래서 나를 잡는 임무를 부여받았을 테지. 하지만 자넨 내 부하들을 이기지 못해. 그러면 자네는 죽기 전에 먼저 나를 죽이려 할 것이 아닌가?"

"하하하하!"

취룽의 말에 이차두는 고개를 높이 치켜들고 큰 소리로 웃었다. 낮춰 보고 비웃는 웃음이다.

그러거나 말거나 취룽은 혼잣말인 듯 중얼거렸다.

"벌써 그 꼬마는 죽었을 거야. 귀여운 아이였는데……."

이차두가 코웃음을 쳤다.

"영감, 어지간히 심심하구먼. 말도 안 되는 소리 집어치워. 뭐, 내가 영감 부하들을 못 이긴다고? 황산고가 벌써 죽어? 웃기는 소리!"

취룽이 말했다.

"자신있으면 약속하게, 나를 죽이지 않겠다고. 약속할 수 없다면 자넨 겁쟁이야."

순간 이차두의 검이 쑥 내밀어졌다.

취룽은 손끝에 차가운 한기를 느꼈다. 이차두의 검이 취룽의 왼손 가운뎃손가락 손톱을 반으로 갈라 버린 것이었다.

그러나 피는 흐르지 않았다.

"면도도 해줄까, 영감?"

이차두는 벌떡 일어서며 화난 듯이 소리쳤다.

취룽이 조용히 말했다.

"내 부하들은 무공을 익혔다."

이차두가 멈칫하다가 말했다.

"젠장, 그까짓 게 뭐라고!"

취룽이 말했다.

"내 주군이신 진문공(晉文公)께서는 패업의 뜻을 지니신 천하의 어진 임금이시다. 나를 보내면서 허술히 할 리가 있겠는가?"

"그래서 황산고가 죽었을 거라고? 웃기는 소리 마."

이차두는 숫돌을 갈무리하고 가죽으로 검을 닦으며 말했다.

"영감이 황산고를 안다면 그딴 소릴 지껄이진 못할걸? 황산고, 그 녀석은……."

이차두가 잠시 말을 끊었다. 어떻게 말해야 할지 생각이 안

난 것이다. 그러다가 툭 내뱉었다.

"이상한 녀석이야. 젠장!"

그때였다.

"대인!"

"무사하십니까?"

밖에서 두 사람이 외치며 뛰어들었다.

슉!

이차두는 왼손의 가죽을 손 안에 움켜쥐면서 두 줄기 검광을 피워 올렸다.

백색 무지개가 석실을 밝히는 순간 두 사람의 목이 바닥으로 떨어졌다. 이차두의 검이 그들의 목을 비스듬히 베면서 팔과 어깨까지 떨어뜨려 버린 것이었다.

카라락!

갑주와 전포가 검에 베어지는 소리는 야수가 울부짖는 것 같았다.

퍼퍽! 퍽!

네 조각이 되어버린 시체는 둔탁한 소리를 내면서 떨어졌다.

이차두는 다시 취룡 앞으로 돌아오면서 중얼거렸다.

"빌어먹을. 젠장, 아직도 잘 안 들잖아. 더 갈아야겠군."

취룡의 부하 두 명이 소리치며 뛰어들었던 것과 그들이 죽은 것은 거의 동시였다.

취룡은 몹시 놀랐다.

방금 죽은 두 명은 그의 부하들 중에서도 검술이 대단한 자들이다. 그런 그들이 죽는 줄도 모르고 갑주째 목이 베여 죽었다.

이차두의 검이 보검으로 보이지도 않는데 갑주마저 베어버린 것이다. 실력이 뛰어난 자들은 찔러서 갑주를 꿰뚫는 경우가 있지만 아예 사람을 갑주째 베어버린다는 말을 취룡은 들은 적이 없었다.

"놀랐나, 영감?"

이차두가 고개를 휙 돌리며 물었다.

"놀랍군."

취룡이 솔직하게 말했다.

이차두는 어깨를 으쓱했다.

"하지만 난 황산고에 비하면 새 발의 피야. 젠장, 대장은 죽었으니 이제는 아마… 그 녀석이 제일 강할 거라고."

"전장에 오래 있었던 모양이군."

"황산고는 아니야."

이차두가 시체들 쪽을 힐끗 보며 말했다.

"한데 영감, 이 자식들이 무공을 익혔다는 그놈들은 아니지?"

"아니다."

취룡의 대답을 들은 이차두는 피식 웃었다.

"난 또, 무공을 익힌 놈들도 이렇게 별 볼일 없는가 싶었지. 괜히 좋아했군."

"감탄할 만한 솜씨야."

취룽이 진심으로 말했다.

"웃기지 마, 영감. 우리 일행 중에서 나보다 훨씬 나은 사람은 최소한 다섯 명이니까. 젠장, 대장은 죽었구나."

이차두의 말에 취룽은 한숨을 내쉬었다.

"내가 자네들 손을 벗어날 방법은 없겠군."

"알았으면 황산고가 돌아올 때까지 잠이나 자둬. 곧 멀리 가야 하니까."

이차두는 바닥에 질펀한 피를 피해서 벽 쪽으로 물러서서 누웠다. 처음에 그가 끌고 들어왔던 시체들과 가까운 자리였다.

이차두는 발을 벽에 걸치고 눈을 감아버렸다.

취룽이 체념한 듯한 음성으로 물었다.

"내가 여기 있다는 걸 어떻게 알았는가?"

이차두가 눈을 감은 채 말했다.

"황산고가 알아냈어. 그 녀석은 영감이 뭘 할지도 다 알고 있으니까 더 귀찮게 하지 말고 가만 좀 있어."

대략은 맞지만 대꾸가 귀찮은 이차두의 과장도 섞여 있는 말이다.

취룽은 한숨을 쉬었다.

"난 이제 일각을 못 버티네. 머리로 피가 너무 모였어. 곧 혈관이 터져 죽을 걸세."

"그럼 죽어!"

이차두가 잠꼬대하듯이 말했다.

"황산고, 그 녀석은 그렇게 하는 게 영감을 살리는 길이라고 말했으니 나도 방법이 없어."

취륭이 웃음을 지으며 말했다.

"마치 그에게 충성이라도 하는 듯이 보이는구나."

순간 이차두가 눈을 부라리며 돌아보았다.

"영감!"

"왜?"

"영감은, 젠장할, 그 녀석하고 같이 뭘 해보면 나하고 다를 줄 알아? 빌어먹을, 그 녀석은 여기까지 오는 동안 귀신같이 열세 놈이나 벴어. 여긴 별 희한한 잡놈들이 다 와 있는데도 말이야. 그뿐인 줄 알아? 마법의 뜨락인지 뭔지도 안쪽에서 구멍을 내놓고 제 안방처럼 다닐 수 있게 해놨다고!"

이차두는 눈으로 마치 황산고를 보는 것처럼 말했다.

"그 녀석은 영감이 뭘 할지 다 안다니까. 지금쯤은 영감의 부하들을 제거하는 중일 거야. 우릴 뒤쫓지 못하도록 말이야."

취륭이 미소를 지었다.

"내가 뭘 하는지는 나도 모르는 일이야."

이차두가 가소로운 듯이 웃으며 말했다.

"영감은 황산고 밥이야. 영감이 부하들을 시켜서 둔갑술을 익힌 계집애 둘을 붙잡게 한 걸 우리가 모르는 줄 알아? 황산고는 영감이 그 계집애들을 곡주한테 보낼 줄도 알고 있었어.”

취룽은 놀랐다. 잠시 말을 할 수 없을 정도였다.

이차두는 취룽이 놀라는 게 재미있어서 더 말했다. 그도 오늘 황산고에게 크게 놀랐지만 남이 놀라는 것을 보니 신이 났다.

“그 녀석은 머리만 굴리는 게 아니야. 영감은 아직 더 놀라야 돼. 우리는 그 녀석한테 전부 패한 적이 있단 말이야. 젠장, 죽은 대장만 해도 한 스무 번쯤은 그 녀석한테 졌을 거야. 나도 비슷하고…….”

이차두는 산고제일식을 처음 배우던 날을 말한 것이었다.

취룽이 중얼거렸다.

“위에서는 호원(狐苑) 외에 별도로 조직을 키우고 있었는가?”

이차두가 다시 눈을 감으며 말했다.

“하여간 그놈은 한 번 움직일 때마다 사람을 놀래키니까 이 정도로 하자고!”

그때였다.

팍팍!

날카로운 소리와 함께 거꾸로 선 흔들의자의 윗부분 나무가 터져 나갔다. 취룽의 발에서 가까운 곳이었다.

팟!

동시에 이차두는 벽에 대고 있던 발에 힘을 주고 등을 바닥에서 튕기며 천장을 향해서 달렸다. 마치 평지에 서 있다가 달리는 것과 다름없었다.

쉬잇!

이차두는 천장을 밟고 거꾸로 달려서 출입구 쪽으로 가며 검을 휘둘렀다. 기척없이 들어오던 검은 그림자의 목 뒤에서 가슴 앞으로 이차두의 검이 튀어나왔다.

타타타타탁!

암기가 벽에 부딪치는 소리가 요란하게 터져 나왔다.

츄릿!

이차두는 바닥에 내려서면서 발로 검은 그림자를 차고 검을 뽑았다.

검은 그림자가 퍽! 하고 쓰러졌다.

그자는 얼굴을 천으로 가렸으며 가벼운 옷을 입었고, 손에는 호랑이 발톱 같은 무기가 끼워져 있었다. 암기를 발사하는 특별한 장치였다.

퍼퍽!

이차두는 검을 휘둘러 그자의 양쪽 팔을 잘라 버렸다.

그런 후에 취룽의 흔들의자를 번쩍 들어서 바로 세웠다.

"됐어, 영감! 이게 바로 그 녀석이 영감을 거꾸로 세워둔 이유라고."

"허허허!"

취룽은 어이가 없어서 허탈하게 웃었다.

그가 황산고에게 제압당할 때도 뛰어난 놈이라는 생각은 했지만 지금 느끼는 정도만큼은 아니었다.

오히려 지금 생각할 때 그가 정말 이처럼 대단한 자였나 하는 의문이 생길 지경이었다. 입을 다물고 빙긋빙긋 웃기만 하던 녀석이다.

흔들의자는 바로 섰지만 의자의 발이 깨어져서 기울어졌다. 거꾸로 매달려 있을 때보다 앉아 있는 것이 더 불편했다. 칠십 년이 넘도록 앉았던 그 의자가 불편하기는 처음이었다.

이차두가 자랑스럽게 말했다.

"그 녀석은 아무것도 그냥 지나치는 게 없지."

취룽은 갑자기 자기가 늙었다는 생각이 들어 몹시 피곤해졌다.

"저자가 암기를 쓸 것이란 사실을 어떻게 알았나?"

이차두가 말했다.

"영감이 여기 있다는 사실을 알려준 놈이 저놈이었으니까. 뭐, 직접 알려준 건 아니지만. 영감, 저놈은 '그림자의 숲'에서 나왔지?"

"그렇다."

취룽이 고개를 끄덕였다.

그림자의 숲, 영림(影林)은 진나라의 암살 첩보 조직이었다.

취룽은 임금 옆에 있는 자 중에서 자기를 죽이려는 자가 있음을 알고 있었지만 이렇게 영림을 움직이리라고는 생각지 못했다.

영림에서 나온 그림자는 자기가 실패할 경우를 대비해서

적들에게까지 자기에 대한 정보를 은밀히 노출시킨 것이 분명했다.

이차두가 말했다.

"영감 부하들은 대부분 죽었어. 사방에 적이야. 곱게 죽고 싶으면 내 말 듣고 얌전히 있는 게 좋아. 더구나 영감은 여기 곡주까지 건드려 놨으니 살아서 떠나는 게 쉽지 않을걸?"

취릉이 웃으며 말했다.

"나 취릉이 마침내 적에게 목숨을 구걸해야 할 지경이 됐구나."

이차두가 마주 웃으며 말했다.

"황산고가 그러던데? 이쯤 되면 영감이 자진해서 우리와 함께 가겠다는 말을 할 거라고."

취릉이 고개를 끄덕였다.

"이미 일은 틀어졌다. 그가 살아서 돌아온다면 자네들과 함께 가겠다."

"하하하하하!"

이차두가 흔들의자를 손으로 툭, 치며 큰 소리로 웃었다.

영림에서 나온 그림자가 손을 쓴 후에야 취릉이 순순히 말을 들을 것이라던 황산고의 말이 적중했다.

황산고는 그자를 붙잡아서 심문했을 때 뜻밖에도 쉽게 흔들의자에 대한 취릉의 비밀이 나오는 것을 보고 그가 영림의 그림자라고 추측했던 것이다.

　영림의 그림자가 자기 나라의 사신인 취룽의 비밀을 말한
다는 것은 그도 암살할 의도를 가지고 있다는 이야기에 다름
아니었다.

第十五章
정한곡의 백설이 붉은 피에 녹아내리다

무제 본기

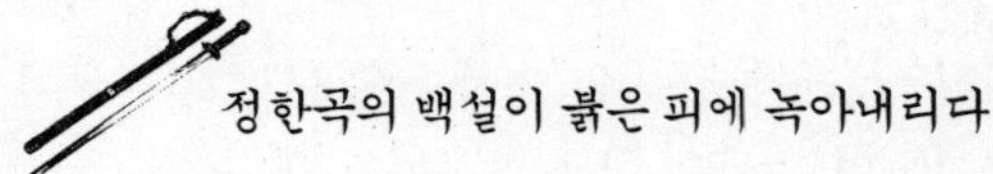

정한곡의 백설이 붉은 피에 녹아내리다

배일청의 살아 있는 병법은 흐름의 병법이었다. 흐르는 것은 생명력을 갖게 마련이었다.

"흐름을 만들지 않고는 싸울 수 없다. 나의 흐름을 만들고 적의 흐름도 만들어라. 적의 흐름은 죽을 흐름, 패할 흐름으로 만들고 나의 흐름은 살 흐름, 이길 흐름으로 만든다. 얽히지 않는 흐름은 살 흐름, 이길 흐름이고, 얽히는 흐름은 죽을 흐름, 패할 흐름이다."

황산고는 그렇게 배웠다. 그렇게 배웠고 그렇게 실행하는 연습을 수없이 반복했다.

때로는 오합지졸(烏合之卒)이 정예 군병보다 더 무섭다. 그 이유는 그들에게 정해진 흐름이 없기 때문이다.

정예 군병은 흐름이 깨어지면 좌충우돌하지만, 오합지졸은 마땅히 흐름이라 할 만한 것이 없기 때문에 끈질기게 살아남고 흩어지며 모여들면 무서운 힘을 발하기도 한다.

쉽게 흩어지고 모이기에 오합지졸이지만 오합지졸의 무서움은 바로 그 점에 있다고 해도 과언이 아니다.

황산고는 지금 정한곡 안에 들어와 있는 모든 사람을 적으로 간주하고 있었다. 여러 나라에서 모여든 여러 갈래의 적들이기에 황산고는 그들을 하나의 오합지졸로 본 것이다.

그들 개개인 또는 각 무리가 강하고 약하고는 아무런 상관 없었다. 그들과 일일이 싸워서는 아무것도 이룰 수가 없을 것은 자명했다.

황산고는 그들 오합지졸을 상대하기 위해서는 사부 배일청의 말대로 그들에게도 흐름을 만들어주는 수밖에 없다고 생각했다.

"상대가 동일한 방식으로 반응하면 흐름이 생긴다. 적에게 흐름을 만들기 위해서는 동일한 반응을 불러올 행동을 해야 한다."

역시 사부 배일청의 가르침이었다.

사부가 한 번 이런 말을 한 적이 있었다.

"전장에 나가면 누구나 늑대가 된다. 너희들도 늑대가 되고 상대방도 늑대가 된다. 하지만 승부는 늑대가 내는 것이 아니다. 누가 사람에 더 가까운가에 의해서 결정된다. 전장에 나온 사람들은 모두가 늑대처럼 아무런 생각도 못하고 다만 먹이가 있는 곳을 향해서 달려갈 뿐이다. 내가 너희들에게 늑대를 상대로 달아나고 피하고, 숨고 싸우는 법을 가르친 것은 바로 전장에서의 싸움이 꼭 그러하기 때문이다."

첫 번째 참여했던 전장에서는 이런 말조차 떠오르지 않았다. 그때는 정말 늑대가 되어서 살기 위해 적을 물어뜯기만 했다.

황산고는 한 번의 경험이지만 다음에 싸우게 될 때는 반드시 사람과 더 가까운 늑대가 되겠다고 그동안 다짐에 다짐을 거듭했다.

일단 늑대에서 사람과 가까워지기 전에는 아무리 많은 병법을 암기하고 있어도 소용이 없다. 병법은 사람이 쓰는 것이지, 짐승이 쓰는 것은 아니기 때문이었다.

한 번 더 어둠 속의 전쟁마저 겪었지만 여전히 황산고는 사람이 아니었다.

늑대에서 벗어나기 위해서 최대한 말을 아끼고 전의(戰意)를 속으로 삼키며 주위를 살폈지만 아직 그는 늑대였다. 조금 사람 냄새가 나는 늑대였다.

　그것으로 황산고는 사부에게 배웠던 병법의 토막들을 기억해 내며 움직이고 있었다.

　송나라에서 온 여덟 명의 검객을 진국 사신 취룽의 두 번째 굴에 안내해 놓았다. 황산고가 먼저 뛰어들어 갔다가 그곳에서 여자들 속에 은신하고 있는 세 명의 여검객과 한 번 검을 교환하고 빠져나왔다.

　그녀들의 검은 아주 무섭고 빨랐으며 강했다. 황산고는 빠져나왔고, 그 뒤를 따라왔던 송나라의 여덟 검객이 그녀들과 싸웠다.

　"사신은 어디 있는가?!"

　"차핫!"

　남자 검객의 호통 소리와 여자 검객의 날카로운 기합 소리가 바람을 찢었다.

　그들의 소리를 듣고 적잖은 자들이 몰려들고 있었다.

　황산고가 기대했던 작은 흐름이었다.

　마법의 뜨락을 마음대로 오가는 자들이 적지 않았다. 그럴 재주가 없는 자들은 이미 시체가 되어 쌓인 눈을 붉게 물들인 후였다.

　황산고는 달리면서 손을 가볍게 휘둘러 눈을 움켜잡았다. 갑자기 앞에서 막아선 자의 이마를 눈뭉치로 때렸다.

　"엇!"

　놀란 소리와 함께 검으로 눈을 가리는 그자의 갑주 틈을 비집고 허벅지를 찔렀다.

"으악!"

비명을 지르며 그자가 주저앉았다.

황산고는 몸을 낮추어 지나가면서 그자의 바로 뒤에서 주춤거리는 또 다른 자의 발목을 잘랐다.

발목을 자르고 검이 뒤로 지나갔다.

"크아아악!"

그자가 고통에 찬 비명을 지르며 다리를 들었지만 발목은 눈 속에 박혀 있었다. 피가 사방으로 뿌려졌다.

황산고의 뒤에서 누군가 소리쳤다.

"이 개 같은 놈아! 누가 사람을 상하게 할 줄 몰라서 기어다니는 줄 아느냐? 정한곡주를 화나게 하면 누구 한 명 여기서 살아나갈 수 있을 것 같으냐?"

황산고는 대답하지 않았다.

싸울 때는 말하지 않고, 말할 때는 싸우지 않아야 한다는 것을 그는 늘 명심하고 있었다.

싸울 때 말하면 싸움이 끝나지 않고, 말할 때 싸우면 말이 끝나지 않는다.

하지만 황산고를 대신해서 대답해 준 사람이 있었다.

"있다!"

차갑게 말하면서 한 사람이 그자를 찔러 버렸다.

"커헉!"

말하던 자는 팔을 다치고 놀라 도망쳤다.

황산고는 그 음성을 듣자 기뻐 소리쳤다.

"무사했군요!"

오보현이 그의 뒤쪽으로 달려오면서 말했다.

"그래, 안 죽었다. 대장과 차두는?"

황산고는 숨을 한번 들이켜고 작은 소리로 말했다.

"대장은 죽었어요."

오보현과 함께 달려오던 왕백지와 정대추가 놀라서 크게 외쳤다.

"뭣?!"

황산고는 작은 소리로 다시 말했다.

"죽었다고요."

"이런……."

오보현이 입을 꽉 다물었다. 전장에서 모든 사람이 다 죽어도 대장 장천사만은 죽지 않을 것이라 생각한 적이 있었다. 그리고 그 이후에도 장천사에 대해 다른 생각을 한 적은 없었다.

왕백지와 정대추도 놀라서 입을 떼지 못했다.

네 사람은 바람처럼 달리기만 했다.

황산고가 입술을 깨물며 말했다.

"이제 보현 형이 대장입니다."

휘휙!

오보현이 눈 쌓인 우물가에서 멈췄다. 황산고와 왕백지, 정대추도 멈췄다.

오보현이 말했다.

"상황을 보고해라. 내가 대장을 승계한다. 아니, 잠깐만! 지금은 그럴 틈이 없다. 산고, 우리가 해야 할 것이 뭔지 말해라."

황산고가 오보현의 말에 당황했다.

오보현이 말했다.

"우리 중에는 네가 병사라는 걸 모르는 사람이 없다. 계획 없이 움직이지는 않았을 테니 빨리 우리가 해야 할 것을 지시해라. 자세한 것은 나중에 보고받겠다. 지금은 작전 중이다."

오보현은 강하게 입을 다물었다. 턱이 약간 떨리고 있었다.

여태까지 오보현은 십인대에서 장천사를 보조하는 이인자였을 뿐, 대장 역할을 한 적은 없었다.

불시에 대장을 승계했다. 오보현은 대장으로서 장천사와 같은 역할을 해내야 할 상황이었다. 장천사가 없는 이때에 그는 최소한 장천사의 역할을 해야만 부하들을 안심시킬 수 있다는 사실을 알고 있었다.

오보현은 싸우기 위해서가 아니라 장천사와 같은 무게를 가지기 위해서 이를 악물고 힘을 짜내야 했다.

황산고가 빠르게 말했다.

"사신을 붙잡았습니다."

오보현은 고개만 까딱했다. 성공했다는 사실이 놀랍고 기

뺐지만 지금은 장천사의 죽음에 대한 슬픔도 표현할 수 없는
때였다.

"와아! 와아!"

차차창!

사방에서 싸우는 소리가 들리는 중이었다.

황산고가 말했다.

"소란을 피워주십시오. 그래서 정한곡주가 분노하여 침입
자를 공격하게 해야 합니다."

"알겠다."

오보현은 바로 움직이려 했다.

황산고가 붙잡았다.

"대추 형은 만유 형을 찾으십시오. 빨리 찾아서 차두 형이
있는 곳으로 가십시오."

"어디냐?"

정대추가 물었다.

"가산(假山) 속에 있는 석실입니다."

황산고가 재빨리 말했다.

"그 이후는 대장이 말했던 것과 같습니다. 정한곡주가 움
직이기 전에 사신을 데리고 탈출하십시오. 탈출 신호는 제가
발하겠습니다. 집결지는 따로 없습니다. 본대로 귀환입니다.
길이 같으니 아마 살아 있는 한 모두 만나게 될 것이라 봅니
다. 이상입니다."

황산고는 작은 호각을 꺼내 보였다. 그것으로 신호를 하겠

다는 의미였다.

왕백지가 물었다.

"뒤쫓는 자들은?"

황산고가 말했다.

"정한곡주가 대부분을 처리할 것입니다. 나머지는 제가 맡겠습니다."

왕백지가 오보현에게 말했다.

"대장, 나도 산고와 함께 적을 차단하겠습니다."

오보현이 말했다.

"시간이 없다. 백지, 산고가 지시하는 대로 해라. 산고, 어떻게 하겠느냐?"

"제 걱정은 하지 마십시오. 달아날 수는 있습니다."

황산고의 대답에 오보현은 고개를 끄덕였다.

"그럼 움직여라. 살아서 다시 만나자!"

오보현은 즉시 움직였다. 장천사가 그렇게 움직였었다.

먼저 검을 뽑고 눈발이 흩날리는 한밤중의 소란 속으로 달려갔다.

황산고는 다시 심장이 빠르게 뛰었다. 혈관으로 피가 치달리면서 몸이 당겨져 조금씩 오그라드는 것 같았다.

눈으로만 인사하고 돌아서서 달렸다.

한데 그의 곁으로 왕백지가 스치면서 말했다.

"소홍조(小紅鳥)를 띄워놓으마. 부상을 당하면 옷깃을 소홍조 다리에 묶어서 돌려보내라."

왕백지는 말을 마치자마자 다른 곳으로 달려가고 있었다.
소홍조는 왕백지가 가지고 있는 작은 새였다.

황산고는 고마웠지만 고맙다는 말을 할 틈이 없었다. 정신
적인 여유도 없었다. 몸으로 치렀던 첫 전투나 병법을 사용하
는 지금의 첫 작전이나 모두 흥분 속에 자기가 침몰될 것 같
았기 때문이다.

＊　　　＊　　　＊

황산고는 정한곡주 배연오가 있는 곳으로 달려갔다. 가장
위험한 곳이었다. 죽을지도 모른다는 생각, 죽어도 어쩔 수
없다는 생각, 반드시 살아야 한다는 생각이 동시에 머릿속을
꽉 채웠다.

골이 터질 정도였다.

세 명의 남자가 이상한 술법을 부리던 두 소녀를 붙잡아 가
는 것을 숨어서 봤다. 그들이 그녀들을 데리고 간 곳은 틀림
없이 곡주 배연오에게였을 것이다.

술법을 부리던 두 소녀도 무서웠지만 황산고는 세 남자가
훨씬 더 무서운 자들이라는 것을 알고 있었다.

그들의 체구가 장대해서가 아니었다.

그들 중 한 사람은 얇고 가벼워서 자유자재로 휘어지는 검
을 사용했는데, 그런 검은 전쟁에서 볼 수 있는 것이 결코 아
니었다.

또 한 사람은 활처럼 생긴 무기를 사용하는 자로, 그것에는 마땅히 있어야 할 시위도 없고 화살도 없었다. 그렇지만 그 사람은 그것을 활처럼 사용해서 두 소녀 중 한 명을 쓰러뜨렸다.

황산고는 그가 무공을 사용했다고 생각했다.

마지막 한 사람은 키가 작은 난쟁이였다. 그러나 그는 무려 오 장여 높이를 단숨에 뛰어올랐다. 그의 무기가 무엇인지는 알 수 없었지만 그 빠르기만 하더라도 놀라지 않을 수가 없었다.

그들과 마주칠 가능성이 많았다.

또한 황산고는 반드시 그들과 마주쳐야 할 상황이었다. 길이 어긋나 그들이 취룡에게로 빨리 돌아가 버린다면 상황은 어떻게 될지 예측할 수가 없게 되어버린다.

황산고는 여자들 속에 숨어 있던 세 명의 여검객과 그 세 명의 남자가 달려가서 취룡을 보호한다면 다시 그를 납치하기는 거의 불가능할 것이라고 보았다.

하여튼 황산고가 취룡이 숨어 있던 석실에서 뛰쳐나와 배연오의 처소로 달려온 것은 순식간이었다.

잠시 오보현을 만나서 지체하기는 했지만 그사이에 세 명이 지나갔을 거라고는 생각되지 않았다.

정한곡주 배연오의 처소가 나타났다. 황산고는 그곳을 빠져나올 때 만들어두었던 입구로 몸을 날렸다.

담 아래쪽에 뚫어놓은 개구멍이었다. 다른 곳에는 정한곡 사람들이 곡주의 처소를 지키기 위해서 모여들고 있었다.

황산고는 들어가자마자 거미처럼 벽에 붙어서 기어올라 갔다. 손가락에 힘과 정신을 모으니 벽과 천장에 붙어서도 떨어지지 않을 수가 있었다.

그리고 마침내 배연오의 침실이 있는 곳으로 가까이 갈 수 있었다. 아무에게도 들키지 않았다. 사람들이 많이 움직이고 있었지만 그들은 바깥에 신경을 쓰고 있었다.

"안을 지키는 자는 바깥을 본다. 밖을 지키는 자는 안을 보거나 먼 산을 본다. 어떤 자들이든지 간에 변화를 보면서 지키는 자는 드물다."

사부 배일청의 가르침은 여러 모로 옳았다. 미리 길을 만들어놓고 들어가기만 한다면 철통같은 방어도 아무 소용이 없다.

배일청은 장수였던 시절에 어느 전장에서든지 주둔했던 장소에 반드시 남이 모르는 외부 통로를 만들어놓고는 했다.

적과 마주쳐서 조금만 물러나고, 적이 밀고 들어와 그가 주둔했던 곳에 진지를 치면 그것으로 끝이었다.

하룻밤에 배일청은 그들을 도륙하고 완승을 거둘 수 있었다. 항상 적이 그렇게 들어오는 것은 아니지만 적이 자리 잡을 만한 곳을 골라서 외부 통로를 만들어놓는 배일청의 병법은 종종 탁월한 효과를 발휘하곤 했다.

황산고는 이번에 사부의 그 병법을 응용했던 것이다. 그가 지나가는 곳마다 다시 들어올 수 있는 길을 만들어놓았던 것이 바로 그것이었다.

창문이 머리 위로 가까워졌다.

열려진 창문을 통해서 정한곡주의 부드러운 음성이 들려왔다.

"분수를 모르는구나, 취룡. 수선령을 노리면 목숨이 떨어질 것이라는 사실을 왜 모른단 말인가?"

그와 함께 한 사람의 음성이 들렸다.

"소인들은 다만 마마님께 저희 주군의 뜻을 전해 드렸을 따름입니다."

키가 작은 난쟁이의 음성이었다.

정한곡주가 말했다.

"너희들은 무공을 익힌 자로서 어린 여자 아이들을 제압한 것을 자랑으로 여기는가?"

"어찌 감히 그러오리까."

역시 난쟁이가 말했다.

정한곡주의 눈매가 더 서늘해졌다.

"그렇다면 당장 풀어주지 않는 이유는 무엇이냐? 취룡이 수선령을 받아오라고 시키더냐?"

난쟁이가 허리를 숙이며 대답했다.

"그럴 리가 있습니까. 주군께서는 저희가 물러 나오기 전에 마마님께 이 한 가지를 분명히 전하라고 하셨습니다.”

“뭐냐?”

정한곡주의 음성이 점점 더 날카로워지고 있었다.

난쟁이가 진땀을 흘리며 말했다.

“취릉은 마마님께서 고국으로 돌아가실 수 있도록 유세(遊說:자기 의견 또는 주장을 선전하며 다니는 것)하며 제나라까지 갈 것이라고.”

“고맙기도 하군.”

정한곡주가 차갑게 말했다.

황산고는 그때 그들의 모습을 볼 수 있는 곳까지 이르렀다.

난쟁이가 두 소녀의 등에 손을 댔다가 떼면서 훌쩍 물러서는 게 보인다.

정한곡주가 말했다.

“취릉이 이렇게 어리석은 인간인 줄 몰랐다.”

순간 정한곡주의 소매 속에서 하얀 연기가 뿜어져 나왔다.

난쟁이는 다시 뒤로 더 물러섰다.

콰창!

그리고는 동료 두 명과 함께 허리를 숙여 인사하며 등으로 벽을 부수고 날아갔다.

그때 정한곡주의 소매 속에서 나온 연기가 꿈틀거리며 난쟁이의 다리를 움켜잡았다.

“윽!”

연기에 다리가 붙잡힌 난쟁이가 비명을 질렀다.

숙!

순간 그의 곁에서 유성처럼 검광이 흐르면서 연기를 베었다. 난쟁이는 가까스로 연기에서 빠져나갈 수 있었다.

그의 동료는 부드럽게 휘청거리는 검을 채찍처럼 휘두른 후에 난쟁이를 부축하고 눈 깜짝할 사이에 사라지고 말았다.

배연오는 그들이 사라지는 것을 보면서도 가만히 있었다.

두 소녀가 벌떡 일어났다.

"사부님, 저들이 비겁하게 암습을……."

"가만히 있어라, 가만히 있어라. 죽이는 건 어렵지 않다. 급하지 않다."

배연오가 나직하게 말했다.

"나는 나이가 들수록 한과 슬픔보다 분노를 이기기가 더 어렵구나. 다들 내 집에서 너무 설쳐."

배연오의 어깨가 오르내렸다. 부서진 벽으로 찬바람이 눈을 싣고 들어왔다.

배연오의 붉은 입술이 소리없이 움직이기 시작했다.

황산고는 호각을 꺼내서 강하게 불었다.

삐우우우웅! 삐우우우웅! 삐우우우웅!

있는 힘을 다해서 세 번 연거푸 불었다.

그런 후에 취룡의 세 부하가 사라진 쪽을 향해서 높이 솟구쳤다.

계획이 있는 것도 아니었다. 그들을 저지할 수 있으며 그 순간에 생각할 수 있는 유일한 방법이 무작정 달려드는 것뿐이기 때문이었다.

순식간에 오 장의 거리를 돌파했다. 그러나 자기에게 놀랄 시간은 없었다. 호각 소리에 멈칫하며 돌아보던 세 사람이 그곳에 있었다.

황산고는 칼집을 입에 물고 검을 거꾸로 잡은 채 난쟁이의 머리를 향해 찔러 내렸다.

"크아아!"

난쟁이가 괴성을 지르며 두 손을 위로 쳐들었다. 손바닥에서 보이지 않는 힘이 일어나면서 황산고의 가슴을 강타했다.

*　　*　　*

동녘이 부옇게 밝아왔다. 눈은 진작 그쳤다.

황산고는 두텁게 쌓인 눈 위에 앉아 있었다. 무릎 위에 놓인 검은 반 토막이 되어 있었다.

몸에는 감각이 없다.

얼마나 많은 자를 죽였는지도 생각나지 않는다.

삐이!

한 시간 전쯤부터 소홍조가 하늘 위를 맴돌고 있었지만 손짓하여 부르지 않았다.

일 마장쯤 떨어진 정한곡에서는 두 시간 전부터 나오는 사람이 없었다. 정한곡에서 나온 자들 중에서 삼십여 명이 그의 검에 목숨을 잃었다.

어젯밤, 이백 명이 넘는 사람이 정한곡에 잠입한 듯했다. 그러나 그중 살아서 나간 사람은 오보현 일행을 포함하여 고작 십오륙 명에 불과했다.

대부분의 사람들이 마법의 뜨락에서 분노로 반쯤 미쳐 버린 정한곡주의 마법에 죽었고, 벗어난 사람들은 황산고의 검에 죽었다.

지난밤의 살기에 새들조차 놀랐는지 아침이 고요했다.

황산고는 눈을 움켜서 입에 넣고 일어났다.

오보현 일행을 뒤쫓는 자들이 십여 명 있지만 이제 그다지 염려되지는 않았다. 오보현은 진국 사신을 데리고 계속 도주할 테고, 그를 뒤쫓는 자들은 그 뒤에서 황산고가 다시 뒤쫓을 작정이었다.

그들이 무공을 익혔든 아니든 상관없다.

황산고는 다시 무공을 익힌 자들과 싸워보고 싶었다. 가슴 속 깊숙한 곳에서 전의가 용암처럼 끓고 있었다. 그 온기가 황산고의 코끝으로 전해지고 있었다.

황산고는 정한곡으로 터벅터벅 걸어 들어갔다. 아무도 제지하는 사람이 없었다. 곳곳에 소복소복한 백설 아래에는 얼어붙은 시체들이 있었다.

마법의 뜨락을 가로질러 곡주 배연오가 있는 건물로 갔다.

정한곡의 여자들 몇 명이 황산고를 발견했다.

황산고는 멈추지 않고 달리지도 않고 걸어왔던 대로 터벅터벅 걸었다.

여자들이 놀라 비명도 지르지 못했다. 거리가 너무 가까웠고, 붉은 피가 비치는 황산고의 거칠게 부러진 검이 무언중에 그들을 협박했기 때문이다.

황산고는 계단을 밟고 올라갔다.

멀쩡한 곳이 없었다. 피가 튀지 않은 곳이 없었다.

저벅저벅.

발소리가 바닥을 울리고 벽을 울렸다.

황산고는 배연오의 방으로 들어갔다.

소년의 표정없는 붉은 얼굴이 동경(銅鏡)에 비쳤다.

탁자에는 한 팔에 머리를 얹고 엎드린 처녀가 울고 있다가 황산고와 눈이 마주쳤다.

정한곡주 배연오였다.

그러나 그녀는 가만히 눈물만 흘리고 있었다.

황산고는 그녀의 목을 향해 부러진 검을 들어 올렸다.

배연오의 눈물을 담은 사슴같이 큰 눈은 마치 거울처럼 황산고의 모습을 비쳤다.

그 눈은 죽음을 서풍(西風)처럼 마주하고 있었다.

第十六章
검을 바꾸어 가지다

무제 본기
武帝
本紀

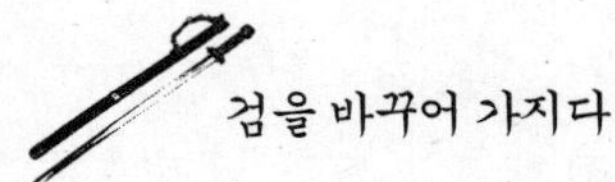 검을 바꾸어 가지다

정한곡주 배연오의 가늘고 여리며 하얀 목이 탁자 위에 늘 어뜨려져 있었다. 입술이 움직이는 순간은 그녀의 목이 끊어 지고 탁자를 뜨겁고 진한 핏물이 덮을 순간이다.

그러나 입술이 침묵하고 눈이 죽음을 기다리는 그다음의 순간도 반 토막의 검이 그녀의 목을 끊고 탁자에 파고들 순간 이다.

황산고는 군사다.

남의 발을 밟으면 미안함을 느껴도 적을 죽이는 데는 하등 거리낌도 없는 군사였다.

복수를 위해서 전쟁을 하는 경우는 있어도, 전쟁 중에 사사 로운 복수를 해서는 안 된다는 것도 알고 있지만 과감히 무시할 수도 있는 군사였다.

그러나 울고 있는 처녀의 눈을 보고 말았다.

처녀의 눈물이 마법은 아니었다.

자신을 놓아버린 표정도 애원은 아니었다.

하지만 황산고는 군사들에게 전해져 오는 오랜 금기를 깨뜨리고 말았다.

자기 검에 죽을 자의 분노하지 않은 눈을 보아서는 안 된다.

반드시 봐야 한다면 분노한 눈으로 봐야 한다.

이것은 격언이고 그 격언을 범하는 것이 금기였다. 얼마나 많은 세월 속에서도 잊히지 않은 금기인지 모른다.

죽어가는 자의 분노하지 않은 눈은 군사의 심장에 달라붙어 피를 빨아먹는다. 평생토록 그 눈은 잊히지 않는다.

잊지 못할 것이라는 사실은 눈과 눈이 마주치는 순간에 운명처럼 느낀다. 그것은 이름 지워지지 아니한 또 다른 종류의 마법이었다.

황산고는 운명처럼 느꼈다. 그 하얀 목덜미와 창백한 얼굴, 흐느낌조차 없이 조용히 우는 커다란 눈을 결코 잊을 수 없다는 것을! 죽음을 서풍처럼 맞으려 하는 두 눈을!

돌아섰다.

황산고는 훤해진 창문을 보았다.

천천히 숨을 한 번 마셨다가 내쉬었다.

번쩍!

　탁자와 목과 눈을 보지 않고 뒤를 향해 검을 휘둘렀다. 소리없이 울고 있는 눈을 보지 않고 생각만 하면서 황산고는 거친 검을 내려쳐서 여린 목을 베었다.

　검이 처녀의 목과 베고 있는 팔을 지나서 탁자 밑으로 날을 삐죽하게 드러냈다. 보드라운 살과 뼈는 소리도 없이 끊어졌다.

　황산고는 토막 난 검의 자루를 잡은 채 걸어갔다. 뽑지 않았어도 검은 그를 따랐다.

　돌아보지 마라.

　돌아보지 마라.

　돌아보지 마라.

　황산고는 자기에게 타일렀다.

　외면하고 베었던 처녀의 머리에 박혀 있는 보석 같은 눈동자는 그림자가 되어서 그의 마음속에 남아 있었다. 돌아보면 그림자는 마음속에서나마 실체로 변하고 말 것이다.

　실체를 쫓는 그림자의 유혹을 견디며 황산고는 배연오의 방을 나갔다.

　두려움에 하얗게 질린 채 벽에 붙어선 여자들을 그도 유령처럼 여기며 계단을 걸어서 아래로, 다시 찬연한 백설을 밟으며 마법의 뜨락을 지나서 정한곡 밖으로 나왔다.

　눈이 시리고 가슴이 시리었다.

＊　　　　＊　　　　＊

검이 목을 자르고 지나갈 때 배연오의 눈은 먼 곳을 보고 있었다. 삶을 넘고 죽음을 넘은 아득한 곳이었다.

마법을 처음 배웠을 때가 열 살이다.

그녀도 초국(楚國)의 여느 공녀(公女)들과 마찬가지로 궁중의 한편에서 화원을 꾸미며 마법의 뜨락을 익혔으며, 늙은 마법 선생 민부인(閔夫人)에게 표기(標旗)와 함께 십여 가지의 마법을 배웠다.

업왕(業王) 복(福)에게 시집가기 전까지는 그러했다.

업국의 왕 복에게는 이미 두 명의 비(妃)가 있었다.

그녀는 빈(嬪)이 되었다.

비도 아내고 빈도 아내지만 궁중의 빈은 사가(私家)의 처첩(妻妾) 중 첩(妾)에 해당하는 몸이다. 험한 일을 않는 외에 주인의 손을 탄 계집종과 다를 바가 없었다.

짧은 시간 복의 사랑을 차지하여 왕자 익(益)을 낳았다.

그러나 왕의 사랑은 봄날의 무지개 같고 여름날의 안개 같아 무상(無常)하였다. 하루 이틀 발길이 뜸해지더니 발끝이 교태 부리고 웃음소리 간드러진 칠보단장(七寶丹粧)들의 이죽거림이 담장을 넘어왔다.

고운 얼굴, 고운 치아, 고운 눈썹, 자르르한 흑단 머리는 변함없건만 그 님 정은 벌써 변하였음을 뒤늦게 깨달았다.

왕의 여자가 원래 그러한 것을, 사랑을 다투어 그 님을 서로 빼앗고 빼앗다가 서로의 목숨을 뺏는 것도 모자라면 마침내 권력을 빼앗아 치마폭에 숨겨두려 하는 것을…….

날마다 왕자를 어르며 작은 술법으로 소일하였다.

왕자의 두 번째 돌에 정(情)은 변하였으나 염치(廉恥)는 남아 있었던 왕께서 작은 선물을 더불어 보내셨다.

미안함에 생색이 심하였다.

"이것은 제순(帝舜:순임금)의 감(鑑:물을 담아서 얼굴을 비춰 보는 거울)이라. 금옥처럼 빛나는 것은 아니나 가히 일성(一城)을 들어 바꿀 만한 것이라."

왕의 정이 부박(浮薄:깊지도 못하고 머물러 있지도 못함)함은 일찍이 알았지만 사려(思慮)마저 각박(刻薄)함은 전에 몰랐던 바다.

구중심처 깊은 곳에 해 볼 날 없이 하여 두시고서 어찌하여 꽃 닮은 자주색 구리거울을 남겨 세월 속에 하릴없이 질 꽃을 보게 한단 말인가?

꽃잎 떨어져야 낙화(落花)인가?

낙화라야 애달픈가?

발길 끊어진 턱 없는 문에 쓸쓸한 노을빛이 비치면 눈가에 잔주름 하나 일고, 혼자 생각해도 가련하여 억지 미소 지으니 입가에 세월이 물결치는 것을…….

보는 이 없는 꽃은 세월에 시드는지 시름에 지우는지는 알 길 없건만…….

두 번 보기 어려움을 알면서도 내색 않고 왕을 보냈다.

왕은 여인이 짐짓 지어내는 기쁜 표정의 깊은 속을 평생 모르리라. 웃는 얼굴 보이면 흡족해하고 찬 기색 보이면 저어할 뿐이라. 기뻐도 웃고 아파도 웃는 왕의 여자의 그 심정을 차마 모르리라.

생각없이 건네준 성인(聖人) 제순의 감(鑑)에 영천취산무의 마법이 문양(紋樣)으로 둘려 있었음을 모르리라.

품에서 왕자가 자라며 총명하였고 마법 영천취산무는 속에서 자라며 영글었다.

왕자와 더불어 이따금 궁중의 연회에 참석하여 각국의 재사(才士)들을 보기도 했다.

그러나 궁중의 간교한 무리가 태자를 위한다 하여 왕자를 해치려 하지 않았다면 어찌 정과 한을 품고 떠나와 황험(荒險)한 골짜기에 들어와 세상을 끊으며 살려고 했을까.

거울 속에 나를 다듬지 않고 마법을 다듬는 동안 궁중에서 쌓인 한(恨)이 마법처럼 높아졌을 줄 몰랐다.

한과 마법이 분노를 용광로처럼 달구어 자신을 태우게 할 줄 몰랐다.

분노하여 미쳤다!

마침내 마법이 다하고 분노가 다하여 참괴(慙愧)함만 남았을 때, 업왕 복의 왕자가 본래는 열다섯이었으나 오직 셋만 살고 다 죽었다.

왕자와 비빈을 살려달라며 왕은 자신의 여인 앞에 무릎 꿇고 간청하였다. 사랑하는 여인의 무릎 위에만 올려놓던 왕의 머리는 대전의 차가운 돌바닥 위에 드리웠다. 섬섬옥수가 아니면 잡지 아니하던 손으로 자기가 버린 여자의 동정을 구걸하였다.

차라리 잘못을 질책하는 꾸짖음, 지나가 버린 사랑이라도 꺼내 보일 것이지.

볼 수 없고 만질 수 없어도 매화 향기처럼 땅을 기어 흐르는 정 하나는 있을 줄 알았건만…….

옥좌 아니라도 사랑할 수밖에 없는 장부의 기상 하나쯤은 있을 줄 알았더니, 속을 뒤집어 나오는 것은 제왕이 아니라 걸인의 행색이라.

이미 한 번 마음을 주었기에 혼자 두어도 참괴한 마음에 한은 그리하여 더 깊어졌다.

정한곡에 들어와 오로지 마법에만 뜻을 두고 보낸 지 수십 년, 신선의 술(術)을 구하며 두 번 몸을 바꾸어 살았고, 금일(今日)에 이렀다.

여름날 찬물이 목에 튕긴 듯 선듯하였다.

몸은 안개가 되어 흩어졌다. 그녀가 영천취산무로 안개처럼 흩어버렸던 많은 사람들처럼 그녀도 흩어졌다.

반 토막, 이빨 빠진 거친 검이 자른 것은 그녀의 목만이 아니었다. 그녀의 머리를 받쳤던 팔에서 그치치도 않았다.

반 토막 무심한 검(劍)은 소매 속에 들어 있던 수정은호(水

精銀壺)마저 베었다. 왕의 여인의 몸이 안개로 흩어질 때 그 속에서도 안개가 '풀썩' 하는 먼지처럼 피어났다.

장천사는 수정은호가 베어진 후 다시 이어지기 전의 짧은 순간에 밖으로 나왔다.

수정은호는 은으로 된 듯하지만 물의 정(精)으로 만든 천고의 보물이라 베어도 끊어지지 않고 쳐도 부서지지 않는 것이었다.

형체를 이루지 못한 몸으로 의지를 움직여 장천사는 배연오를 감쌌다. 몸을 다시 형성하는 것은 어렵지 않았다.

장천사는 침대보를 벗겨서 안개처럼 흩어진 배연오를 둘러놓은 후에 다시 몸을 흩었다. 옷이 없었기 때문이다. 배연오가 남겨놓은 여자의 옷을 입을 수도 없었다.

장천사는 안개가 되어 겨울 아침 바람 속을 허우적거리며 황산고를 쫓아갔다.

장천사는 수정은호 안에서 밖을 볼 수 있었다. 황산고가 돌아서서 배연오의 목을 베는 것도 보았다. 그전에는 배연오가 미쳐서 날뛰며 마귀처럼 살육하는 것도 보았다. 그리고 살육이 끝났을 때 그녀가 젖어들었던 슬픔을 보았다.

*   *   *

황산고는 고개를 들어 새를 보았다. 왕백지의 소홍조가 그를 발견하고 내려오는 중이었다.

황산고는 소맷자락을 작게 찢어 '무사(無事)' 라는 두 글자를 적고 소홍조에 묶어서 날렸다.

새는 산을 넘어 남으로 날아갔다.

장천사가 황산고의 앞에 모습을 드러냈다. 동쪽에서는 해가 떠오르는 중이었다.

장천사의 몸은 눈부신 백설 위에서 그림자처럼 짙고 푸르렀다가 점차 사람의 모습을 갖추었다.

황산고는 불현듯 생긴 변화에 검을 잡고 가만히 응시하고 있었다. 조금치의 흔들림도 없었다. 무엇을 베어야 할지, 어디를 찔러야 할지 파악되는 순간까지 기다리는 동작이었다.

"대장!"

이윽고 황산고가 장천사의 얼굴을 확인하고 소리쳤다.

장천사는 손으로 앞을 가리며 쓸쓸한 미소를 지었다.

황산고는 왼손에 들었던 투구로 장천사의 앞을 가려주었다. 그러나 오른손의 검을 놓지는 않았다.

장천사와 황산고는 묵묵히 서로를 바라보았다.

마침내 황산고가 먼저 입을 열어 물었다.

"죽지 않았군요. 어떻게 된 거예요?"

장천사가 머리를 흔들었다.

"나도 모른다."

장천사가 맞았다. 알면 알고 모르면 모르고, 장천사는 그렇게 대답하는 사람이었다.

황산고는 왼손으로 전포 밑에 숨겨서 가지고 있던 장천사의 검을 돌려주고 자기의 투구를 받았다. 피풍의를 벗어서 장천사가 몸을 감싸게 하였다.

"산고, 너는 내가 생각했던 것보다 더 치밀하구나."

장천사는 속이 후련한 듯이 말했다.

황산고가 처음 벌거벗은 자기에게 투구를 주어 앞을 가리게 한 것은 사람의 진위를 판별할 때까지 손을 묶어놓음과 동시에 왼손으로는 숨겨놓은 또 한 자루의 장검을 몰래 잡기 위해서였던 것이기 때문이다.

아무런 생각도 하지 않으면 당연한 것처럼 여겨지는 짧은 행동에서도 황산고가 병법을 잊지 않고 있음을 장천사는 알 수 있었다.

황산고가 말했다.

"다행입니다, 대장. 저는 대장이 죽은 줄 알았습니다. 그래서 지금은 보현 형이 대장을 승계해서 본대로 귀환하는 중입니다. 진국 사신은 붙잡았습니다. 우리 측 인명 피해도 제가 알기에는 없습니다."

내친김에 인사에 이어서 하는 보고였다.

장천사는 고개를 끄덕였다. 황산고가 적을 맞아 움직이는 모습을 본 후로 그가 했다면 어떤 작전이든 다 성공했을 것만 같은 생각이 들었다.

묻고 싶은 마음도 들지 않았다. 황산고라면 대답하는 것보다 더 잘했을 것이라 절로 믿어졌다.

황산고는 그가 더 묻지 않자 즉시 근처의 눈 더미를 뒤져서 지난밤 자기가 죽였던 시체를 찾았다. 죽였던 자 중에서 체구가 큰 자였다. 옷을 벗겨서 장천사에게 건네주었다.

장천사는 신발을 신은 후 전포만을 대충 입었다. 그사이에 아무런 소리도 하지 않았다. 몸은 그곳에 있었지만 마음은 정한곡 안에 두고 온 듯 공허했다.

장천사는 황산고의 시선을 마주 보지 못하고 힘들게 말했다.

"산고야, 나는 돌아가지 않겠다."

두 사람의 그림자가 눈 위에 길게 늘어져 있었다.

황산고가 물었다.

"탈영입니까?"

장천사가 고개를 끄덕였다.

진둔 출신 군사의 탈영은 세상에 드문 일이었다.

황산고가 말했다.

"장군께선 이미 우리를 풀어줄 뜻을 비쳤습니다. 돌아가서 개결(開缺)을 신청할 수는 없습니까?"

개결은 관원이 그 직에서 물러나는 것을 말한다.

군사의 신분이니 장천사는 탈영할 것 없이 개결을 신청하고 허락받으면 군문을 나설 수 있었다. 더구나 장군의 언질까지 있었다.

장천사가 허무하게 웃으며 말했다.

"내가 어찌하여 밀고 당길 수 있는 것이 아니다."

황산고가 말했다.

"그 여자 때문입니까?"

장천사가 고개를 떨어뜨리고 끄덕였다.

황산고가 경직된 음성으로 말했다.

"대장, 제가 그 여자를 죽였습니다."

"나도 죽었다."

장천사가 쓸쓸하게 웃었다. 그럼에도 그의 기이한 얼굴은 빛을 받아 더 기이했다.

황산고가 반검을 쥐고 나직하게 말했다.

"탈영을 보고도 막지 않으면 함께 칼을 받습니다."

칼[刀]은 검과 달리 창과 더불어 병졸들의 무기지만 도끼와 마찬가지로 군율을 어긴 자의 목을 벨 때 쓰는 도구이기도 했다.

장천사가 말했다.

"나를 놓아다오."

황산고가 물었다.

"다른 방법이 없습니까?"

장천사는 묵묵히 또 고개를 끄덕였다.

황산고는 장천사의 생각이 확고함을 보고 자기도 더 생각하지 않고 말했다.

"대장이 죽었다고 보고하겠습니다. 하지만 함께 싸운 형들을 속일 수는 없습니다."

죽여야 할 자를 보낼 때는 그 때문에 자기가 죽더라도 후회하지 않을 때에만 보내는 것이다.

장천사는 황산고에게 그만한 사람이었다. 전장에서 이미 그에게 목숨을 맡기고 지시를 따랐었다.

언제 닥쳐올지 모르는 군사의 죽음은 원래 남에게 의탁하는 법이기도 했다.

"고맙다."

장천사가 말했다. 기쁜 표정은 없었다.

황산고는 웃으며 남쪽으로 몸을 돌리며 작은 소리로 말했다.

"백지 형에게 여자가 있다고 하더군요. 전 백지 형이 제일 먼저 군문을 나설 줄 알았습니다."

황산고는 끝까지 장천사에게 다른 사람의 눈에 띄어서는 안 된다는 말을 하지 않았다. 군문의 사람들 중에서 그를 보는 자가 있으면 황산고가 거짓 보고를 한 죄로 처벌받게 되겠지만, 장천사가 그 정도를 짐작 못할 사람이 아닌 까닭이었다.

장천사는 떠나려는 황산고를 부른 후에 군사로서 작별의 예를 취했다.

서로 검의 끝을 마주 댄 후에 다시 만나기를 기원하고 서로의 검을 나누어 갖는 의식이었다.

황산고는 오보현 등 여덟 사람을 대표하였다. 검을 여덟 번 부딪쳤다.

장천사는 황산고가 하얀 절벽을 기어올라 가는 것을 보고
난 후에 반검을 손에 쥐고 정한곡으로 들어갔다.

＊　　　＊　　　＊

정한곡에 살아남은 사람은 칠십 명 남짓했다.
싸움이 벌어지자 마법의 뜨락 깊숙한 곳에 숨어서 목숨을
건진 요리사와 정원사, 잡부, 하녀, 악사, 무희 따위였다.
그들은 곡주의 처소 앞에 모여서 웅성거리다가 장천사를
보고 기겁을 하며 외쳤다.
"또 왔다!"
반검을 든 장천사를 황산고로 오해한 것이다.
장천사가 황산고와 다른 사람이라는 사실을 안 사람도 몇
있었다. 장천사가 주방에서 제압했던 요리사들이 그들이었
다.
하지만 요리사들은 장천사가 곡주의 영천취산무에 당해서
죽는 것을 보았다. 다시 장천사가 나타나자 귀신을 보는 듯
두려워하며 다른 사람이라는 말도 내뱉지 못했다.
정한곡 사람들은 도망도 치지 못했다.
무술을 닦고 평생 사람 죽이는 일만 해온 군사와 대적한다
는 것은 같은 군사거나 그 이상이 아니면 아예 불가능한 일이
었다.
한 손이 열 손을 당할 수 없다는 말도 이런 경우에는 해당

되지 않았다.

　나이 많은 사람들은 체념한 듯 눈을 감았고, 열두어 살 계집아이는 어미의 치마폭 뒤에 숨어서 겁먹은 표정으로 장천사를 엿보았다.

　장천사가 다가감에 따라서 사람들이 비켜섰다. 장천사는 그들을 보지 않고 땅을 덮은 눈을 보며 걸었다. 눈 위에 발자국을 남기며 발들이 비켰다.

　그러다가 장천사는 모아선 두 발이 자기 앞에 버티고 서 있음을 보았다. 걸음을 멈추고 고개를 드니 푸른 비단옷을 입은 중년의 한 여자가 두 팔을 벌려 길을 가로막은 채 서 있었다.

　눈은 감았고 앙다문 턱은 떨렸다.

　"모… 못 간다."

　여인의 음성이 입 밖으로 잘 나오지 않았다. 중년 여인은 집사(執事)로서 정한곡의 살림을 책임지던 사람이다.

　장천사는 여인의 옆으로 지나갔다. 여인이 털썩 주저앉아 버렸다. 그리곤 오열했다.

　여자와 남자들이 따라서 흐느꼈다.

　곡주가 엄하게 단속하기는 했지만 이제 곡주는 죽고 곡은 망했으니 그들은 신세를 의탁할 곳마저 없게 된 때문이었다.

　장천사는 계단을 올라가 배연오의 방에 이르렀다. 아무도 없었다.

의자에 앉아 반검을 무릎에 놓고 눈을 감았다.

옆에 있는 의자에는 배연오가 입고 있던 노란 비단옷과 머리단장이 떨어져 있었다. 겹옷 아래의 속옷들도 마찬가지였다. 버선조차 신발 속에 있었다.

장천사는 처녀의 체취를 다시 맡았다. 눈을 감고 있노라니 황의미녀는 풋풋한 향기로 되살아난 듯하였다.

그녀의 고귀하고 아리따운 자태가 손에 잡힐 듯이 느껴졌다. 자기도 모르게 얼굴을 실룩거렸다.

일각 정도 지났다. 뜨거운 것이 가슴속에서 코로 치밀었다. 손으로 받쳤다. 눈을 뜨고 보니 손바닥으로 피가 떨어지고 있었다.

문득 뒤에서 떨리는 음성이 들렸다.

"장 공자!"

장천사는 손가락으로 두 코를 막고 머리를 뒤로 젖힌 채 돌아보았다. 공자(公子)는 아니지만 그를 부르는 말이었다.

입구에서 그를 막아섰던 중년 여자였다.

"곡주님께서 부르셨습니다."

장천사는 코를 문지르며 일어섰다. 피가 주룩 흐르다가 멈췄다.

중년 여자를 따라서 나가자마자 젊은 여자들이 방으로 들어갔다.

정한곡주 배연오는 흰옷을 입고 얼어붙은 연못가에 서 있었다. 쓸쓸하고 처량했지만 그런 표정은 없었다.

그녀도 장천사처럼 몸이 흩어졌지만 다시 하나로 이루어 돌아올 수 있었던 것이다. 다만 그녀는 방에 장천사가 있었기 때문에 알몸을 보일 수가 없어서 다른 곳에서 몸을 하나로 모았을 뿐이다.

"왜 떠나지 않았느냐?"

배연오가 힘없는 음성으로 물었다.

장천사는 가만히 있었다.

배연오의 눈은 먼 곳을 쫓고 있었다.

"죽고 싶었다."

장천사는 가슴이 뭉클했다.

배연오는 고개를 떨어뜨렸다. 처량했고 쓸쓸했다. 아무에게도 심중을 내보일 수 없었기에 더했다.

두 사람 사이에 침묵이 흘렀다.

이윽고 배연오가 말했다.

"고맙다. 네가 나를 감싸주지 않았다면 나는 몸을 되돌리지 못했을 것이다."

장천사는 슬며시 미소를 지었다.

"나를… 내 몸을 원하느냐?"

배연오가 자기의 발끝을 보며 말했다.

장천사는 얼굴이 붉어진 채 대답하지 못했다.

배연오가 나직하게 말했다.

"나는 팔십 년을 넘게 살았다. 이 몸은 원래 내 것이 아니었다. 나이 많은 여자가 이런 몸을 가지고 있을 리야 없지.”

배연오는 빙긋 미소 지었다.

장천사는 그녀의 말을 기다렸다.

“황금을 주고 샀다. 이십 년 동안 사용하기로 하고.”

“그럴 수도 있소?”

장천사가 마침내 참지 못하고 물었다.

“마법에서는.”

배연오가 머리를 끄덕였다.

“삼 년 동안 마법을 가르치면서 준비를 해야 하지만…….
아주 어려운 마법은 아니다. 아기가 아니라 이미 다 자란 몸
에 환생(還生)하는 정도에 지나지 않으니까.”

“그럼 당신의 원래 몸은 어디 있소?”

장천사는 건조한 음성으로 물었다.

배연오가 쓸쓸하게 웃었다. 그녀의 몸은 먼지가 되어 흩어
진 지 이미 수십 년이었다.

그때 집사인 중년 여인이 다시 와서 배연오에게 비단에 싸
인 작은 물건을 바쳤다. 대화가 잠시 중단되었다. 배연오는
소매로 비단을 한번 만지고 돌려보냈다.

다시 말이 이어졌다.

장천사가 이상한 표정을 지으며 말했다.

“당신은… 망령(妄靈)이었군.”

망령이라는 말은 늙거나 정신이 흐려서 말과 행동이 정상
을 벗어나는 것을 말한다.

하지만 장천사는 그것이 종종 마법에 의해서 일어날 수 있는 일임을 강만유에게 들어서 알았다.

강만유는 망령은 죽음을 두려워하는 나이 많은 사람들이 죽기 전에 하는 환생이라고 했다. 자기도 모르는 사이에 자기 근처에 있는 아직 의지가 견고하지 못한 두세 살배기 어린 아기를 찾아 몸을 서로 바꾸어 버리는 것이 망령이었다.

이 같은 일은 사람들이 알지 못하지만 민간에서도 종종 있는 일이었다. 노인이 갑자기 어린아이의 행세를 하거나 어린아이가 갑자기 철이 나면서 지나치게 총명해지는 경우는 모두 망령을 의심할 만한 것이다.

그러나 망령은 기억을 옮겨가지는 못한다. 그래서 망령이 되었다 할지라도 이전에 자기가 누구였는지조차 알 수 없다.

기억은 몸에 남아 있는 것에 국한되기에 어린아이가 망령된 노인의 경우에도 가끔 사람을 바로 알아보는 경우도 있다. 하지만 대하는 것은 이전처럼 대하지를 못한다.

배연오가 웃었다.

"틀린 말은 아니다. 내 원래 몸은 흙으로 돌아간 지 수십 년, 새집을 구하는 듯이 몸을 구해 사는 중이다."

장천사가 물었다.

"당신에게 몸을 판 소녀는 어떻게 되었소?"

배연오가 허리를 꼿꼿이 펴고 서쪽을 보며 말했다.

"잘살고 있지. 중년의 몸으로 살지만 부귀를 마음껏 누리

며. 십칠 년 후에 내가 다시 새 몸을 사면 이 몸을 돌려받아서
또 중년의 부유한 삶을 한 번 더 사는 거야. 그 여자가 살았던
몸은 먼지가 되는 거고."

장천사가 물었다.

"마법을 하는 사람들은 모두 그렇게 하는 거요?"

"아니다."

배연오는 오연한 표정을 지으며 말했다.

"영천취산무를 익히지 않았다면 온전히 옮기질 못한다. 많
은 자들이 몸을 바꾸는 법을 알고 있지만 섣불리 행하지 않는
것은 옮긴 후에 정작 자기의 기억을 가질 수 없기 때문이지.
글로 적어놓고 몸을 옮긴 후에 본다고 하더라도 낯설기는 마
찬가지. 내가 아는 바로는 오직 영천취산무만이 몸을 바꾼 후
에도 옛 기억을 유지할 수 있게 해주는 법문(法文)을 가지고
있다."

배연오가 장천사를 물끄러미 보며 물었다.

"이 몸은 그렇게 얻은 몸이다. 장 공자, 아직도 내 몸을 원
하느냐?"

장천사는 가만히 있었다. 자기가 원하는 것이 배연오의 아
름다운 몸인지 다른 무엇인지 자기도 알지 못했다.

배연오가 물기 가득한 눈으로 대답을 채근한다.

"모르겠소!"

솔직한 심정으로 장천사는 대답했다.

배연오는 장천사가 처음부터 자기에게 마음이 있음을 알

고 있었다. 쓸쓸히 웃으며 말했다.

"젊고 아름다운 여자를 원한다면 내 제자들을 줄 수도 있다. 하지만 남자에게 있는 이상한 고집이 네게도 있어서 반드시 이 몸을 원한다면 네가 요구할 때마다 허락하마."

장천사가 물었다.

"그때는 당신 자신도 나에게 허락할 것이오?"

배연오가 눈을 부릅떴다. 싸늘한 한기가 눈가에 맴돌았다. 장천사가 단지 자기의 몸만이 아니라 모든 것을 요구함을 안 때문이었다.

요구대로라면 몸을 장천사에게 던져 주고 자기는 다른 몸을 바꾸어 가질 수도 없다는 것이 된다.

장천사는 배연오의 시선을 피하지 않았다. 부끄러울 것도 없었다.

배연오가 화를 내며 말했다.

"너무 젊구나, 장 공자! 너는 죽고 싶었던 목숨을 건져 준 대가로 너무 많은 것을 요구한다고 생각지 않느냐?"

장천사가 불쑥 물었다.

"당신이 말한 영천취산무의 법문은 몸이 흩어졌을 때도 심령(心靈)이 흩어지지 않도록 해주는 것이오?"

배연오가 우뚝 멈추고 장천사를 다시 보았다.

"심령이라는 말도 알고 있느냐?"

배연오가 딱딱해진 음성으로 물었다. 망령이라든지 심령이라는 말은 무공을 하는 사람들에게조차 생소한 말이었다.

마법을 하지 않는 사람이 아는 말들이 아니었다.

장천사가 빙긋 웃고 말했다.

"내 부하 중에 마법을 좋아하는 녀석이 있었소. 주워들은 말이오."

"마법을 아는 부하까지 있다니, 장 공자의 신분이 아주 높은 모양이군."

배연오의 말에 장천사는 퉁명스럽게 말했다.

"십인대장이었소."

배연오가 미미하게 웃으며 말했다.

"장군만 열 명 모아놓은 십인대였나?"

배연오는 믿는 표정이 아니었다. 세상의 어떤 십인대장도 무공을 알고 있지는 않으며 마법을 아는 부하를 거느리고 있지도 않았다.

세상에는 마법에 대한 이런저런 말들이 떠돌고 있지만 그 중에서 대충이라도 옳은 것은 백에 한둘도 없었다.

배연오는 황산고의 검에 목이 베이는 순간 수십 년 동안 수련했던 영천취산무가 저절로 발동되어 안개로 변했던 것인데, 그때서야 그녀는 영천취산무의 법문 속에 중요한 비중을 차지하고 있던 심령공제(心靈控除)의 비결이 원래 어떻게 쓰이는 것인지를 알 수 있었다.

심령공제는 그녀가 젊고 아름다운 몸을 사서 심령을 바꾸는 데만 사용하는 것이 아니었다. 그것이 있기에 자신의 몸을 흩은 후에도 다시 모을 수 있고 아무런 심적 손상을 입지 않을 수 있었다.

심령공제의 비결이 없다면 몸을 바꾸는 데도 기억을 잃어버릴 정도이니 설혹 몸이 흩어졌다 우여곡절 끝에 다시 모인다 해도 이미 아무것도 기억할 수 없는 바보가 되어 있을 가능성도 있었다.

배연오는 알고 있었다.

사람이 죽은 후 영혼에 그 기억이 남아 있는 기간이 사십구 일(四十九日). 그 이후면 영혼마저 모든 것을 잊고 본연으로 돌아가 순수한 모습이 된다.

지옥은 그 사십구 일의 기간 동안 영혼을 씻어내는 곳이며 그때의 시간은 영혼의 오염도와 기억의 강렬함에 비례하여 천겁(千劫)이 되기도 하고 억겁(億劫)이 되기도 하지만 모두 사십구 일의 시간 속에 있는 천겁이고 억겁이었다.

이 세상을 한 번 살고 난 후에 지옥으로 가지 않겠다는 것은 온종일 옷감에 물들이는 일을 하고도 몸을 씻지 않겠다는 것과 같은 말이다.

배연오는 살아서 신선이 되어 하늘에 올라갈 수는 있지만 착하게 살다가 죽어서 만복소(萬福所:극락, 천국)에 가는 방법은 없다는 사실도 알고 있었다.

이렇듯 사람은 죽음이라는 과정을 겪거나 몸이 흩어지는 경우를 당하면 결국 모든 기억을 씻어버리게 마련이다.

배연오는 마법을 익히면서 자연스럽게 그런 사실들을 알았고, 또한 자연스럽게 신선의 술을 구하게 되었다.

모든 것을 잊어버리고 환생하는 줄도 모르면서 끝없이 환생한다는 것은 그 생각만으로도 견디기가 힘든 까닭이었다.

배연오는 그 고통에서 벗어날 수 있는 심령공제의 비결을 알고 있으면서도 육십여 년 동안 그 쓰임을 몰랐다가 오늘 아침에서야 겨우 알게 되었다.

한데 마법을 배우지도 않은 장천사가 그 정수(精髓)를 깨치고 있는 듯해서 몹시 놀랐다.

더구나 장천사는 영천취산무에 있는 심령공제의 비결을 배우지도 않았지만 스스로 흩어진 몸을 모을 줄 알았다.

그의 얼굴에 있는 기이한 빛이 더욱 강해진 듯이 보였다. 심상치 않았다.

"장 공자, 너는 보통 사람이 아니구나!"

배연오가 지금까지와는 다른 음색으로 말했다.

장천사도 무뚝뚝하게 말했다.

"당신은 당신이 살아난 이유를 아는 것 같군."

배연오는 고개를 끄덕였다.

"옳다. 알고 있다. 하지만 네가 살아 있는 이유는 모르겠다. 영천취산무를 익히지 않았다면 세상의 누구도 영천취산무에서 살아날 수 없거늘."

"나도 모르오."

장천사가 퉁명스럽게 말했다.

배연오가 가볍게 한숨을 쉬면서 말했다.

"내게는 수선령이 있다. 다 잊어버리고 나와 함께 마법과 신선의 술을 닦아보지 않겠느냐?”

배연오의 크고 검은 눈은 장천사를 빨아들일 듯하였다.

장천사는 천천히 고개를 저었다.

“미안하오. 나는 내가 무엇을 원하는지 아직 모르겠소. 알게 되면 말하겠소.”

배연오는 그에게로 우아한 자태로 다가서며 말했다.

“장 공자, 참으로 답답하구나. 나를 너무 곤란하게 해서는 안 되는 줄 모른단 말이냐?”

장천사는 쓴웃음을 지었다.

순간 배연오가 소매 속에서 손을 꺼냈다.

장천사는 아차 싶었지만 이미 자기 몸이 안개로 변함을 느꼈다.

배연오의 손에는 뚜껑이 열린 수정은호가 들려 있었다.

휘이이!

장천사는 회오리치면서 수정은호 속으로 빨려들고 말았다.

배연오가 다른 손에 쥐고 있던 마개로 수정은호를 봉했다.

배연오가 쓸쓸한 어조로 말했다.

“꾀하는 바가 있는 사람은 오직 두 가지 길이 있다는 말을 들었다. 한 가지는 계획을 세워서 가진 힘을 다하는 것이고, 다른 한 가지는 속이는 것이라지. 나는 힘없는 여자라 쉽게 속이는 법을 택했으니 너무 원망하지 마라. 내가 이 방법 외에 무엇으로 장 공자를 제압할 수 있겠어?”

　　장천사는 빨려들자마자 있는 힘을 다해서 반검을 휘둘렀다. 검광이 무지개처럼 쭉 뻗쳤으나 투명한 수정은호 속에서 유성처럼 잠깐 빛났다가 사라지고 말았다.

　　몸은 다시 벌거벗은 상태였고 손에 반검만 남아 있었다.

　　분노하여 바닥을 반검으로 찍었으나 아무런 소용이 없었다.

　　병 속에서 바라보는 배연오의 허무와 슬픔이 가득한 듯 아름다운 얼굴이 몹시 커 보였다. 배연오는 손바닥에 놓은 병을 보고 있었지만 그 속에 있는 장천사를 보지는 못하고 있었다.

　　장천사는 찌르르르한 어떤 감정을 느꼈다.

　　그녀의 얼굴을 올려다보면서 검을 늘어뜨렸다. 기도하는 것 같은 이상한 마음으로 서 있었다.

　　아무런 원망도 미움도 생기지 않았다. 마음이 그녀를 향한 채 그와 마찬가지로 묵묵히 서 있는 듯하였다.

　　그녀의 정과 한이 장천사의 텅 빈 듯이 무언가를 갈구하던 마음속으로 밀려들고 있었다.

第十七章
생군(生軍:신출내기, 초보자) 대장 오보현

武帝本紀
무제 본기

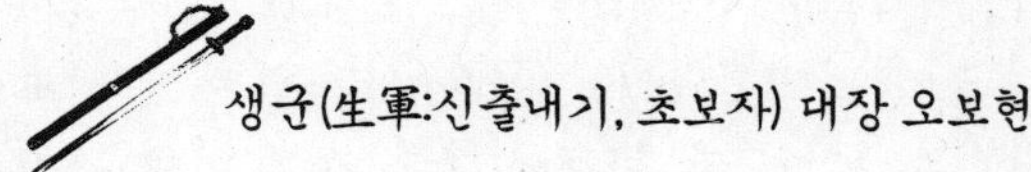

생군(生軍:신출내기, 초보자) 대장 오보현

황산고의 손짓을 소홍조가 보았다.

삐이이!

가는 피리 소리 같은 울음을 내며 소홍조는 대나무 숲가의 낮은 곳으로 내려왔다. 왕백지에게 갔다가 돌아온 것이다.

황산고는 소홍조의 발목에 묶인 끈을 풀어보았다. 좁은 끈에 실과 바늘로 뜸을 놓아 만든 글자가 적혀 있었다.

어둠 속에서도 손으로 만져서 읽을 수 있게 하기 위한 것이었다.

쫓기는 중. 적(敵)은 삼십 명 이상. 우회하라.

정한곡을 빠져나간 자들은 그만큼 많지 않았다. 정한곡에 들어가지 않았거나 아예 늦게 도착한 자들, 기타 중도에서 진국 사신을 가로챌 생각을 가진 자들일 가능성이 많았다.

황산고는 소홍조가 날아갔다가 돌아온 시간을 계산해 보았다. 아침에 날렸는데 지금은 산중의 짧은 해가 벌써 지려 할 때다.

왕백지에게 돌아갈 때 그를 찾는 데 시간이 걸렸고, 다시 날아오며 황산고를 찾은 시간을 감안하더라도 최소한 산길 삼백 리 밖에 그들이 있었다.

동시에 움직이고 있다면 하루 이틀에 따라잡을 수 있는 거리가 아니었다.

소홍조를 따라가면 훨씬 거리와 시간을 단축할 수 있겠지만 새는 하늘의 길을 날고 사람은 땅의 높고 낮고 구비지고 끊어진 길을 가야 하기에 사람이 새를 따라가면서 항상 방향을 함께할 수도 없었다.

또한 아무리 총명한 새도 사람을 데리고 다니며 좋은 길을 찾아 길잡이할 정도는 되지 못한다.

하물며 명령은 우회하라는 것이었다.

황산고는 천천히 주위를 둘러보았다.

한겨울이며 첩첩산중에는 눈이 겹겹이었다. 길은 눈 속에 숨어버렸고 산은 그 섬세한 모습을 백색 허울 속에 숨겨 버렸다.

배일청 사부의 병법에 모습을 숨기는 자는 곧 적이다. 사소하게 베푼 은혜를 노골적으로 드러내는 자도 적이다.

이러한 적은 미리 알고 방비하지 않으면 당한다. 당하고도 원망해야 하는 줄도 모른다.

배일청 사부가 말한 두 가지의 위험한 적 중 하나가 지금은 눈 덮인 산이었다.

황산고는 곧 해가 지면 움직이는 것조차 위험해진다는 사실을 느끼고 있었다. 모습을 백설 속에 숨긴 산은 끊어진 길과 절벽, 구렁텅이, 그리고 먹이를 찾는 밤 짐승들과 눈사태와 혹한으로 그의 생명을 위협할 것이다.

맞아주어도 괜찮은 적의 검은 세상에 존재하지 않는 법. 그가 적으로 삼고 있는 자들은 멀리 그의 일행을 쫓고 있는 중이었지만, 황산고는 당장 자기를 적으로 여기는 산과 밤에 대항해서 싸울 준비를 해야 했다.

적진을 탈출하는 심정으로 정면 돌파하기로 마음먹었다.

황산고는 오래 묵어 밑이 노란 대나무를 몇 개 잘라 다듬었다. 굵기는 밑동이 손목보다 굵었고 길이는 오 장을 조금 넘었다.

다섯 개를 모아서 나란히 눕히고 석 자 간격으로 단단하게 동여맸다. 밑동이 모여서 굵은 부분은 쐐기처럼 뾰쪽하게 만들었고 가느다란 부분은 꼬리처럼 낭창거리게 했다.

그런 다음 양손에 여섯 자씩 되는 가는 대나무 장대를 나누어 잡고 그 위에 올라섰다. 방향은 남서(南西)였다.

해는 보이지 않고 서쪽 봉우리 위가 밝았다.

스스슷!

대나무로 만든 괴상하고 긴 썰매가 미끄러지기 시작했다.

황산고는 두 팔에 힘을 주어 장대로 땅을 밀었다.

썰매에 가속이 붙기 시작했다. 이내 무시무시한 속도가 되었다.

황산고는 나무 기둥 같은 대나무 썰매에 엎드리다시피 하고 두 손의 장대로 중심과 방향을 잡았다.

길이 따로 있을 리가 없었다. 썰매는 경사면을 무작정 미끄러졌다. 바위에 튕겨서 솟았다가 다시 떨어지며 속도를 더 했다.

썰매는 나는 듯하였다.

쉬이잉!

바람이 칼날처럼 얼굴을 스쳤다. 황산고의 눈은 금방 붉게 충혈되어 버렸다. 눈물 아닌 눈물이 뒤로 날렸다. 썰매가 지난 자리에서 쌓인 눈이 무너졌다.

작은 구릉을 썰매는 높이 날았고, 좁은 벼랑은 평지처럼 가볍게 지나갔다. 썰매가 길고 가벼웠기에 가능했다. 사람이 돌아서 간다면 얼마나 많은 시간을 더 들여야 할지 알 수 없는 곳들이었다.

주위의 산봉들이 점점 높아지고 검어졌다.

이각 정도의 시간 만에 황산고는 벌써 눈 덮인 산을 반쯤 내려갔다. 앞은 어둡고 잘 보이지 않았다. 바람은 더욱 차가워져서 얼굴과 손이 거북 껍데기처럼 감각이 없었다.

썰매가 바위와 나무에 부딪쳐 황산고를 몇 번이나 튕겨냈다. 그러나 그때마다 양손의 긴 장대가 황산고를 구했다.

황산고는 허공에서 장대를 이용하여 다시 썰매에 내려서고 중심을 잡을 수 있었던 것이다.

위험한 상황을 짧은 순간에 수십 번 겪었다. 썰매가 통나무처럼 둥글었기 때문에 미끄러지면서도 빙빙 돌 때가 많아서였다. 그러나 그만큼 빠르게 황산고는 산을 내려가고 있었다.

텅!

썰매가 다시 높이 튕겨 올랐다. 밑이 보이지 않았다. 바람이 앞에서가 아닌 밑에서 올라왔다.

절벽이었다.

황산고는 장대를 던져 버리고 두 팔로 썰매를 안았다. 썰매가 달리던 힘으로 멀리 날아가서 유성처럼 비스듬히 추락하기 시작했다.

하얀 산 위에 까만 하늘, 작은 별들이 황산고의 눈에 잠시 들어왔다.

썰매는 꼬아서 쏜 화살처럼 빙빙 돌았다. 황산고는 까만 하늘과 하늘보다 더 까만 절벽을 번갈아 보게 되었다. 눈이 핑핑 돌았다.

그것은 변화였다. 변화에 빠르게 적응하여 눈이 제 기능을 하지 못하면 눈은 없는 것보다 못할 수 있었다.

입을 꽉 다물고 눈에 힘을 모았다. 귀와 균형을 잡아주는 다른 감각은 이 순간에 믿을 수가 없었다.

땅의 붙잡아 당기는 힘에서 몸은 자유롭지 못하지만 손발은 자유로운 이때, 그 자유로움이 오히려 감각을 혼동시키는 것이었다.

파다다다!

전포가 찢어질 듯이 펄럭였다.

황산고는 숨을 멈췄다. 숨을 쉴 정신과 힘마저 하나로 모았다. 빙빙 도는 하늘과 땅 중에서 땅이 가까워지고 있었다.

검게 보이던 것이 하얗게 보였다.

황산고는 껴안고 있던 썰매를 붙잡고 씨름했다. 두꺼운 앞부분을 붙잡고 뒤를 들어 올리려 했다. 떨어지는 상태를 바꾸기 위해서였다.

뾰족한 썰매의 앞부분이 땅에 먼저 떨어지고, 황산고는 뒤쪽에 매달리면 추락했을 때의 충격을 대부분 상쇄할 수 있으리라 생각했다. 처음부터 그럴 작정으로 긴 대나무 썰매를 만들었던 것이다.

하지만 틀렸다.

황산고는 심장이 폭발할 듯이 뛰었다. 아무리 힘을 주고 씨름해도 상태를 바꿀 수 없었다. 어딘가를 딛지 않는 한 썰매의 방향을 그대로 바꿀 수 없다는 사실을 너무 늦게 깨달았다.

연습하지 않은 일에 목숨을 건 어리석은 짓이 되고 말았다.

몇 개의 별, 그다음에 희고 검은 산과 함께 하얀 땅이 눈에 들어왔다. 썰매의 앞부분은 땅을 향해 직하하는 중이었다.

황산고는 나무에 거꾸로 매달린 매미가 바로 서는 것처럼 몸을 돌려서 썰매의 꼬리 쪽을 보았다. 나무에 기어올라 갈 때처럼 그쪽으로 기었다. 땅에 조금이라도 늦게 떨어지기 위해서였다.

그러나 황산고가 위치를 움직이자 썰매의 중심이 허공에서 변했다.

그토록 황산고가 원했던 대로 썰매는 갑자기 거꾸로 섰다. 다시 황산고는 땅에 떨어지는 첨두(尖頭)에 있었다. 썰매는 황산고를 매단 추 모양이 되어 가느다란 뒷부분이 땅을 향한 상태였다.

밑에서 올라오는 바람이 갑자기 그쳤다. 땅이 아주 가깝다는 증거였다.

황산고는 썰매를 아래로 내던지듯이 했다.

그 반작용으로 황산고는 잠시 허공에서 지체했고, 썰매의 앞부분인 굵은 곳을 다시 잡을 수 있었다.

그 순간에 콰자자자작! 하는 소리가 들렸다.

황산고의 몸으로 콩이 튀는 듯한 진동이 지나갔다.

황산고는 눈앞에 하얀 땅이 벼락처럼 다가드는 것을 보았다. 눈 속에 처박혔다가 튕겨서 바위와 돌 위를 굴렀다.

타타타탕!

구를 때마다 쇠가 부딪치는 소리가 들렸다. 갑주에 부딪치는 돌 때문이다.

황산고는 아득해지는 정신을 악착같이 붙잡았다.

마침내 몸이 멈추었다. 하늘이 바로 보였다.

하지만 숨을 쉴 수가 없었다.

갑주가 깨어져서 벌어졌다. 어젯밤의 싸움에서 이미 금이 가버렸던 갑주이다.

손으로 땅을 더듬어보았다. 주먹만 한 돌이 잡혔다.

돌로 가슴을 몇 번 쳤다.

탕탕!

이번에는 갑주 속에 감고 있던 한철 사슬이 소리를 냈다.

소용이 없었다. 모든 늑골의 근육이 충격으로 굳어져 버린 때문이었다. 통제가 되지 않았다. 돌이 치는 충격은 몸에 감은 사슬 때문에 가슴으로 전해지지도 못했다.

허리 어림을 더듬어서 단검을 찾았다. 그러나 단검으로도 어쩔 수가 없었다. 사슬은 몸을 고르게 감았고, 아래위로도 흐트러지지 않게 해놓았기 때문에 단검을 밀어 넣기가 어려웠다.

죽음이 눈앞에 있었다. 몸의 고통을 넘어서 숨을 쉴 수 없는 황산고의 얼굴은 검게 변했다. 그 상태로 사슬을 풀어낸다는 것도 불가능했다.

황산고는 장검을 뽑아 목에 붙여 천천히 밀어 넣었다. 조금만 실수해도 목의 동맥이 베어질 상황이었지만 유일한 방법이었다.

검이 쇄골에 닿았다. 황산고는 가슴을 내밀고 목을 뒤로 젖혀서 검이 더 밑으로 내려갈 수 있도록 힘을 썼다. 예리한 검날이 목에 먼저 상처를 냈다. 가까스로 검의 끝부분을 오른쪽 젖가슴 윗부분에 닿게 할 수 있었다.

다시 천천히 밀어서 늑골을 찔렀다. 가슴이 펄떡했다. 경직된 늑골의 근육이 풀어진 것이다. 황산고는 숨이 막혀 눈알이 튀어나올 지경이었지만 숨을 꽉 멈췄다.

검을 다시 뽑아내기 전에 가슴을 들먹거렸다가는 목에서 피가 분수처럼 뿜어지고 말 것이다.

온전히 검을 뽑고 숨을 쉴 수 있게 되었을 때, 황산고는 자신의 머릿속으로 흐르는 피를 느낄 수 있었다. 숨이 허파의 어디까지 들어가고 나오는지조차 알 정도가 되었다. 그러나 한동안 꼼짝도 할 수 없었다.

살았는데 오히려 죽을 것 같았다.

가만히 누워서 쉬고 있는데 바람에 짐승 냄새가 묻어왔다. 먹이를 구해서 어슬렁거리는 산짐승이 피 냄새를 맡고 온 것이다.

황산고는 오른손에 들었던 검을 눈 속에 밀어 넣어 숨겼다. 반쯤 눈을 감고 보았다. 다리가 굵고 짧다. 근처를 천천히 도는데 꼬리가 보일 듯 말 듯한 정도다. 털이 많다.

곰이었다.

이상했다. 곰은 원래 저녁 무렵부터 움직이기 시작하는 짐승이지만 지금은 겨울이다. 대부분의 곰들은 겨울이 되면 겨울잠을 잔다. 배고픔을 견디지 못한 놈들이 가끔 사냥을 하기도 하지만 일반적이지는 않다.

동면하지 않고 벌써 나와 있다면 나이는 어려도 흉포하고 거친 놈일 가능성이 많았다.

황산고는 곰이 다가오기를 기다리며 죽은 듯이 누워 있었다.

곰은 교활했지만 자기의 배고픔을 이기지 못했다.

황산고에게 조심스럽게 다가왔다.

황산고는 곰이 자기의 얼굴에 코를 대는 순간까지 기다렸다가 일검에 목을 벴다.

눈 속에 숨겼던 검이 무지개를 한 번 그리는 순간에 붉고 뜨거운 피 기둥이 솟았다. 황산고는 옆으로 굴러서 핏줄기를 피했다.

곰의 머리가 비탈을 굴렀다.

황산고는 곰의 목에서 피가 조금씩 흘러나올 때 입을 대고 피를 마셨다. 갈증과 공복을 동시에 해결할 수 있었다.

기운을 차릴 수 있었다.

주변을 둘러보니 앞은 넓게 열린 골짜기였고 뒤는 까마득한 절벽이었다. 오류 장 밖에는 그가 만들었던 썰매가 산산조각 나서 흩어져 있었다. 진저리쳐질 정도였다. 썰매가 그렇게 되지 않았다면 황산고는 자기의 몸이 핏덩어리로 변했을 것이라는 걸 알고 있었다.

지나치게 무모했다.

대나무로 만든 가볍고 긴 썰매라면 그 탄력을 빌어 높은 곳에서 추락한다 해도 잘못되지는 않을 것이라 생각했었다.

황산고는 자기가 살았던 것은 방법을 잘 썼기 때문이 아니라 전적으로 아직 죽을 때가 되지 않았기 때문이라는 걸 알 수 있었다.

사부가 준 쇠사슬을 몸에 감고 있지 않았더라면 갑주가 깨어질 때 그 조각이 살을 파고들었을 가능성도 있었다.

어느 모로 보아도 이런 것은 병법이 아니었다.

병법과 전투 기술은 익숙한 것을 써야 하는 것이지 함부로 즉흥적인 것을 쓸 수 없다. 기책(奇策)이 옳을지라도 충분히 연습해 놓지 않았다면 감히 쓸 수 없는 것도 이런 까닭이었다.

고금을 통틀어 입으로만 병법을 말하는 자들의 기책은 실제의 전쟁에서 황산고의 대나무 썰매처럼 산산조각 났다.

썰매가 일백육칠십 리 정도의 거리를 단축시켜 주었다.

하지만 황산고는 자기의 운과 생명도 그만큼 줄어들었을 가능성이 있다고 생각했다. 이 같은 시도는 함부로 할 바가 아니었다.

황산고는 단검으로 곰의 고기를 얇게 떠서 입에 넣고 씹었다. 피를 마시고 고기를 씹어 먹은 후, 눈 위에 난 짐승의 발자국을 찾아 더 아래로 내려갔다. 아직은 적이 어둠과 눈 덮인 산이었다.

겨울의 낯선 산중이다. 눈 위에서 발을 한 번만 잘못 디뎌도 운 좋게 살아남은 목숨이 끝장날 수 있었다.

새벽이 되었다. 북두칠성으로 방향을 가늠하면서 황산고
는 산짐승들의 남아 있는 발자국을 따라 산곡을 완전히 벗어
날 수 있었다.

이제 산과 어둠이 아니라 사람을 상대로 싸울 때였다.

겨울에는 산을 가로지르는 것보다 둘러가는 것이 더 빠르
고 적의 의표를 찌를 가능성이 컸다.

산이 끝난 곳에는 얼어붙은 강이 있었고, 강 건너편에는 성
으로 둘러싸인 작은 도시가 있었다.

황산고가 목적으로 삼은 녹성(菉城)이었다. 거리는 삼십여
리.

*   *   *

밖에는 지난밤처럼 눈이 쏟아지고 있었다. 동굴까지 오면
서 어쩔 수 없이 만들었던 엷은 발자국은 벌써 사라졌다. 추
적자들의 모습도 두 시간 가까이 지났지만 보이지 않았다.

"뭐라고 했나?"

근처를 둘러보고 금방 들어온 오보현은 초조함을 억누르
며 물었다.

왕백지는 소홍조를 왼손 손가락에 얹고 오른손으로 이마
를 짚고는 잠시 생각했다. 옆에서 사마운이 왕백지를 대신해
서 대답했다.

"서신이 없었습니다."

오보현의 얼굴에 잔경련이 일었다. 오보현은 불과 하루 사이에 십 년은 늙어버린 모습이었다.

사마운이 말했다.

"소흥조가 돌아왔으니 산고를 만나긴 했을 것입니다."

오보현이 이를 꽉 악물면서 말했다.

"다시 전서를 보내라. 산고에게 우회하라고 해. 급하게 뒤쫓다가 적과 부딪치면 개죽음이야. 우린 어떻게든 돌아갈 수 있다."

사마운이 난감한 표정으로 왕백지를 보았다.

왕백지는 여전히 이마에 손을 짚고 생각에 골몰해 있었다.

바위에 등을 기대고 검을 매만지던 이차두가 피풍의에 검날을 닦으며 나직하게 말했다.

"대장, 그냥 싸웁시다."

동굴 속에 웅크린 사람들이 모두 이차두에게로 눈을 돌렸다. 흔들의자에 묶여 있는 진국 사신 취룽도 예외는 아니었다.

이차두는 지친 듯이 땅을 내려다보면서 말했다.

"우리는 바보짓을 하고 있는지도 모르오. 대장, 난 그들이 우리보다 강할 거라는 생각이 들지 않소."

강한 불만과 분노, 패기가 어우러져 있는 이차두의 음성이었다. 이차두가 저렇게 점잖은 것처럼 말을 할 때는 진짜라는 이야기였다. 평상시라면 뭔 소리를 하든지 호탕하고 시원하게 해버리고 만다.

오보현은 손으로 이마의 땀을 닦았다. 동굴 속이지만 뼈가 시릴 만큼 추운데도 땀이 자꾸 났다.

이차두가 검의 넓은 면에 얼굴을 비춰보며 말했다.

"우린 힘을 다해서 달리면 눈에 발자국도 남기지 않을 정도지 않소? 이 정도면 뒤쫓는 자들이 누구든 죽일 수 있을 거란 생각이 드오."

쫓기는 데 지쳐 버린 의기소침한 음성이었다. 이차두는 용감하게 싸우는 데 익숙하지 도망치고 쫓기는 건 성격에 맞지 않았다. 자기의 힘을 확인하는 싸움을 하고 싶은 것일 수도 있었다.

오보현은 마른침을 삼키고 건조한 음성으로 말했다.

"상대는 우리와 같은 군사가 아니다. 무공을 쓰는 자와 마법을 쓰는 자들이 있다."

원칙적인 말이었다.

군사는 무공을 쓰는 자나 마법을 쓰는 자와 싸우지 않는다. 그들과의 싸움은 피해야 한다. 나라마다 그런 자들을 상대하는 자들이 따로 있다.

그러나 오보현도 이차두가 그 말을 듣기 괴로울 것이라는 사실을 알고 있었다.

그러면서도 그렇게 말하는 것이 자기도 힘들었다.

오보현도 직접 싸우고 싶은 충동이 문득문득 솟곤 했다. 이차두라면 생각할 것도 없다. 대장인 자기를 거스를 수 없어서 도망치고 있지만 혼자라면 무조건 싸우는 쪽을 택했을 것이다.

이차두가 섬뜩하게 말했다.

“우리는 다르오.”

오보현은 머리를 흔들며 달래듯이 말했다.

“차두, 대장의 명령대로 하자. 우리는 곧장 본대로 귀환하면 된다. 목적을 달성했으니 이제는 불필요한 싸움이다.”

이차두는 몸을 웅크리며 말했다.

“나는 이러다 싸우지도 못하고 죽게 될까 겁나는 거요.”

강렬한 전의가 느껴졌다.

오보현은 이차두가 자기 명령을 어기고서라도 적을 찾아 싸울 것이라는 생각이 들었다.

“안 돼!”

오보현이 강한 어조로 말했다.

이차두가 불만스럽게 말했다.

“대체 뭐가 안 된다는 거요? 여기서 죽으나 언제 죽으나 우리도 죽을 텐데, 까짓 그놈들과 한번 붙어보는 게 어때서.”

오보현은 이차두를 노려보았다.

이차두도 지지 않고 쏘아보았다.

강만유가 그들을 만류하기 위해 끼어들었다.

그때 왕백지가 조용히 말했다.

“대장!”

장천사와 황산고를 제외한 일곱 명 중에서 상위 서열 네 명이 모두 나선 형태가 되었다.

오보현은 시선을 거두고 대답했다.

“왜?”

왕백지가 말했다.

"나도 차두와 같은 생각이오."

오보현은 눈이 찢어질 듯이 부릅떴다. 하지만 왕백지는 그와 맞설 생각은 없는 듯했다.

"차두와 내가 그들을 막겠소."

왕백지가 조용한 어조로 말했다.

"우리가 조금 떨어져 움직이며 추적자들을 각개격파한다면 가능할 듯도 싶소."

이차두가 입가에 미소를 지었다.

정대추가 말했다.

"저도 끼워주십시오."

왕백지가 말했다.

"넌 안 돼. 네가 빠지면 움직이는 속도가 느려져."

왕백지와 이차두가 빠진다면 다섯 사람이 취룽을 데리고 가는 꼴이 된다. 두 사람이 한 조가 되어 취룽의 흔들의자를 들고 달리고, 두 사람은 또 앞뒤에서 적을 경계한다. 나머지 한 사람은 길을 이끌어야 한다. 한 명이라도 빠지면 속도는 그만큼 늦어질 수밖에 없다.

정대추가 불만스러운 얼굴로 물러났다.

사마운이 말했다.

"대장, 지금은 적을 공격하기 좋은 때 같습니다. 그들은 쉬거나 우리를 찾는 중일 것입니다. 불을 피우지 않고 쉬는 중이라면 추위 때문에 몸이 굳어 있겠지요. 기습하면 쉽게 벨 가능성이 있습니다. 우리를 찾는 중이라면 함정에 유인합시다."

"그만!"

오보현은 나직하게 소리쳤다.

사마운이 입을 다문다.

이차두와 정대추의 입이 불만으로 실룩거렸다.

오보현이 강만유에게 물었다.

"너도 그런 생각이냐?"

강만유는 머리를 흔들었다.

"아니오. 나는 대장과 같은 생각이오. 대장이 무슨 생각을 하고 있든지 간에."

오보현은 안도의 한숨을 내쉬었다.

이차두는 물론 왕백지마저 의외라는 듯이 강만유를 바라보았다. 강만유는 그들에게 시선조차 돌리지 않았다.

오보현이 무거운 표정으로 말했다.

"차두, 네 말대로 그들이 마법과 무공을 쓴다고 해도 싸워서 반드시 우리가 진다고는 할 수 없겠지. 하지만 나는 아직 준비되지 않았다. 싸울 수 없다."

이차두가 검을 콱 움켜쥐고 벌떡 일어서며 고함쳤다.

"두려운 거요?"

오보현은 순순히 머리를 끄덕였다.

"그래!"

이차두가 어이없다는 표정으로 동료들을 둘러보았다. 강만유를 제외한 다른 동료들도 오보현의 시인에 놀라긴 마찬가지였다.

오보현은 그들 중에서 가장 검술이 뛰어났으며 장천사 외에 그보다 더 많은 전투와 승리를 경험한 사람이 없었다. 적 앞에서도 낙천적이었으며 언제나 용감했다.

"대장……."

정대추가 정말이냐는 듯이 그를 불렀다.

오보현이 그들을 노려보면서 천천히 말했다.

"그래, 두렵다, 이 자식들아!"

"말도 안 돼!"

화가 치민 이차두가 주먹으로 동굴 벽을 쳤다. 펑! 소리가 나면서 돌가루가 날렸다.

무술이 뛰어난 사람 중에는 맨손으로 돌을 깨뜨리는 사람도 있었지만 이차두의 주먹은 그런 성질의 것이 아니었다. 산고제일식과 좌망을 수련한 후에 생겨난 파괴력이 담겨 있었다.

"보현 형이 어떻게 이럴 수가 있어! 제기랄!"

이차두는 오보현에게 코를 붙일 듯이 달려들며 고함쳤다.

오보현이 있는 힘을 다해 고함쳤다.

"닥쳐!"

이차두와 오보현이 무섭게 서로를 노려보았다.

이번에는 강만유와 왕백지도 끼어들지 못했다. 그러나 강만유는 오보현에게 힘을 주려는 듯이 곁에 강하게 붙어 서서 이차두를 쏘아보았다.

오보현이 폭발할 것 같은 분노를 억누르고 한마디씩 내뱉었다.

"빌어먹을 자식들아! 차두 너, 이 돌대가리 자식아! 넌 몇 년 동안 했던 졸병 노릇 계속하니 잘하겠지. 하지만… 하지만 말이다. 난 대장이 처음이란 말이야, 빌어먹을 자식아."

동굴 속이 조용해졌다.

오보현과 이차두는 서로 마주 보고 기 싸움을 하면서 꼼짝도 하지 않았지만 방금 전의 팽팽했던 긴장은 씻은 듯이 사라지고 이상한 분위기가 감돌았다.

"큭큭."

조부영이 참지 못하고 입을 가린 채 끅끅거렸다. 일단 입 밖으로 웃음이 터지자 더 우스워서 배를 잡고 웃었다.

이차두와 강만유 등 나머지 사람들은 웃지 않으려고 온 힘을 다해서 얼굴에 힘을 주고 실룩거리고 있다가 마침내 파안대소하고 말았다.

"으하하하하! 하하!"

눈물이 쏙 빠질 만큼 웃었다.

오보현은 자기가 진지하게 말해놓고도 함께 웃고 말았다.

웃을 때는 모두 똑같았다.

흔들의자에 묶여 있는 취룡조차 숨을 헐떡거리며 웃었다.

실컷 웃고 나서 숨을 헐떡거리며 이차두가 물었다.

"헉헉. 젠장, 생군(生軍:초보자, 생짜) 대장, 그래, 이젠 어떡할 참이요? 대장이 생군 대장이면 우리도 생군이오?"

오보현이 욕하며 말했다.

"나도 몰라, 이 새끼야. 당장 동굴 밖에 추적하는 놈들이 왔을 거란 말이야. 빌어먹을. 진짜 싸워야 할지도 모른다고."

이차두가 터져 나오는 웃음을 참아가며 말했다.

"이제 어쩔 수 없잖소? 큭큭. 한판 합시다. 한판이면 처녀도 끝장나질 않소? 대장도 생군(生軍)을 떼낼 수 있을 거요. 큭큭큭."

처녀 끝장내듯이 생군 끝장내자는 그 말이 다시 폭소를 터뜨리게 했다. 몸에서 남아 있던 마지막 힘까지 다 빼버렸다.

왕백지가 탈진한 상태로 검을 천천히 뽑으며 지친 음성으로 말했다.

"대장 말대로 밖에 놈들이 왔소."

아무도 서 있는 사람이 없었다. 모두 탈진한 상태로 눕거나 동굴 벽에 앉은 채 천천히 검을 뽑았다. 아직도 얼굴에 웃음기가 남아 있었다.

오보현이 이차두를 흘겨보며 중얼거렸다.

"망할 자식."

이차두는 여차하면 다시 웃을 기색이었다.

오보현은 고개를 돌려 버리고 천천히 일어났다. 강만유가 따라서 일어났다.

오보현은 손짓으로 다른 사람들에게 일어나지 말라는 명령을 내리고 강만유와 함께 밖으로 나갔다.

동굴 입구가 좁으니 두 사람이 잠시 동안만 막으면 다른 사람들이 힘을 회복할 수 있을 것이라는 생각이었다.

'적을 코앞에 두고 싸운 것도 아니고 웃다가 힘을 빼다
니⋯⋯."

오보현은 속에서 화가 치밀었다. 생군 대장이 아니고서는
결코 이런 바보짓을 할 리가 없다.

입구를 나오면서 강만유에게 작은 소리로 말했다.

"고맙다."

흔들림없이 자기에게 힘을 실어준 데 대한 고마움이었다.

오보현은 강만유의 얼굴도 하루 사이에 폭삭 늙었다는 것
을 알았다.

강만유가 씨익 웃었다.

"보현 형을 따라 했을 뿐인데, 뭘."

오보현이 장천사 못지않은 대장 노릇을 하려고 혼신의 힘
을 다할 때 강만유는 원래 오보현이 하던 역할을 다하려고 역
시 고심했던 것이다.

오보현은 장천사가 있을 때 종종 서로 부딪치기도 했지만
중요한 순간에는 항상 장천사를 무조건 따랐다. 그렇게 함으
로써 아직 어린 부하들에게 믿음을 줄 수 있었다.

제일 오랫동안 대장 곁에 있었으며 전쟁을 많이 치른 그가
아무런 이의 없이 순순히 따르면 부하들은 불안해하지 않았다.

오보현이 중얼거렸다.

"젠장, 전에 백인대장 하라는 지시가 내려왔을 때 안 했길
다행이지."

강만유가 말했다.

“난 십인대장도 못하겠소.”

오보현과 강만유는 얼굴을 마주 보았다가 또 웃을 것 같아서 급히 고개를 돌렸다.

눈이 펄펄 날리고 있었다.

동굴은 큰 바위들 틈에 있었고, 동굴 앞은 바위들이 듬성듬성한 비탈이었다.

오보현과 강만유는 검을 늘어뜨리고 피풍의를 휘날리며 동굴 앞에 버티고 섰다.

입구가 좁으니 두 사람이 막으나 일곱 사람이 막으나 마찬가지였다. 십오 장에서 이십 장 이내에 접근해 있는 적의 모습이 보였다.

그들은 동굴로 더 접근하지는 않았다.

강만유가 물었다.

“어떻게 할 생각이오?”

오보현이 말했다.

“나도 몰라. 젠장할, 되는대로 싸워보지, 뭐.”

산고제일식을 연습한 후 급속도로 백발이 되어가던 그들의 흰머리에 흰 눈꽃이 맺히기 시작했다.

第十八章
유성단천검법과 십자검법

武帝
本紀

무제본기

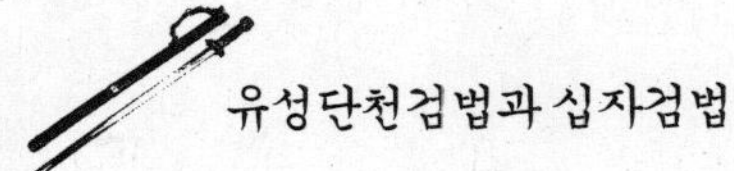

유성단천검법과 십자검법

"공격해도 될까?"

회색 옷을 입은 노인이 미심쩍은 듯이 말했다.

푸른 옷에 까만 제비를 수놓은 도포를 입은 노인이 머리를
저었다.

"물러나세. 지금은 때가 아니네."

두 노인의 뒤에는 세 명의 남자와 세 명의 여자가 서 있었
다. 세 여자는 하나같이 미인이었으며, 희고, 검고, 푸른 비단
옷을 입었다. 세 남자는 키가 작은 난쟁이와 검객, 그리고 화
살과 시위 없는 활을 손에 든 한 사람이었다.

회의노인이 순순히 말했다.

"그럴까?"

청의노인이 고개를 끄덕였다.

활을 든 사람이 말했다.

"두 분 노야(老爺), 저들은 지쳤습니다. 지금 공격하지 않으면 때를 놓칩니다."

검객이 뒤를 이어 말했다.

"그렇습니다. 저들은 평범한 군사들이 아닙니다. 위국에서 특별히 길러낸 자들일 가능성이 큽니다."

회의노인이 꼬인 음성으로 말했다.

"그래서 어쩌겠나?"

검객과 활을 든 사람이 난쟁이를 눈으로 재촉했다.

"그들은……."

난쟁이가 말했다.

"강한 자들이죠. 제가 저들 일행 중 한 명과 부딪쳐 봤습니다."

회의노인이 또 '그래서' 하고 말했다.

난쟁이가 말했다.

"노야께서 도와주지 않으시면 우리끼리는 승부를 장담할 수 없다는 말입니다."

회의노인이 코웃음 쳤다.

"지금은 우리가 도와줘도 마찬가지야."

난쟁이가 물었다.

"이유를 알고 싶습니다."

청의노인이 말했다.

"때를 놓쳤어. 웃기 전에 찾아서 공격했어야 했다. 그걸 못
했으니 다시 기회를 노리는 수밖에 없다."

활을 든 사람이 강한 어조로 말했다.

"지금 저들은 탈진한 상태입니다. 몸도 가눌 수 없을 정도
입니다."

회의노인이 고리눈으로 쏘아보며 말했다.

"그래서 안 된다는 거야. 지금 공격하면 네놈은 죽어."

"믿지 못하겠습니다."

활 든 사람이 말했다.

회의노인이 고개를 돌려 버리며 말했다.

"그럼 가서 죽어. 우린 갈 테니."

검객이 말했다.

"주군께서 저들에게 잡혀 있습니다."

"그럼 우리도 손들고 가서 잡힐까?"

회의노인이 진지하게 물었다.

검객이 어이없는 표정을 지었다.

청의노인이 말했다.

"가볍게 본 때문이야. 주군께서도 저들을 가볍게 봤기 때
문에 치욕을 당하게 된 거지. 자네들은 저들을 가볍게 본다면
치욕을 당하진 않아. 죽임을 당하겠지."

난쟁이가 물었다.

"저들이 제가 경험했던 것보다 더 강합니까?"

청의노인이 짧게 대답했다.

"지금은."

난쟁이가 입술을 지그시 깨물었다.

검객이 나서며 말했다.

"이해할 수 없습니다. 제가 저자들을 시험해 볼 수 있도록 해주십시오."

회의노인이 말했다.

"마음대로 해. 죽어도 난 모르니까."

검객은 비탈 위에 서 있는 오보현과 강만유를 힐끗 보았다. 그들은 마치 산책 나온 사람들처럼 여유롭게 서 있었다. 아무런 방비도 하지 않은 것처럼 보였다.

휘익!

검객은 공중으로 몸을 뽑았다. 몇 번 허공에서 몸을 뒤집은 후에 경신(輕身)의 비기(秘技)를 펼치며 비탈길을 달려 올라갔다.

그때 오보현과 강만유의 시선이 동시에 그를 향했다.

'헉!'

순간 검객은 그들에게서 뻗치는 무형의 살기를 느끼고 깜짝 놀라 우뚝 멈추며 검으로 몸을 보호했다.

그들 자신은 느끼지 못하고 있었지만 오보현과 강만유는 웃느라 힘을 다 뽑아버린 후에 전신의 모공이 열리고 기운이 자유롭게 흐르는 상태였다.

자연히 시선을 검객에게로 돌리자 그들의 살기가 함께 몰려간 것이다.

휘익!

검객은 잠시 멈칫했다가 다시 몸을 솟구쳤다. 이미 내친걸음이었다. 눈앞에 서 있는 자들이 특이한 무공을 익힌 것 같았지만 그대로 물러설 수는 없었다.

죽음으로 보호해야 할 주군이 그들에게 잡혀 있었고, 역시 생사 간에서 증명해야 할 무인(武人)으로서 그의 명예가 있었다.

강만유가 말했다.

"대장, 저 자식 혼자만 오는데……. 내가 상대하겠소."

오보현이 검을 갑주에 툭툭 부딪쳐 털면서 말했다.

"나도 그랬으면 좋겠지만… 젠장, 차두 그 자식이 또 겁쟁이라 할 거 아냐. 제기랄, 내키진 않지만 생군 대장 딱지 한번 떼보자."

그때 몸을 높이 솟구쳤던 그자가 내려서며 소리쳤다.

"나는 진의 검객(劍客) 두계주(杜戒酒)다! 너는 누구냐!"

검객은 무공을 익힌 자로, 신분이 높은 공경대부(公卿大夫)의 집에서 식객(食客) 노릇을 하거나 떠돌아다니는 협객(俠客)을 말한다. 그들 중에서 벼슬을 하여 장군이 되거나 재상(宰相)이 되는 사람들도 종종 있었다.

그들은 똑같이 검을 숭상하지만 진둔의 군사와는 출신부터가 달랐다.

진둔의 군사는 장군이 되어도 조정에 들지 못하는 껍데기

장군이었다.

군사는 검객이나 세객(說客:학문이나 마법을 익힌 후 여러 나라를 돌면서 주인을 구하는 사람)에 비하여 격이 낮다.

군사는 그 진둔이 속해 있는 나라를 위해서만 싸울 수 있지만 검객이나 세객들은 제 마음대로다. 그들 중에서도 어떤 골짜기나 산을 꿰차고 왕 노릇 하는 자들이 솔치 않게 많다.

검객들의 경우에도 제멋대로인 듯 보이지만 실상 그들 나름대로 스승에서 제자로 전해지는 엄격한 전승 체계가 있었다.

한때 명성을 날렸거나 실력이 뛰어난 자가 숨어서 왕 노릇 하는 산이나 곡에서 계속 검객과 세객이 배출된다.

하여튼 그들은 명성을 사랑하는 자들로, 항상 싸우기 전에 먼저 자기 이름을 외친다. 그런 자들 가까이는 가지 않는 게 상책이었다.

오보현은 전쟁터에서조차 적의 어떤 장군이 자기 이름을 외치며 싸우는 것을 본 적이 있다. 그러면 이내 같은 편에서도 누가 이름을 외치며 그와 마주 싸우게 마련이었다.

이번에는 그 누군가가 자신이 되어야 했다.

오보현은 뛰어나가며 마주 소리쳤다.

"나는 위(衛)의 오보현이다!"

낮은 신분을 굳이 목 돋워 외쳐 먼저 기죽을 필요가 없다.

"신분이 뭐냐?"

진의 검객 두계주가 소리쳤다. 자기소개에 응당 들어 있어야 하는 신분이 빠져 있어서 화가 난 것이다. 서로 죽이고 죽더라도 예의는 지키고 떳떳하게 죽어야 한다는 것이 두계주와 같은 사람들의 생각이었다.

또한 그것이 그들로 하여금 다른 나라 출신일지라도 각국의 왕공(王公)들에게 신뢰와 좋은 대우를 받는 원인이기도 했다.

오보현은 검법을 펼쳐서 공격하며 소리쳤다.

"니미랄! 엿 먹어라!"

오가둔(吳家屯)의 자랑스러운 검법인 유성단천검(流星斷天劍)이었다. 이 검법으로 오보현은 장천사 다음가는 검술 솜씨를 자랑할 수 있었다.

'헉!'

두계주는 속으로 놀라서 비명을 질렀다. 오보현의 검극(劍極)이 빛을 뿌리며 불타는 한줄기 유성처럼 그의 목을 찔러왔기 때문이다.

쩡!

검을 벼락같이 뽑았다. 그리고는 공력을 모두 끌어올려서 있는 힘을 다하여 막았다.

탕!

요란한 소리와 함께 검이 튕겼다.

상대방의 검도 튕겼지만 두계주는 튕긴 자기의 검에 목을 베일 뻔했다.

두계주의 검은 부드럽게 휘어져 빠르고 예리하며 변화가

많은 것을 장점으로 삼았지만, 오보현의 검은 유성처럼 빠르면서도 패도적인 힘을 닮고 있었다.

공력을 최대한 주입하지 않았더라면 오보현의 일검에 자기의 검이 부러지고 목에 구멍이 뚫렸을 것이란 사실을 두계주는 알았다.

유성처럼 빠른 데다 쇠를 끊을 만큼 강한 검법이라니, 믿어지지 않을 정도였다.

바로 그 순간, 밑에서 보고 있던 난쟁이가 고함쳤다.

"물러서!"

두계주는 우박처럼 하얗게 쏟아지는 오보현의 유성단천검을 보았다. 막을 수 있는 것이 아니었다. 이미 그와 싸울 수 있는 거리에 있지 않았다.

실수였다. 가볍게 본 것이 맞았다.

적은 그와 대등하게 싸울 수 있는 자였다.

더구나 정한곡에서 한번 보았던 어린 녀석의 검법과도 완전히 다른 검법을 사용했다.

파파팟!

두계주는 검을 가슴에 안은 채 팽이처럼 몸을 회전시키며 수평으로 굴렀다. 몸이 눈 위에 떨어지기 전의 짧은 순간에 사십여 번 회전했다.

검술을 배울 때 수천 번 연습했으나 한 번도 실전에서 사용한 적이 없는 구명절초(求命絶招) 회선은검림(回旋隱劍林)이었다.

자기의 비기(秘技)는 사용해 보지도 못했다. 원통했다.

시위 없는 빈 활을 든 자가 활을 앞세우고 허공을 튕겼다.

"젠장! 이럴 땐 어떻게 해야 하는 거야!"

오보현은 산고제일식을 펼쳐서 두계주를 죽여 버릴 작정이었지만 그가 검을 안고 팽그르르 도니까 어쩔 도리가 없어서 소리쳤다. 뭔가 마땅한 방법이 떠오르지 않았다.

유성단천검의 수법으로 무작정 두계주를 내려쳤다.

자기 검인데도 '빌어먹을!' 하는 욕이 나올 정도로 검이 강하고 빨랐다. 모든 힘이 너무 쉽게 검에 집중될 수 있었다.

바로 그때, 이상한 느낌이 들었다.

몸을 휙 돌리면서 검으로 머리와 어깨를 보호했다. 그러나 왼쪽 팔 위쪽에서 뭔가가 부딪치며 큰 소리를 냈다.

탕! 하는 소리와 함께 검도 부르르 떨렸다. 몸이 흔들릴 정도의 충격이었다. 가슴에도 철퇴에 맞은 것 같은 충격이 느껴졌다.

오보현은 뒤로 훌쩍 뛰어서 물러섰다. 힘이 흩어졌는지 다리가 흔들렸다. 속이 메스꺼웠다.

아래쪽에서 난쟁이와 빈 활을 든 놈이 뛰어올라 오고 있었다.

오보현의 뒤에서는 강만유가 달려나왔다. 강만유가 오보현의 앞에 버티고 섰다.

오보현의 오른팔에서는 피가 흐르고 있었다.

양측이 서로를 무섭게 노려보면서 대치했다.

검객 두계주는 일어났지만 안색이 백지장처럼 창백하면서 눈은 치켜 올라가 있었다. 분노와 수치를 견디지 못해서 몸을 떨었다.

난쟁이와 빈 활을 든 자가 그의 양쪽에서 강만유를 덮칠 듯이 쏘아보았다.

오보현이 검으로 활 든 자를 가리키며 욕했다.

"저 새끼부터 죽여 버려. 젠장!"

휘익!

말이 떨어지기가 무섭게 강만유가 몸을 날렸다. 그의 피풍의가 구름처럼 둥실 하는 순간에 강만유의 검은 활 든 자의 목으로 떨어지고 있었다.

캉!

두계주의 검이 강만유의 검을 막았다.

동시에 활 든 자가 빈 활의 한쪽 끝으로 강만유의 눈을 찍었다.

텅!

강만유는 왼손으로 활을 쳐내며 투구 쓴 이마로 활 든 자를 받아버렸다. 그자가 두 손으로 얼굴을 가렸다. 하지만 강만유의 힘에 의해 뒤로 튕겨났다.

촤라라라라!

두계주의 분노한 검이 그물처럼 펼쳐지며 강만유를 에워쌌다.

강만유는 슬쩍 물러섬으로써 두계주의 검을 벗어나며 자

기의 검법을 펼쳤다.

강만유는 호포진(虎浦鎭) 출신으로, 검법은 십자검(十字劍)이었다. 십자검은 각 검초가 시작되는 위치가 서로 다르지만 어느 것이나 자기 몸의 급소가 있는 척추와 가슴을 중심으로 십자(十字)를 그려 공격과 방어를 동시에 하는 검법이었다.

아무리 변화가 많은 검법이라 하더라도 결국은 상대방의 급소를 찌르고 베는 것으로 귀착되지 않을 수 없었다.

강만유의 십자검법은 그런 의미에서 두계주의 변화무쌍한 검의 천적이라고 할 수 있었다. 두계주의 그물망을 펼친 것 같던 검은 모조리 십자검법에 차단당해 버렸다. 강만유의 검에서 생겨난 무시무시한 검풍(劍風)이 오히려 두계주의 소맷자락을 잘랐다.

텅!

하지만 그 순간에 강만유는 가슴에 쇠기둥이 와서 부딪치는 듯한 충격을 받고 뒤로 튕겨났다. 난쟁이가 손을 쓴 것이었다.

오보현이 그 빈틈을 막고 나서며 유성단천검을 잇달아 삼초식을 펼쳐 적들을 물러나게 했다. 유성이 폭우가 되어 쏟아지는 듯했다.

난쟁이와 두계주, 그리고 빈 활을 든 자는 상기된 얼굴로 물러섰다.

오보현과 강만유도 그들이 어떤 이상한 수법을 쓸지 몰라서 경계하며 뒤로 두 걸음 물러났다.

보고 있던 회의노인이 역정을 내며 버럭 소리쳤다.

"알았으면 돌아와!"

두계주와 난쟁이 등이 오보현과 강만유를 노려보면서 천천히 물러났다.

청의노인이 말했다.

"이제 저들의 능력을 알겠는가?"

두계주가 고개를 떨구고 대답했다.

"예!"

회의노인이 난쟁이에게 말했다.

"너는?"

"아직 잘 모르겠습니다."

청의노인이 한숨을 쉬면서 말했다.

"그 정도면 함부로 덤볐다가 몰살당하지는 않겠군."

회의노인이 물었다.

"저들의 검법을 본 적 있는가?"

"아닐세. 내가 아는 검법이 아니었네."

청의노인이 무거운 얼굴로 대답했다.

"위국에서 언제 저런 자들을 길러냈는지 놀라워."

오보현과 강만유는 그자들이 밤의 진눈깨비 너머로 사라지는 것을 보았다.

오보현이 작은 소리로 욕했다.

"개자식들."

주변에 있던 다른 추적자들도 사라지고 없었다.

입을 꽉 다물고 있던 강만유가 울컥하며 핏덩어리를 토해 냈다. 난쟁이에게 가슴을 맞았던 충격으로 폐를 다친 듯했다.

오보현이 검을 눈에 꽂고 부축했다. 그도 왼팔은 부러져서 쓸 수 없었다.

왕백지와 이차두가 동굴에서 달려나와 두 사람을 부축했다.

"괜찮소?!"

이차두가 큰 소리로 물었다.

오보현은 오른팔로 왼팔을 붙잡은 채 인상을 쓰면서 말했다.

"죽을 맛이다."

이차두가 불만스럽게 말했다.

"젠장, 뭔 싸움을 번갯불에 콩 구워 먹듯이 끝내 버리는 거요?"

오보현은 그와는 말도 주고받기 싫다는 듯이 아예 손을 내저었다.

이차두가 히죽 웃었다.

"내가 뭐랬소? 싸우면 우리가 이길 것 같다고 했잖소."

오보현은 말하고 싶지 않았지만 또 할 수 없이 입을 열었다.

"무공 할 줄 아는 놈들하고는 싸울 만하다. 젠장, 좀 이상한 짓을 해서 껄끄럽긴 하지만…… 딴 짓 부리기 전에 찔러

버리면 될 거 같다. 입 닥치고 마법 쓰는 놈을 어떻게 상대해
야 될지나 생각해 봐."

강만유가 입가의 피를 닦으며 말했다.

"대장, 이건 입 닥칠 일이 아닌 것 같소. 다 같이 의논해 봅
시다."

오보현이 인상을 쓰면서 말했다.

"나도 알아. 젠장, 차두 이 자식이 미워서 그래."

이차두가 낄낄 웃었다.

"마법 쓰는 놈도 먼저 콱 찔러 버리면 되지 않겠소?"

듣고 보니 그럴듯했다. 마법이고 무공이고 간에 일단 붙으
면 눈치 채기 전에 찔러 죽이는 게 상책일 것 같았다.

동굴로 들어서는데 조부영과 사마운, 정대추가 박수를 쳤
다. 웃는 얼굴이라 도무지 생사의 기로에 있는 놈들 같지 않
았다.

오보현은 피식 웃고 말았다. 자기도 전혀 심각하게 느껴지
지 않았다. 대장 신분으로 싸워서 생군 딱지를 떼고 나니 한
번 해볼 만하다는 생각이 들었다.

하지만 장천사가 대장일 때는 이차두나 조부영 같은 녀석
들은 늘 찍소리도 내지 못했다는 생각이 들자 은근히 화가 나
는 반면에 또 장천사는 자기보다 부하들과 친하지 못했다는
생각이 들어서 기분이 좋기도 했다.

호기가 들어서 불쑥 말했다.

"그럼 방향을 돌려서 산고를 데리러 갈까?"

강만유가 바닥에 누우면서 말했다.

"대장, 난 반대요."

김이 팍 샜다. 객기를 부리려는 걸 강만유 녀석이 귀신 같이 알아차리고 숫제 먼저 반대해 버렸다. 딴 녀석들이 찬성할 리 만무하다.

그리고 반대하는 것이 옳다.

'젠장……."

오보현은 역시 대장 노릇은 만만한 게 아니라고 생각했다. 대장의 부수(副手) 노릇이 훨씬 쉽다. 강만유가 금세 잘하는 것만 봐도 분명하다.

사마운이 신중하게 그의 부러진 팔에 약을 바른 후 부목을 대고 붕대로 감았다.

강만유는 바닥에 누웠다.

정대추가 눈을 녹인 물을 먹였다.

왕백지와 이차두가 동굴 입구를 지킨다.

조부영은 배짱이 아주 두둑해졌는지 근처 눈 밑에서 마른 나무를 찾아와 아예 불을 지폈다.

금방 동굴 속이 훈훈해졌다. 아예 그곳에 눌러앉아 살고 싶을 정도로 푸근했다.

오보현은 정대추에게 진국 사신 취릉을 잘 지키라고 말한 후에 눈을 감았다. 부러진 팔이 욱신욱신했고 몸에 열이 올랐다.

재수가 좋은 건지 나쁜 건지 알 수가 없었다. 무공을 익힌 자를 상대로 싸워서 단숨에 격패(擊敗)시키고 죽일 뻔했다.

하지만 팔이 부러졌다는 건 좋지 않았다. 뼈는 겨울에 부러지면 잘 붙지 않고 베인 상처는 여름 것이 잘 아물지 않는다. 차라리 베였다면 부러진 것보다 훨씬 좋으련만.

오보현은 앞으로 어떻게 할 것인가, 황산고는 어디서 어떻게 밤을 보낼 것인가 등등, 이런저런 온갖 잡생각을 하다가 자기도 모르게 잠이 들었다.

꿈에 장천사를 보았다. 자기 전에는 닥친 것만 생각하느라 떠올리지도 못했던 장천사이다.

같이 뭘 했는지도 모르지만 하여간 장천사를 꿈에서 보았다.

기분이 몹시 나빴다. 몸이 뜨거웠다.

손을 머리에 대보니 차가운 물수건이 만져졌다.

구수한 냄새가 콧속으로 스며드는데 냄새가 목구멍만 넘어가면 토할 듯한 기분이 들었다. 목이 심하게 말랐다. 입 안에 뜨거운 모래가 버석거리는 것 같았다.

눈을 뜨니 사마운이 초조한 표정으로 보고 있었다.

"대장, 정신이 들었습니까?"

"음, 괜찮아."

대답은 했지만 목이 부어서 소리가 샜다. 역시 팔은 부러지지 말았어야 했다. 차라리 머리를 막지 않고 팔을 방어했더라면 투구가 좀 손상되는 것으로 끝났을 것이다.

사마운이 음식을 떠서 입으로 가져왔다.

오보현은 강만유 쪽으로 고개를 돌리며 물었다.

"만유는?"

사마운이 말했다.

"자는 중입니다. 안색이 안 좋습니다. 아무래도 속을 다친 것 같군요."

오보현은 국물을 삼킨 후에 물었다.

"만유가 똥물을 먹으려 할까?"

사마운이 쓴웃음을 지었다.

싸움이나 훈련 중 몸 전체에 골병이 들거나 내상이 생겼을 때 가장 확실하고 좋은 처방은 오보현이 말한 것이었다. 맨 정신으로는 도저히 먹을 수 없지만 아파서 죽을 지경이 되면 알아서 먹는다. 심한 골병이 들어도 여섯 달만 먹으면 거뜬하게 회복된다.

사마운이 말했다.

"먹는다 해도 구할 데가 없습니다. 오래 되지 않은 거면 소용없습니다."

오보현이 의자에 묶인 채 잠든 취룽을 보면서 말했다.

"오래 묵은 영감 건 괜찮지 않을까?"

"대장!"

골 아프다는 듯이 사마운이 아예 이마를 짚고 눈을 가렸다.

오보현은 자기가 좀 실없는 소리를 했는가 보다 생각했다.

장천사가 있을 때는 이런 소리를 해도 아무렇지 않았다.

그나저나 부상자가 두 명이나 생겨 버렸으니 앞으로 어쩐

단 말인가?

다시 머리가 지근거렸다.

사마운이 말했다.

"백지 형이 그러는데, 추적자가 점점 늘어나는 것 같답니다."

"얼마나?"

"오십 명이 넘을 것이라고……."

오보현은 머리를 들다가 다시 놓아버렸다. 이걸 걱정해야 하는가 마는가 하는 고민까지 들었다.

사마운이 취룡을 힐끔 보며 말했다.

"진국 사신의 친구들인 동주, 산주, 곡주들이 움직였을 것 같습니다."

취룡도 흔들의자에서 자고 있는 중이었다. 기울어지지 않도록 정대추가 돌을 괴서 의자는 수평이었다.

오보현은 아예 생각하기가 싫어졌다. 꼭 생각해야 한다는 부담이 더 생각하고 싶지 않게 만드는 것 같았다.

사마운이 물었다.

"대장, 우리가 그들과 싸우면서 빠져나갈 가능성이 얼마나 되겠습니까?"

오보현이 툭 내뱉었다.

"몰라."

사마운이 무거운 음성으로 말했다.

"없습니다."

‘젠장······.’

오보현은 속에서 욕이 치밀었다.

사마운이 말했다.

“하지만 싸우지 않으면 가능합니다.”

“어떻게?”

오보현이 물었다.

사마운도 물었다.

“우리가 명령을 받을 때 진국 사신을 죽여도 좋다고 하지 않았습니까?”

“그랬지.”

“죽입시다.”

사마운이 단호하게 말했다.

고개를 뒤로 젖히고 잠들었던 취릉이 천천히 머리를 든다.

사마운이 말했다.

“우리는 진국 사신을 죽여도 임무를 완수하는 게 됩니다. 살려서 데려간다고 해서 공이 더 커질 것 같지도 않습니다.”

오보현은 몸을 일으켜 앉으며 허리춤에서 단검을 뽑았다.

“괜찮은 생각인걸.”

취릉이 한숨을 쉬면서 말했다.

“나를 죽이면 내 벗들이 자네들을 끝까지 추적해서 죽일 걸세.”

사마운이 머리를 흔들었다.

“대장, 그럴 리가 없습니다. 그들은 사신이 죽으면 즉시 손을 멈추고 돌아갈 것입니다. 그들이 사신을 구하려고 온 것은 아직 살아 있기 때문입니다. 누가 사신을 구하거나 해서 사신이 살아 돌아가는 경우 자기 입장이 곤란해질 테니까요. 보복을 당할 수도 있고."

취릉이 말했다.

"내가 죽으면 아무런 이득도 위험도 없기 때문에 그냥 돌아간다는 거냐?"

사마운이 말했다.

"십중팔구는."

취릉이 말했다.

"내 부하들은 아니지. 그들은 내게 몸을 의탁했던 사람들이니 반드시 내 복수를 하려고 할걸?"

사마운이 오보현에게 말했다.

"대장, 저런 것까지 다 생각하고 움직일 건 아니지요?"

"물론이다!"

오보현은 손에 들었던 단검을 던졌다.

"그만 하게!"

취릉이 탄식을 하며 나지막하게 소리쳤다.

팍!

단검이 취릉의 오른쪽 눈 옆을 실낱같은 차이로 지나서 바위에 자루만 남기고 박혔다. 돌가루가 날렸다.

취릉은 기막힌 듯이 한숨을 쉬고 말했다.

"세상에는 무지(無知)해서 다루기 쉬운 자들과 무지해서

도무지 다룰 수 없는 자들이 있다. 자네들은 후자에 속하는구나."

사마운이 차분하게 말했다.

"목적이 무엇이냐에 따라 달라지는 것 아니겠소? 무지한 자들을 속여서 홀고 패망하게 하기는 쉽겠지만 그들을 이용해서 뭘 이루려면 불가능한 법이오."

취룽이 거듭 한숨을 쉬었다.

"나는 세상에 너희 같은 자들이 있다는 말을 듣지 못했다. 단순한 자, 무식한 자와 현명한 자가 어떻게 섞여 있을 수 있으며, 어떻게 현명한 자가 단순한 자와 무지한 자를 따를 수 있단 말이냐?"

오보현이 사마운의 허리에서 단검을 뽑으며 화난 음성으로 말했다.

"영감, 내가 던진 건 빗나간 거야. 이번에도 빗나가는지 한 번 보자."

취룽이 말했다.

"아서라, 단순한 자야."

오보현은 귓구멍에서 연기가 날 정도로 화났다. 생군 소리를 들은 것도 모자라서 단순하다는 소리까지 들으니 참을 수 없었다.

"그게 바로 우리가 사는 방법이오."

사마운이 그의 손을 꽉 잡고 진정시키며 말했다.

"현명하다고 전쟁터에서 살아남을 수 있겠소, 무식하고 힘

만 세다고 살 수 있겠소? 살아남으려면 때론 있는 것도 버리
고 없는 것도 만들어내야 하는 거요. 당신이 우리를 이간하려
고 해도 아무 소용이 없소. 우리는 아는 게 없지만 어떻게 해
야 살 수 있는지만은 몸으로 알고 있는 사람들이오."

취룽이 웃으며 말했다.

"네가 나를 가르치려 드는구나."

사마운이 말했다.

"간단하게 말합시다. 당신도 알고 나도 아는 것 같으니까.
당신도 봤다시피 우리 대장, 낙천적이고 노래는 잘 부르지만
단순해서 복잡하게 생각하는 걸 좋아하지 않소. 당신을 살려
놓는 것보다 죽이는 게 편하다면 그렇게 할 거요."

'이 자식이 정말……'

오보현은 화난 눈으로 사마운을 쏘아보았다. 사마운까지
그런 식으로 말할 줄 몰라서 배신당한 기분이었다.

사마운은 오보현의 시선을 슬쩍 피해 버렸다.

취룽이 고개를 끄덕였다.

"협조하겠다. 나를 죽였을 때보다 더 편하도록 해주겠다."

사마운이 말했다.

"선심 쓰는 것처럼 말하지 마시오. 대장은 복잡한 듯이 느
낄 수도 있으니까."

오보현은 주먹으로 사마운을 한 방 먹여 버렸다.

사마운이 '어쿠!' 소리를 내며 나가떨어졌다.

"빌어먹을 자식! 말을 해도 꼭 그따위로."

욕을 하면서 발로 확 밟으려다 좀 심한 것 같아서 그만두었다. 사마운이 벽에 튕겼는데 진짜 아파하는 것 같았다.

"젠장! 잘했어, 인마!"

내뱉은 후에 오보현은 욱신거리는 팔을 주무르며 밖으로 나왔다.

사마운이 머리를 긁적거린다.

조부영과 정대추가 입구를 경계하고 있었다.

"백지와 차두는?"

조부영이 말했다.

"근처에 있을 겁니다."

불안했다. 주변에는 마법과 무공을 쓰는 자들이 많다. 전부 자기들을 노리는 자들이다. 오보현은 그들이 빨리 돌아와야 할 텐데 하고 생각했다.

자꾸 조바심이 일었다.

눈은 더 많이 쏟아지고 있었다. 그런 기세로 한 시간만 쏟아져도 일대의 지형이 다 변해 버린다. 동굴 입구가 막힐 수도 있었다.

'하루쯤 여기서 있어야 할까?'

오보현은 착잡했다.

폭설로 시야가 좁아진 상태에서 눈에 의지하면 동서남북조차 분간할 수가 없다. 빨리 산을 벗어나서 달려야 하지만 함부로 폭설 속에서 움직이는 건 자살 행위나 마찬가지였다.

진국 사신이 도울 것처럼 말했지만 과연 몇 명이나 살아서 귀환할 수 있을지 의심스러웠다.

지금 오보현의 능력으로 전쟁터에서라면 일당백이 아니라 일당만을 자처할 수 있을 듯도 싶었지만, 오보현의 능력이 일반 군사와 다른 것처럼 적도 일반 군사가 아니라 마법과 무공을 익힌 자들이다.

오보현은 진국 사신 취룡이 방법을 강구해서 자기들을 살 수 있게 해줄 거라고는 눈곱만큼도 믿고 있지 않았다. 자기 목숨을 그런 기대에 맡겨놓기에 오보현은 지나치게 경험이 많았다.

유일한 위안이라면 부족한 자기를 대신하여 부하들조차 적극적으로 나서서 오보현의 부담을 들어주려고 한다는 점이었다.

물론 그렇게 하지 않으면 살아서 돌아갈 수 없을 거라는 생각이 부하들에게 있기 때문일 수는 있었다.

그동안 함께한 부하들은 너 나 할 것 없이 싸우고 살아남는 데는 최고의 능력을 가진 자들이었다.

오보현은 강만유가 깨어나면 마법을 어떻게 상대하고 파악할지에 대해서 자세히 물어봐야겠다고 마음먹었다. 먼저 찔러 죽이려 해도 알 만큼은 알아야 할 테니까.

눈은 벌써 허리 높이까지 쌓여 있었다.

"부영이는 대추를 데려가서 만유를 태워 갈 수 있는 것을 만들어라. 여긴 내가 지키고 있겠다."

오보현은 동굴 밖을 향해 나직하게 말했다.

조부영과 정대추는 고개를 끄덕였다. 그들이 보기에도 강만유는 혼자서 움직이기 어려울 것 같았다.

오보현이 말했다.

"가까이 있는 나무를 베라. 멀리 가지 말고, 한 사람은 일을 하고 한 사람은 경계를 해라. 적이 나타나면 싸우지 말고 즉시 돌아와라. 돌아올 수 없을 때는 소리를 질러라."

"알겠습니다."

조부영과 정대추가 말했다.

하지만 오보현은 믿음이 가지 않았다. 그들의 눈에도 싸워 보고 싶다는 전의(戰意)가 감돌고 있었다.

오보현이 덧붙였다.

"위험을 벗어나더라도 우리가 살아남으려면 부상당하지 않고 멀쩡한 사람이 최소한 두 명쯤은 있어야 하니까."

조부영과 정대추가 고개를 들더니 다시 '알겠습니다' 하고 갔다.

이번에도 불안하기는 했지만 조금은 마음이 놓였다.

오보현은 사마운을 동굴 밖으로 불렀다. 그의 단검을 돌려주며 말했다.

"죽여야 할 때 그 영감은 네 손으로 죽여라."

사마운이 단검을 받으며 작은 소리로 말했다.

"명심하겠습니다."

오보현은 눈썹에 달라붙는 눈을 털어내며 웃었다.

"지금은 네 머리밖에 믿을 게 없다."

　동료들 중에서 머리를 깊이 쓰는 사람은 바둑을 좋아하며 속 깊은 사마운밖에 없었다.

　사마운도 자기의 책임을 통감하고 있는지라 고개를 숙인 채 말했다.

　"산고가 빨리 돌아오면 좋겠습니다."

　"나는 대장도 살아왔으면 좋겠다."

　오보현이 한숨을 쉬며 말했다. 그가 말하는 대장은 장천사였다.

　사마운이 묵묵히 있자 오보현이 잘라서 말했다.

　"하지만, 지금 네가 있어서 좋다."

　사마운이 고개를 들며 슬며시 웃었다.

　"대장, 역시 멋있고 듣기 좋은 말은 잘하는군요."

　"이 자식!"

　오보현은 다시 주먹을 번쩍 들었다.

　사마운이 귀신처럼 뒤로 물러섰다. 벌써 물러설 준비를 하고 한 말이었다.

　부하들이 자기를 너무나 잘 알고 있었다. 도무지 위엄이 서질 않았다. 대장 노릇 하기 편한 건지 더러운 건지 알 수 없다.

　오보현은 대장 못해먹겠다고 생각하면서 사마운에게 활을 준비하라고 시켰다.

　전사들은 주로 검을 쓰며 활을 잘 쓰지는 않았지만 모두 사용할 줄 알았다.

사마운은 동굴로 들어가서 여섯 개의 활에 시위를 걸고 긴 장도를 조절했다.

자기들처럼 눈에 발자국을 남기지 않고 달릴 수 있는 자들도 있지만 추적자들 중에서는 그렇지 않은 자도 상당수 있을 게 분명했다. 특히 마법을 사용하는 자들 중에서.

그것은 오보현이 궁여지책으로 강만유가 깨어날 때까지 마법에 대항해 싸울 수단으로 강구한 것이었다.

거기에는 무공을 하는 자와 마찬가지로 마법을 쓰는 자들도 마법을 쓰기 전에 콱 죽여 버리면 되지 않겠냐던 이차두의 말이 결정적으로 기여했다.

第十九章
고대 종족 삼묘씨(三苗氏)의 무덤

무제 본기

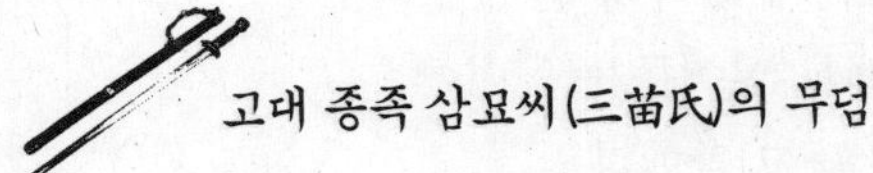

고대 종족 삼묘씨(三苗氏)의 무덤

이차두가 물었다.

"백지 형, 근처에 동굴이 몇 개나 될 것 같소?"

"많아. 마흔 개 정도."

왕백지가 대답했다.

이차두가 놀라면서 말했다.

"왜 그리 많소?"

왕백지는 나무 뒤에서 몸을 숨긴 채 말했다.

"여긴 옛날에 삼묘씨(三苗氏:중국에 있었던 고대 부족)가 마지막으로 살았던 곳이야. 찾아보면 어딘가에 좀 더 큰 거주지도 있을 거야."

"삼묘씨? 처음 듣는 부족인데, 그들은 동굴에 살았소?"

"아니, 집을 짓고 살았어."

왕백지는 매(枚:얇은 나뭇조각으로, 입에 물면 거친 숨소리를 없앨 수 있음)를 이차두에게 하나 주며 말했다.

"동굴은 그들이 시체를 넣어두는 곳이야."

이차두는 매를 손에 들고 말했다.

"우리가 있던 동굴에 시체는 없었잖소? 해골도."

왕백지는 갑주를 벗으며 작은 소리로 말했다.

"없어. 아무 데도 시체는 없어. 산에 사는 짐승들의 먹이가 됐으니까."

이차두도 따라서 갑주를 벗었다.

갑주의 무게는 열다섯 근에서 무거운 것은 서른 근 이상 나가는 것도 있었다. 야간에 작은 규모의 기습을 할 때는 위험하지만 갑주와 투구를 벗는 것이 보통이었다.

빨리 움직이기 위해서 무게를 줄이는 것임과 동시에 움직일 때 나는 거친 소리를 없애기 위해서였다.

장검조차 칼집은 가져가지 않고 검정색 천으로 덮어서 가져간다. 검이 번득이는 것을 보고 적이 경계할 수도 있기 때문이었다.

왕백지는 신을 벗고 매를 입에 물며 나직하게 말했다.

"가자."

옆에 있어도 입을 열지 않으면 있었는지조차 잘 모를 정도로 기척이 없는 왕백지였다. 검정색 천으로 감은 장검을 들고 왕백지는 폭설 속에서 소리없이 달려갔다. 눈 위에 발자국도 남지 않았고 평소보다 훨씬 빨랐다.

이차두는 숨을 멈추고 있는 힘을 다해서 겨우 그를 놓치지 않고 따라갈 수 있었다.

눈으로 입구가 조그맣게 변한 동굴이 그들의 앞쪽에 있었다.

왕백지와 이차두는 그림자가 문득 폭포에 비친 것처럼 폭설 속에서 뛰어나왔다.

동굴 안 입구 양쪽에 기대앉은 두 사람이 있었다. 그중 한 명이 이상한 느낌이 들어 검을 잡는 순간 왕백지는 왼손으로 그자의 목을 누르고 오른손의 검을 눕혀서 심장을 찔렀다.

스윽!

갈비뼈 사이로 검이 미끄러져 들어갔다가 금방 빠져나왔다. 피는 조금밖에 나지 않았다. 그자는 아무런 소리도 내지 못하고 숨이 끊어졌다.

이차두는 수건으로 다른 한 명의 입을 막으며 목의 동맥을 끊었다.

그자들은 모두 군사는 아니었다. 죽는 순간에 양손이 무섭게 꿈틀거린 점으로 봐서 무공을 익힌 자들이었다.

이차두는 경동맥이 끊어진 자의 목에서 분출하는 피를 막기 위해서 그자를 바닥에 엎어놓았다.

하지만 실수였다. 군막을 기습한 적은 수십 번이었지만 동굴을 기습한 건 처음이었다. 동굴은 공기가 무겁고 냄새가 쉽게 퍼지며 갇히기 쉬운 구조였다.

피 냄새가 잠든 자들을 깨웠다.

급했다. 그들이 일어나는 순간이 두 사람에게는 죽는 순간일 가능성이 많았다.

장천사마저 말 한마디에 죽는 것을 본 이차두였다.

스슥!

그 순간 아무 생각 없이 이차두는 안으로 날아들며 고개를 드는 자의 목을 연이어 베어버렸다.

산고제일식을 배우면서 날마다 죽음의 동굴을 지나며 익혔던 생사지간의 속도였다. 그것이 비슷한 상황이 되자 저절로 발현된 것이다.

한줄기 선을 그리며 날아가는 순간에 대여섯 개의 목이 날아올랐다. 목뼈 뒤에 있던 그들의 돌베개마저 가가가각! 소리를 내며 베어졌다.

왕백지는 그사이에 소리없이 네 사람을 죽였다.

그가 사람을 죽인 방법은 마치 나비가 날아서 꽃에 옮겨 앉는 것 같았다. 한 번 움직일 때마다 그가 잠시 내려앉은 자는 혼백이 날아가 버렸다.

동굴 속에 살아남은 다른 자는 없었다.

"허억!"

이차두는 매를 뱉으며 숨을 거칠게 들이쉬었다.

조금만 늦었어도 적들이 일어날 뻔했다. 목을 잃은 몸뚱이들은 붉은 피를 콸콸 쏟아내고 있었다. 바닥을 구르는 수급들은 젊은 놈부터 늙은 놈까지 다양한 얼굴이었다.

그러나 그중 한 놈도 전포를 입고 있진 않았다. 옷 모양으로 봐선 조국(曹國)에서 온 자들 같았다.

이차두는 홍분이 가라앉지 않았다.

군사가 아니라면 무공을 익힌 자나 마법을 익힌 자였다. 비록 잠자는 그들의 목을 베기는 했지만 무공을 익힌 자와 마법을 익힌 자를 여럿 벤 것이었다.

그들은 느긋하게 쫓던 자들이었다. 속이 달아서 쫓는 여러 패의 적을 가진 쫓기는 자가 오히려 자기들을 기습할 것이라곤 생각도 못했을 게 분명했다.

경계하는 자들이 기척도 내지 못하고 죽은 것이 그자들의 죽음으로 이어졌다.

왕백지는 시체들을 찬찬히 살펴보고 있었다. 그의 얼굴에서도 홍분이 비쳤다. 왕백지도 이차두의 속도와 죽은 자들의 반응 속도 및 상태를 확인하는 것이었다.

그것으로 무공과 마법을 익힌 자들을 상대할 때 얼마나 빨라야 할 것인가에 대한 대체적인 느낌이 왔다.

산고제일식의 비결이라면 비결이라고 말할 수 있는 사중생로(死中生路), 그 한마디를 깊이 명심하고 검에 목숨을 건다면 이차두처럼 그들을 벨 수 있을 것 같았다.

왕백지와 이차두는 홍분을 가누면서 동굴을 나와 눈으로 입구를 막아버렸다. 그 위에 폭설이 덮이며 눈을 만진 흔적마저 지워 버렸다.

두 사람은 나무 밑으로 돌아와 신을 신고 갑주를 다시 입었

다. 다른 추적자들을 공격하기엔 두 사람 모두 지나치게 흥분
한 상태였다.

　동굴로 돌아갔다.
　동굴 입구에는 대장 오보현 혼자 검을 들고 폭설 속에 눈사
람처럼 서 있었다.
　이내 조부영과 정대추가 이상하게 생긴 물건을 만들어서
왔다.
　손수레 비슷한데 앞뒤로 손잡이가 있었고, 가운데에는 발
도 아니고 바퀴도 아닌 것 세 쌍이 있었다. 중간 것이 제일 길
었고 앞뒤의 것은 조금 짧았다.
　중간의 긴 것은 끝에 조그마한 바퀴가 달려 있었다.
　수레의 몸체에 해당하는 부분은 손잡이를 빼고 나면 아무
래도 관과 비슷하게 생겼다. 판자를 둘러놓고 구멍을 뚫어서
안에 있는 사람이 숨을 쉴 수 있게 해놓긴 했지만 보기에 편
치 않았다.
　하지만 보기 싫지는 않았다.
　손톱과 발톱에 조각을 새기는 솜씨를 가진 조부영이 만든
물건이라, 생나무를 베어 만들은 것인데도 깔끔했다. 못이 없
으니 홈을 파고 짜서 만들어 부러지지 않으면 해체될 것 같지
않았다.
　강만유를 관처럼 생긴 곳에 태운 후 지붕을 덮고 앞뒤에서
사람이 들고 달린다는 구상이었다. 모양만 달랐지 취룽의 흔

들의자와 용도가 같았다.

정대추가 작은 소리로 말했다.

"만유 형을 안에 태우고 지붕에 저 영감을 태워 방패로 쓸 거요."

날이 샜는지 어쩐지 구분할 수 없었다.

마른 쇠고기를 넣어서 끓인 탕을 여덟 명이 나누어 먹었다.

눈은 계속 쏟아졌다. 동굴 입구의 눈을 치워서 동굴이 막히지 않도록 해야 했다.

강만유의 상태가 좋지 않았다. 불을 피우고 모포로 감았지만 기침을 자주했다. 더 심해지는 것 같았다.

오보현은 속수무책이었다. 강만유는 기침을 한 후에 웃곤 했지만 오히려 오보현은 그게 보기 싫고 화가 났다. 강만유는 말도 할 수 없는 것처럼 보였다.

그때 왕백지가 취룽에게 걸어갔다. 취룽은 탕을 먹은 후에 다시 흔들의자에 묶여 있었다. 묶여 있어도 그는 오랜 흔들의자 위에서의 생활 때문에 느긋하고 편해 보였다.

왕백지가 물었다.

"만유 형을 다치게 한 자는 당신 부하지요?"

취룽이 순순히 시인했다.

"그렇다. 그는 내 부하 중에서 석요생(石耀生)이란 자다."

왕백지가 공손하게 말했다.

"나는 무공을 익힌 사람들은 수련하다가 서로 다치게 할 때 특별한 약을 주어 치료해 준다고 들었습니다. 석요생도 약을 가지고 있습니까?"

취룽이 대답했다.

"있다."

사마운과 오보현 등은 이미 천천히 일어나고 있는 중이었다. 그들은 무공을 쓰는 자들이 특별한 약을 가지고 다닌다는 사실도 모르고 있었던 것이다.

사마운의 눈에조차 살기가 피어올랐다.

취룽이 말했다.

"하나 그는 약을 내놓지 않을 것이다."

오보현의 목구멍으로 욕이 치밀어 올랐을 때 사마운이 차갑게 말했다.

"아무래도 우린 당신 시체와 약을 교환하는 게 편할 것 같소."

취룽이 웃으며 말했다.

"나는 자식이 없다. 그들은 내 부하일 뿐이니 복수는 해주더라도 시체를 가져가진 않을 것이다."

동굴 속에는 강만유의 새액새액 하는 숨소리, 그리고 신경을 팽팽하게 당겨놓는 긴장이 있었다.

오보현이 사마운에게 말했다.

"일단 팔을 잘라! 팔을 가져가서 일단 시험해 보자. 바꿔주는지 않는지. 안 바꿔주면 죽여 버리자."

사마운이 한 걸음 다가갔다.

취룡이 말했다.

"받을 수도 있을 거야. 하지만 가져오진 못해. 내 부하들 중에는 마법을 잘 쓰는 이도 있다."

이차두가 불쑥 말했다.

"대장, 다 죽여 버리고 그놈만 데려옵시다."

취룡은 점잖은 어조로 말했다.

"포승을 풀어라. 내가 그를 고쳐 주겠다."

"영감이?"

이차두가 회의적인 눈으로 보며 말했다. 취룡의 그 말을 듣는 순간 모두 이상하게 속이 꼬이는 기분이었다.

취룡이 고개를 앞으로 내밀고 속삭이는 듯이 조그마한 소리로 말했다.

"장력에 내상을 입은 것 정도인데 무슨 대수로울 게 있는가? 내가 직접 풀고 싶진 않으니 포승을 풀어주게."

오보현과 왕백지 등이 모두 긴장했다.

취룡의 음성에 이상한 힘이 있었다.

이차두와 조부영, 그리고 정대추가 검을 잡았다. 여차하면 바로 취룡을 베어버리기 위해서였다.

오보현은 사마운에게 눈짓을 했다. 사마운이 취룡의 곁으로 한 걸음 더 다가갔다.

취룡은 눈을 빛내며 또 들릴락 말락 한 소리로 말했다.

"사마운, 자네 손에 있는 그 단검이 내 포승을 끊기를 바라네. 내 몸을 찌른다면 좋지 않을 게야."

사마운은 소매 속에 손을 감추고 그 손에 단검을 쥐고 있는
상태였다.

그때 뒤에서 거칠고 탁한 고함 소리가 터져 나왔다.

"죽여! 그 영감은 마법을 알고 있어!"

강만유가 상체를 일으키며 죽을힘을 다해 외쳤다.

그 순간 사마운은 단검으로 취룡의 심장을 찔렀다.

번쩍!

푸른 검광이 번득였다.

푸쉬시!

그러나 사마운의 단검은 취룡의 가슴에 닿는 순간 촛농처
럼 녹아버렸다.

"헉!"

사마운이 놀라서 뜨거워진 단검 자루를 놓으며 검으로 취
룡의 허리를 벴다.

그때는 벌써 왕백지와 오보현, 이차두, 조부영과 정대추의
검이 가공할 속도로 취룡을 찌르는 중이었다.

마치 시간이 멈춰진 것 같았다.

불꽃과 화염이 취룡의 몸에서 피어올랐다.

취룡은 폭설이 쏟아지는 바깥으로 걸어나왔다.

동굴 가운데가 무너졌다.

검에 의해 그의 옷은 난자당했다.

그들의 손에서 벗어나기 위하여 세 개의 호명기(護命旗) 중

에 두 개를 썼다. 호명기는 붉은 곰과 표범이 그려진 손바닥만 한 깃발이었다.

그러나 그것은 국왕이 부절(符節:사신의 징표. 둘로 나누어 하나는 조정에 보관하고 다른 하나는 사신이 가지고 다니며 서로 맞추어서 신분을 확인하는 데 사용함)과 함께 사자(使者)에게 몰래 내리는 신물(信物)이기도 하였다.

호명기는 고대부터 전해지는 방법으로 만들어지며 하나의 호명기를 만들기 위해서는 뛰어난 마법을 가진 사람들의 적지 않은 시간과 공이 들어가야 했다.

국왕의 사자들은 중요한 임무를 띠고 갈 때 이 호명기를 한 개 또는 두 개씩 받았다. 그것은 반드시 왕명을 이뤄야 한다는 뜻이기도 했다.

호명기를 사용하면 어떤 경우에서든 위험에서 벗어날 수 있다.

그러나 호명기는 한 번 사용되고 나면 그 수명을 다하고 만다. 그래서 호명기를 받은 사자라 할지라도 호명기를 목숨보다 더 아끼고 사용하지 않은 채 왕에게 돌려주는 것으로써 자기의 충성을 증명하는 경우가 많았다.

취룽은 호명기도 모르는 무식한 자들 때문에 호명기를 두 개나 허비했다.

이것은 임무를 완수하지 못하면 자결로써 속죄해야 한다는 의미기도 했다.

호명기가 옷까지 지켜주지는 않았다. 춥지 않게 해주거나 배를 불려주지도 않는다.

취룽은 가슴까지 쌓인 눈 위를 걸었다.

그가 나온 곳은 그가 원래 들어갔던 입구가 아니었다.

동굴의 가장 안쪽은 막다른 곳이 아니라 막혀 있는 곳일 뿐이었다. 취룽은 그 막혀 있는 곳을 열고 빠져나왔다.

그의 뒤에서는 동굴이 무너져 길을 끊었다.

처음 그 동굴에 들어갈 때부터 옛날 삼묘씨의 공동 무덤으로 쓰인 동굴 중 하나라는 사실을 그는 알고 있었다.

삼묘씨의 무덤은 등급이 있다.

비록 짐승들이 시체를 먹을 수 있도록 해놓는 점에서는 다를 바가 없지만 세대가 다르면 다른 동굴을 쓴다.

또한 같은 세대의 동굴에서도 여자와 남자의 시체는 동굴 가운데를 막아서 따로 놓는다.

취룽은 삼묘씨의 동굴 무덤은 가운데 있는 칸막이를 통해서 양쪽으로 나누어져 있다는 사실을 알고 있었다. 나뉜 양쪽 모두 밖으로 통하는 길이 있었다.

동굴이 많다는 것은 삼묘씨가 아주 오랫동안 그곳에 거주했다는 것을 뜻한다. 동굴이 사십 개라면 최소한 사십 세대를 거쳐서 살았다는 말이다.

취룽이 대략 짐작해 보건대 그 일대에는 가운데가 막혀 있으며 양쪽으로 뚫어진 동굴이 이십여 개였다.

추위가 살을 엘 듯하였다. 검에 베어져 누더기가 되어버린 옷 속으로 눈과 바람이 함께 들어왔다.

취룽은 몸을 떨었다. 반드시 추위 때문만은 아니었다.

통제할 수 없는, 통제되지 않는, 그러면서도 자기들끼리 분명한 질서와 법칙을 가지고 있는 자들에 대한 두려움이었다.

그들을 어떻게 조종할 수 있으리라 믿고 순순히 잡혔는데 헛된 고생만 했다.

그들에게 취룽의 말은 먹히지 않았다. 왕의 부절을 가진 사신으로서의 위엄도, 천하를 떨쳐 울린 외교관으로서의 명성도 아무 소용 없었다.

무식한 귀신은 진언(眞言)도 모른다는 말 그대로였다.

말을 알아듣는 사람이라면 누구나 그 마음이 흔들리고 마는 취룽의 변지술(辯智術)이 그들에게는 이상한 짓거리에 지나지 않는 게 되어버렸다.

전혀 예측하지 못했다.

상처를 낫게 해주겠다는 데도 그들은 검을 휘두르고 찔렀다. 호명기가 없었다면 이미 취룽은 십여 개의 고기 토막으로 변해 버렸을 것이다.

그들을 다루어보려고 했던 시도가 노인의 경륜에 대한 지나친 자신감이었고 객기였다.

흔들의자도 이젠 없다. 부하들도 없다.

늙은 몸으로 중년의 건강을 유지하고는 있다 하나 가슴까지 쌓인 눈을 헤치고 나간다는 것이 취룽에게는 불가능했다.

취룽은 몸을 잘 움직이지 못했다. 그의 머리와 어깨에 눈이 삽시간에 덮였다. 폭설 속에서 취룽은 쌓인 눈에 기대었다.

눈이 푹 꺼지고 몸이 비스듬하게 된다.

천지사방에는 오직 폭설뿐, 십여 세의 어린 시절에 경험했던 폭설 같았다. 그때는 스승 곁의 불가에 앉아 눈을 보면서 언젠가 자기의 명성과 뜻으로 저 눈처럼 천하를 두텁게 덮고 말겠다고 맹세했었다.

칠십 년 동안 천하를 종횡하였다. 명성은 그때 보았던 폭설만큼 세상을 덮지 못했지만 재주와 공명을 적잖게 떨쳤다.

참으로 오래 살기도 했다.

하지만 취룽이 가졌던 평생의 뜻은 아직 펴지 못했는데 눈이 그를 덮고 있었다. 자기가 이루지 못한 스승의 뜻도 그와 함께 덮이고 있었다.

그래서는 안 된다. 취룽은 속으로 부르짖었다.

살 만큼 산 목숨, 죽음은 아무렇지 않다. 하지만 스승의 마지막 뜻만은 이 세상에 전해져야 한다. 자기가 이루지 못할지라도 전해져서 훗날 누군가 이어야 한다. 아직 살아야 했다.

취룽은 세 번째 호명기를 사용했다.

*　　　*　　　*

오보현은 강만유의 머리를 무릎으로 받쳤다. 정대추와 이차두, 조부영과 사마운이 그의 팔과 다리를 주물렀다.

강만유는 피를 여러 번 토했다. 몸을 심하게 떨었다. 동굴의 안쪽이 무너지면서 생겨난 먼지가 그를 괴롭혔다.

핏발 선 눈은 정기를 잃은 듯이 보였다.

오보현은 그의 머리에 머리를 숙였다. 부하가 죽어가는데 이렇게밖에 할 수 없단 말인가? 고통스러웠다.

강만유는 취룽의 이상한 행동을 경계하며 소리친 후에 상태가 훨씬 악화되었다.

취룽은 무너진 동굴에 깔렸다.

오보현 등은 그를 베고 찌른 후에 뒤로 물러나서 화를 면할 수 있었다.

취룽에게 술법이 있다고 해도 그 안에서 빠져나오지는 못했다.

진국 사신은 죽었다.

그러나 강만유가 죽어선 안 된다.

오보현은 왕백지를 시켜서 자기의 왼팔에 붕대를 새로 감았다. 가슴 앞에 흔들리지 않게 달아놓았다.

이윽고 강만유가 잠이 들었다. 안색이 파리했다.

오보현은 강만유의 머리를 들어서 내려놓고 일어섰다.

강만유의 팔다리를 주무르던 사람들은 계속 그를 안마했다. 무슨 효과가 있을지 없을지는 몰랐지만 마땅한 다른 방법이 없었다.

오보현은 동굴 밖으로 나왔다. 왕백지가 따라왔다.

"넌 여기 있어."

오보현이 툭 내뱉듯이 말했다.

왕백지가 말했다.

"어딜 가려고 합니까?"

오보현은 코를 전포에 한번 문지르고 말했다.

"약을 구해야겠어."

"함께 갑시다."

왕백지가 말했다.

오보현이 머리를 저었다.

"여기 있어. 내가 실패하면 애들을 데리고 떠나라."

왕백지가 굳은 얼굴로 말했다.

"그들은 강합니다. 혼자서 상대할 순 없습니다."

"그래도 젠장, 다른 방법이 없잖아."

오보현이 중얼거렸다.

"너까지 죽으면 애들은 다 죽어. 차두 녀석이 이끌면 싸우는 쪽만 택할 거니까."

왕백지가 말했다.

"지금 이걸 작전이라 생각하고 한번 목숨을 걸어봅시다."

"내가 대장이다."

오보현이 걸어가며 말했다.

"여기 있어. 명령이야."

명령이라는 한마디가 왕백지의 입을 다물게 했다. 명령은 따라야 한다. 예외가 있을 수 없다.

오보현은 뒤를 돌아보지 않았다. 앞을 분간하기 어려운 폭설 속을 달렸다. 눈이 눈으로 날아들어 보이지 않는 앞조차 볼 수 없도록 만들었다.

하지만 오보현은 멈추지 않고 달렸다. 한줄기 바람처럼 달려갔다. 눈 위에는 발자국도 남지 않았다.

취룡의 부하들이 어디에 있는지 오보현은 몰랐다. 안다고 해도 눈 속에서 찾을 수가 없다. 다만 무작정 힘을 다해 달렸다. 동굴이 있던 곳을 중심으로 동심원을 그리면서 달렸다.

손은 얼어서 감각이 없었지만 가슴속에서는 뜨거운 숨이 차올랐다. 이마에도 땀이 배어 나왔다.

오보현은 아랫배에 힘을 모아서 낮지만 우렁차게 외쳤다.

"석요생!"

바로 그때였다.

갑자기 눈앞이 훤하게 밝아졌다. 솜뭉치 같은 눈송이가 노을빛을 받은 구름송이처럼 밝게 빛났다.

주변 십여 리가 환해진 듯했다. 오보현이 달리던 곳은 밑으로 아득한 절벽이 보이는 곳이었는데, 빛은 그곳에서 하늘을 뚫고 치솟았다.

"삼묘신흑(三苗神黑)이다!"

절벽 아래 어디선가 고함 소리가 들려왔다.

뒤이어 엄청난 포효 소리가 들렸다.

크아아앙!

산이 흔들릴 정도로 거대한 소리였다.

오보현은 그 소리를 듣는 것만으로도 전신의 뼈마디가 시큰거렸다. 체온이 내려가며 식은땀이 흘렀다.

기수(奇獸)가 나타났다!

저렇게 거대한 포효를 내는 짐승들은 전설 속의 기수나 마수(魔獸), 영수(靈獸) 따위밖에 없다.

세상에 아직도 기수 중에서 서쪽의 아미금산(阿彌金山)이나 동쪽의 봉래산(蓬萊山)으로 가지 않은 것이 남아 있는 모양이었다.

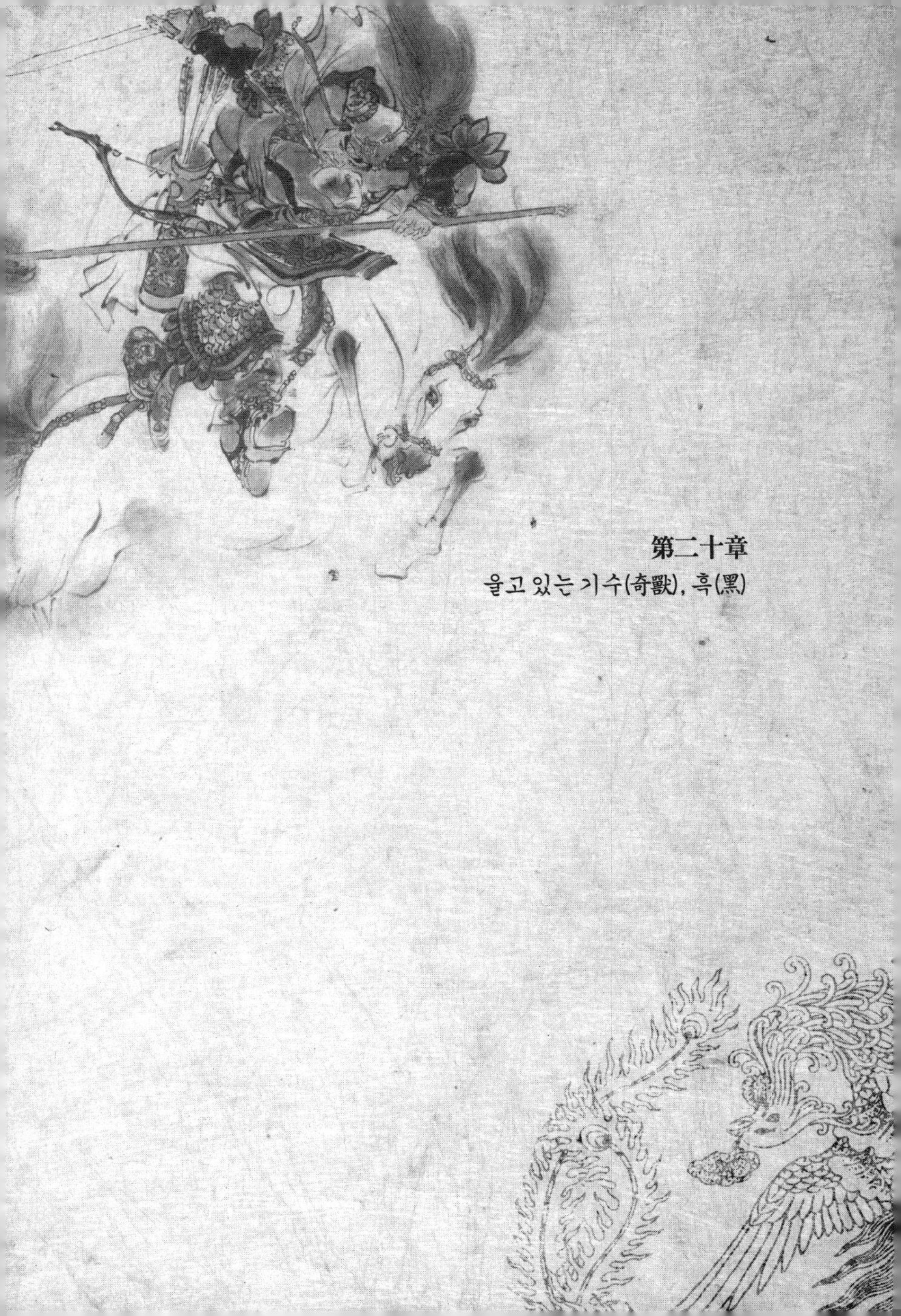

第二十章
울고 있는 기수(奇獸), 흑(黑)

무제 본기

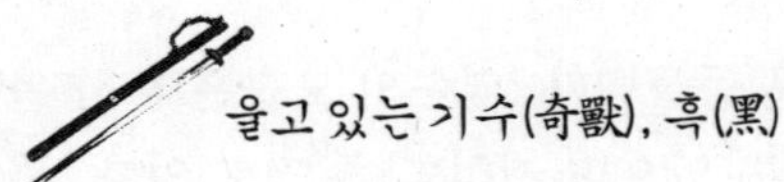

울고 있는 기수(奇獸), 흑(黑)

기수(奇獸)는 세상에서 흔히 볼 수 있는 동물이 아니다. 그 부분부분을 보면 사람이 모르는 곳은 없지만 전체적으로 보면 기이하다고밖에 할 수 없다.

사슴의 발을 가진 토끼나 두 발로 걸으며 생각하고 말하는 개, 날개 달린 뱀 같은 것 따위가 그것이다.

마수(魔獸)는 자연적으로 존재하는 동물이 아니라 고대의 마법에 의해서 만들어져 생명을 갖게 된 것이다.

고대에는 전쟁에 마수들을 많이 사용하곤 했다. 마수들은 일반적으로 흉포하며 파괴적이고 거대했다. 하지만 지금은 마수가 거의 남아 있지 않다.

어느 나라의 궁중에서 키우는 것도 있다 하지만 그다지 믿을 바는 못 되었다. 오히려 어떤 장군들이 신장과 귀졸이라면서 불러 쓰는 것 중에서 약한 힘을 가진 마수가 포함되어 있다는 소문이 믿을 만했다.

영수(靈獸)는 신령스러운 동물이다. 영수의 모습은 흔히 볼 수 있는 동물과 똑같은 것도 있으며 전혀 다른 것도 있다. 하지만 그 모습과는 상관없이 영수는 신령(神靈)을 지니고 있다.

고대에서조차 기수와 마수의 숫자는 헤아릴 수 없을 정도였지만 영수는 그 숫자가 많지 않았다. 긴 세월 속에서 보통 동물이 영성을 얻어서 신령스럽게 되는 경우도 있고, 태어날 때부터 영수로 태어나는 것도 있지만 어느 것이나 아주 드물었다.

그러나 기수와 마수, 영수는 하(夏)가 멸망하고 은(殷)이 섰을 때 아주 많은 수가 없어졌으며, 또한 상당수가 사람이 번성함에 따라 사람을 피해서 삼신산(三神山)으로 옮겨갔다. 삼신산은 봉래산(蓬萊山), 방장산(方丈山), 영주산(瀛州山)을 말하는데, 사람은 갈 수 없고 신선과 영수, 그리고 기수들 중의 일부가 갈 수 있다고 알려졌다.

은대(殷代)에 이미 기수, 영수의 숫자는 아주 적었다가 다시 은이 주(周)에 멸망할 때 그나마 남아 있던 것들은 아미금산이나 봉래산으로 숨었다고 한다.

크아아아앙!

천지를 뒤흔드는 포효 소리가 다시 들렸다.

"으아아아악!"

"으악!"

비명 소리가 잇달았다.

오보현은 오금이 저렸다. 손이 떨리고 몸이 떨렸다.

기수가 사람을 공격하고 있었다.

쩌어억!

밝은 빛이 다시 하늘로 피어올랐다.

콰르르르르릉! 쾅쾅!

뇌성이 울리고 벽력이 빗발치듯 골짜기로 떨어졌다.

폭설은 쏟아지고 있는데 산이 울리기 시작했다.

눈사태였다.

오보현이 섰던 곳을 포함해서 모든 세상이 아래로 추락했
다. 이미 벼랑 끝이기 때문에 피할 곳도 없었다.

쩌어엉!

절벽 아래에서는 다시 밝은 빛이 하늘로 치솟았다.

오보현은 더럽게 되었다고 생각했다. 한번 싸워볼 수 있도
록 땀을 흘려 몸을 최적의 상태로 만들어놓았는데, 싸워보지
도 못하고 눈 속에 얼은 동태가 될 것 같았다.

눈과 한 덩어리가 되어 떨어지면서도 몸을 위협하는 것들
은 검으로 쳐냈다. 그러나 어느 순간에 깊이를 알 수 없는 눈
속에 처박히고 말았다.

쿠르르르르릉!

산이 울고 하늘이 울며 천지개벽하는 소리가 끝없이 들렸
다.

　오보현은 한참 동안 가만히 있었다.
　사방이 칠흑같이 어둡다. 그러나 숨을 쉬는 것이 어렵지도
않았고 자기가 죽은 것 같지도 않았다.
　피가 머리로 몰렸다. 몸이 거꾸로 서 있었기 때문이다.
　천천히 굼벵이처럼 몸을 둥글게 말아서 바로 섰다.
　부러진 왼팔을 제외하고 떨어지면서 다친 곳은 없었다.
　깊이를 알 수 없는 눈 속에 파묻혔지만 빈틈이 곳곳에 있어
서 숨을 쉴 수도 있었다.
　오보현은 검을 잡고 앞을 더듬어 아무렇게나 나갔다. 눈사
태가 났을 때 묻히면 모래에 묻힌 것과는 달리 무너진 건물에
갇힌 것과 비슷함을 느꼈다.
　오보현은 검을 지팡이 삼아 앞으로 내뻗고 천천히 걸었다.
　강만유 등이 어떻게 되었을지 걱정되었다. 눈사태가 동굴
을 막지는 않았어야 할 텐데 하고 생각했다.
　오보현은 어떤 곳은 엎드리고 어떤 곳은 옆 걸음질 치면서
계속 걸었다. 바람이 불지 않아서 바깥보다 오히려 따뜻했다.
죽을 것 같다는 생각은 들지 않았다.
　무너진 눈 속에 저절로 만들어진 틈으로 걷고 또 걸었다.
그러다가 오보현은 좁고 긴 비탈을 만나서 중심을 잃은 채 아
래쪽으로 미끄러졌다.

한참을 미끄러져 내려갔다.

텅!

그러다가 투구를 단단한 얼음에 부딪쳐 깜박 정신을 잃었다.

다시 눈을 떴을 때는 상당히 환했다.

'밖인가?'

오보현은 멍한 중에 생각했다. 하지만 그럴 가능성은 거의 없었다.

어쨌든 이상했다. 투구를 고쳐 쓰고 일어났다.

순간 오보현은 눈앞에 펼쳐진 광경에 넋을 잃었다.

"이게 꿈인가, 생신가?"

황당했다.

오보현이 서 있는 곳은 매끄러운 얼음 위였다.

머리 위에는 지붕처럼 눈이 덮고 있었다.

쩌어엉!

한데, 얼음 밑에서 밝은 빛이 뿜어져 나오는 중이었다.

오보현이 절벽 위에서 보았던 그 빛인 듯했다.

오보현이 본 얼음 밑은 요지경의 별세상이었다. 밝은 빛기 둥이 솟아오른 주위가 대낮처럼 환했다.

땅 위에 지어진 개미집 같은 형태의 고루거각들이 두꺼운 얼음 밑에서 빛을 받아 함께 빛나고 있었다.

넓게 닦여진 길들이 보였다. 집들이 마치 베개처럼 작아 보였다.

오보현은 눈을 비볐다. 꿈을 꾸고 있는 듯도 싶었고, 발에 힘이 빠지면서 서 있기가 어려웠다. 마치 아무런 지지대 없이 허공중에 서 있는 것 같았다.

견디지 못하고 주저앉아 버렸다.

공중에 떠 있는 듯이 불안하고 힘을 쓸 수 없었다. 다리가 몹시 저렸다.

얼음 밑에서 치솟는 빛이 아니라면 누구도 물속에 그런 이상한 도시가 있다는 사실을 알 수 없을 것이다.

건물들은 오보현이 살아온 세상의 것들과 달랐다. 그런 이상한 건축물들이 있다는 이야기를 들은 적도 없었다.

이치는 알 수 없지만 물속 도시에서 뻗어 오르는 그 빛의 기둥이 눈사태로 무너진 엄청난 양의 눈들을 떠받치고 있는 듯했다.

그 때문에 오보현이 서 있는 곳은 마치 한 개의 크고 굵은 기둥을 가진 커다란 천막 같은 형태를 이루고 있었다.

그리고 무슨 이유에서인지 엄청난 양의 눈을 떠받치고 있는 빛의 기둥이 얼음은 깨뜨리거나 밀어내지 않고 있다.

오보현은 강만유한테서 들은 적이 있었다.

강만유는 전쟁을 할 때가 아니면 마법이나 요술에 대한 이야기를 곧잘 했는데, 그중에는 고대의 옛 마법들이 만들어낸 보패(寶貝)에 관한 것도 많았다.

마법에 의해 만들어진 보패들은 마법의 힘을 담고 있으며,

그것은 영수인 용(龍)이나 기린(麒麟)의 여의주와 마찬가지의 능력을 가졌다고 했다.

오보현은 자기가 보고 있는 빛과 현상이 어떤 보패에 의해서 생겨난 것임을 알 수 있었다.

크와아아앙!

오보현은 문득 슬픔과 분노로 가득 차 있는 포효 소리를 들었다.

포효 소리를 듣는 순간 관절이 해체되는 듯 찌르르했다.

검을 꽉 잡은 채 앞을 바라보니 빛이 숏구치는 곳에서 뭔가가 움직이고 있었다. 처음에는 너무 밝아서 자세하지 않았지만 점점 뚜렷하게 보였다.

오보현은 놀라서 숨이 멎을 뻔했다.

'기수!'

기수가 그에게서 십 장도 떨어지지 않은 곳에 있었다. 기수는 아래를 내려다보다가 고개를 들어 우러러보기도 하고 또 발로 얼음을 긁기도 했다.

기수의 몸은 아주 길었다. 얼핏 보면 뱀과 비슷한 것 같았지만 피부를 덮고 있는 것은 비늘이 아니라 범과 같은 털가죽이며 또 여섯 개의 발이 달려 있었다.

털가죽뿐만 아니라 머리도 범과 같았다.

등에는 겹으로 붙은 네 개의 커다란 날개가 달려 있었으며 꼬리로는 채찍 같은 것이 두 가닥 붙어 있었다.

머리에서 꼬리가 시작되는 부분까지의 길이는 일 장 반 정

도였으며, 발바닥에서 등까지의 높이는 삼 척(三尺)이 될락
말락 하였다.

털가죽은 황금색에 검정색 줄무늬가 있었고, 발톱과 이빨
과 날개가 모두 억세고 강해 보였다.

흑(黑)이었다.

기수들에 대한 이야기가 나올 때면 빠지지 않고 등장하는
흑이었다.

오보현은 왜 까맣지도 않은 그 기수를 흑이라고 부르는지
는 몰랐다. 마법에서 쓰이는 말은 언제나 뜻이 일반적인 것과
달랐기 때문이다.

다만 흑이라고 불리는 기수가 온갖 기수들의 우두머리 격
이라는 사실은 알고 있었다. 흑은 초(梢), 격(覡), 탐열(耽涅),
간업(杆鄴)과 더불어 기수들의 우두머리인 것이다.

삼묘신흑(三苗神黑)이라고 외치는 소리를 절벽 위에서 들
었다는 사실을 떠올렸다. 오보현은 자기 눈앞에 있는 흑이 흑
중에서도 이름이 널리 알려진 흑이구나 하고 생각했다.

삼묘신흑은 걷다 멈추고 다시 걷고 하면서 얼음 밑과 하늘
을 번갈아 보고 뒤를 돌아보곤 하였는데 그 모습이 몹시 슬퍼
보았다.

크아아아앙! 크아아아아앙!

한 번씩 터뜨리는 포효 소리는 영락없는 울음소리였다.

삼묘신흑은 발톱으로 얼음을 긁기도 했으나 깨뜨리진 않
았다.

오보현은 화석처럼 굳어진 채 그 자리에 서 있었다.

삼묘신흑은 몇 번이나 슬픈 울음을 울더니 오보현을 힐끔 보고는 눈 속으로 걸어서 들어가 버렸다.

그러나 눈에는 흔적이 없었다. 삼묘신흑은 마치 그림자가 대나무 숲을 지나는 것처럼 눈 속으로 스르르 빨려 들어간 것이었다.

"이거… 뭐야, 젠장……."

오보현은 온몸의 긴장이 풀리면서 서 있기가 힘들었다.

온몸이 땀으로 흠뻑 젖어 있었다.

흑을 직접 보았고 흑도 그를 본 것이다.

"십년감수했다."

정말 수명이 십 년쯤은 줄어든 것 같은 기분이었다. 죽기를 싫어하긴 했지만 무서워하며 살지도 않았는데 흑을 보자 몸은 굳어지고 숨도 쉬기 어려웠던 것이다.

그때였다.

휘리링!

갑자기 눈 속에서 회오리바람이 뛰쳐나오기 시작했다.

"여기다!"

누군가가 회오리바람 속에서 무거운 짐을 내려놓 듯이 나직하게 외쳤다.

다른 회오리 속에서도 음성이 터져 나왔다.

"이런, 삼묘신흑이 떠났다!"

회오리가 멈추며 그 속에서 사람들이 나타났다.

청삼을 입은 중년인 네 사람이었다. 형제처럼 보였으며 모두 손에는 자루가 긴 낫을 들고 있었다. 전신에서 기괴한 힘이 뿜어져 나오는 듯했고 마치 멈추어 선 폭풍 같은 느낌이 들었다.

한 사람이 중얼거리듯 말했다.

"아직 근처에 있을 거야."

그들은 오보현 쪽을 힐끗 본 후에 다시 한줄기 회오리바람으로 변하여 눈을 뚫고 날아갔다

오보현은 칼자루를 쥔 손으로 이마를 문질렀다. 강만유의 약을 구하려고 했는데 눈사태에 휩쓸리고 이상한 상황에 처해 버린 것 같았다.

어떻게 해야 좋을지 몰라서 자꾸 이마를 문질렀다. 골치가 아팠다.

전설 속의 기수 흑을 보았는데 이어서 무시무시한 힘을 가진 자들을 또 보게 되니 자꾸 위축되었다.

마치 너무 낯선 땅에 들어선 이방인 같은 기분이었다. 한마디로 더러운 기분이었다.

석요생이라는 놈만 찾아서 약을 빼앗거나 죽일 수 있으면 좋겠는데 상황은 전혀 그럴 여지가 없는 것 같았다.

오보현은 생각하는 것이 골 아팠다. 그래서 딴생각하지 말고 석요생만을 찾아보자고 작정했다. 자기가 살았으니 무공을 익힌 석요생이 눈사태에 죽지는 않았을 것이라 짐작했다.

천천히 물러나서 자기 떨어졌던 구멍 쪽으로 들어갔다.

흑이 슬프게 울던 모습이 자꾸만 오보현의 눈에 밟혔다.

눈 속으로 들어가자 다시 깜깜해졌다.

오보현은 눈에 불을 켰다. 눈을 부릅뜨고 앞을 쏘아보자 잠이 덜 깨어 눈곱에 붙어 있던 눈썹이 탁 떨어지는 것 같은 느낌이 들었다. 그 직후 희미하기는 하지만 볼 수 있었다.

눈에 힘을 더 주고 쏘아보았다. 다시 한 번 눈에서 탁! 하는 느낌이 있었다.

앞이 훨씬 밝아졌다. 대낮에 어두침침한 방에 들어온 정도였다. 오보현은 그것이 산고제일식 또는 좌망과 관련이 있는 현상이라는 것을 알고 있었다.

정한곡에서 곡주 배연오가 설치해 놓은 마법의 뜨락을 헤맬 때, 오보현은 자기의 검술에 담겨진 경이적인 힘과 능력을 발견할 수 있었다.

그 힘은 어느 곳으로든 그가 필요로 하는 방면에 능력을 발휘하게 해주는 것 같은 착각이 들 정도였다.

각성을 하기만 하면 그 힘이 자기를 돕는 것 같았다.

오보현은 속으로 중얼거렸다.

'이 힘으로 만유를 치료할 수는 없나? 어쩌면 만유가 나으려고 작정했을 때 정말 나을지도 모르는데……'

문득 그렇게 생각하고 보니 갑자기 자기도 왼팔을 다쳐서 못 쓴다는 생각이 들었다.

오보현은 '하하하!' 하고 웃었다. 자기가 바보 같았다.

가슴에 붙어 있는 왼팔을 보았다. 하지만 왼팔을 보자마자 설마 싶은 생각이 들었다.

겨울에 다친 뼈는 잘 낫지 않는다. 자기의 생각이 부질없는 것 같아서 피식 웃었다. 말이 안 되는 이야기다.

그러나 오보현은 조금 더 기어갔을 때 자기에게 '그럼 뭐가 말이 되는 이야기냐?' 하고 반문했다.

곰곰이 생각해 보면 이것도 말이 안 되고 저것도 말이 안 됐다. 빛이 전혀 들어오지 않는 곳에서 앞을 볼 수 있는 것은 대체 뭐고, 무공은 구경도 못해본 자기가 단숨에 무공을 익힌 자를 죽일 뻔했던 것은 또 뭔가?

'젠장……'

오보현은 머리가 어지러웠다.

예전에는 대장이 아니어서인지는 몰라도 이런 경우가 없었다.

모든 게 황산고, 그 녀석이 들어오고 나서부터였다. 그때부터 이상한 걸 보면서도 이상하다고 깨닫는 경우가 줄어들고 깨닫더라도 왜 그때까지 이상한 걸 몰랐을까 하는 바보스러움이 뒤따랐다.

황산고가 들어오기 전까지도 장천사가 대장으로 이끄는 십인대는 무적이었다. 계속되는 전쟁 속에서 헤아릴 수도 없을 만큼 적을 벴으며 아주 많은 공을 세웠다.

오보현과 강만유 등이 백인대장으로의 승진을 제의받은 적도 여러 번이었다.

하지만 오보현은 백인대장으로 가지 않았고 다른 사람들도 마찬가지였다. 십인대에 속해서 싸우는 것이 그들에게는 익숙하고 편했으며 항상 공을 세울 수 있었기 때문이다.

그들 중에는 누구도 스스로 장군이 될 생각이 없었으니 백인대장도 의미가 없었다.

그런 사람들이 모인 장천사의 십인대는 다른 군사들이 볼 때 아주 이상한 녀석들만 있는 곳이었다.

그러나 그 이상한 녀석들은 어떤 죽음의 상황에서도 적을 베고 승리를 취하는 녀석들이기도 했다.

오보현은 자기가 장천사에게 이끌려 그의 밑을 떠나지 못했다고 생각했다. 장천사야말로 오보현이 처음 보았을 때 아주 이상했고, 오보현은 그와 함께 첫 전쟁을 치른 후 전쟁 속에서는 그와 하나가 되어버렸다.

전쟁이 계속되고 있는 한 오보현은 그와 한 몸이었다.

오보현 이후에 들어왔던 강만유와 왕백지 등도 그와 마찬가지였다.

하나같이 대단한 녀석들임에도 불구하고 장천사의 이상한 힘에 이끌려 그들은 군사 단위의 최말단인 십인대에 주저앉았다.

새로 들어온 녀석들은 대부분 죽었지만 그중에서 살아남아 해를 넘긴 자들은 모두 전쟁과 생존이라는 면에서는 놀랄 만큼 탁월했다.

오보현은 자기의 생명력에도 여러 번 놀랐으며, 부하들의 생명력에 대해서도 경의를 금치 못한 적이 많았다. 한 명의 생존도 기약할 수 없는 아슬아슬한 사선에서도 전원이 살아 온 것도 여러 번이었다.

끈질기게 살아남던 부하가 죽는 경우도 있었다. 전쟁에서 죽음은 일상적인데도 그런 부하의 죽음은 쉽게 받아들여지지 않곤 했다.

하여튼 장천사의 십인대에서는 죽음이 그들을 갈라놓지 않는 한 전쟁 속에서 그들은 하나였다. 너 나 할 것 없이 한 몸이었다.

황산고가 들어왔고, 십인대는 그의 산고제일식과 더불어서 원래부터 이상하다는 소리를 듣다가 더 이상하게 되어버렸다.

능력에서 변화가 생긴 것과 전사로서 납치라는 가당찮은 임무를 맡은 것까지는 그래도 용인할 수 있었다.

오보현이 가장 참기 어려운 것은 장천사의 죽음이었다. 그것은 너무나 이상했다.

장천사가 그렇게 쉽게 죽고 자기가 대장이 되었다는 것은 뭐가 잘못되어도 크게 잘못된 경우였다.

오보현은 아직도 대장 노릇을 하기가 힘들었다. 혼신의 힘을 다 짜내야 했다. 하루 이틀 사이에 머리카락은 표가 날 만큼 희어졌다. 이제 머리에서 까만 머리카락을 찾기가 더 어렵다.

어디선가 작은 소리가 들리는 듯했다.

오보현은 소리를 죽였다. 적대 관계에 있는 자끼리는 전쟁에서 먼저 발견하면 십중팔구 이길 수 있다.

오보현은 귀에 온 힘을 모았다. 잠시 후에 귀청이 튀는 듯한 소리가 나면서 귀가 확 뜨였다.

말소리가 또렷하게 들려왔다.

"취 노야의 친구들 중에는 힘있는 자들이 적지 않소. 당신 말대로 위국(衛國)에서 취 노야를 납치했다면 위국은 너무나 간 큰 짓을 한 것 같소."

다른 목소리가 대답했다.

"나도 그 점을 이상하게 생각하고 있는 중이오. 위국은 진(秦)에 맞서기 위해서라도 진(晉)을 완전히 적으로 돌려세우진 않을 것이라고 봤는데, 몹시 이상하오."

말소리는 오보현의 머리 위쪽에서 나고 있었다. 오보현은 천천히 위치를 옮겨보면서 그들과의 거리를 가늠해 보았다.

"위는 진(秦)을 상대하기 위해서 허국(許國), 정국(鄭國), 용국(墉國)과 동맹을 맺고 있는 입장이오. 아무리 제(齊)의 왕위 계승에 간섭하려는 의도를 가졌다 해도 너무 위험한 짓을 했구려."

먼저 들렸던 음성이다.

다시 다른 음성이 들렸다.

"어쩌면 위국이 이번 기회를 빌어서 무력시위를 하는 것은 아닌가 싶기도 하오. 취릉을 잡은 자들은 아직 젊었는데도 대단한 실력을 가졌으며 도무지 종잡을 수 없다는 소문이오.”

“위국에서 비밀리에 기른 자들이란 말이오?”

“그럴듯하오. 취룡 노야의 부하인 석요생과 두계주가 그들에게 패해 아주 혼이 났다고 하오.”

“석요생과 두계주가? 그들은 무공으로서는 진국에서도 손꼽는 자들이 아니오?”

“본 자의 말에 따르면 두계주는 취룡 노야를 잡은 자들 중 우두머리인 듯한 자의 손에서 일 초를 견디지 못하고 무너졌소. 죽을 뻔한 것을 석요생과 양제각(楊劑珏)이 한꺼번에 달려들어 목숨만은 건진 모양이오.”

“정녕 믿기 어렵소.”

오보현 자신에 대한 이야기였다.

오보현은 긴장 속에서도 은근히 기분이 좋아졌다. 자기 손에 죽을 뻔한 두계주가 대단한 인물이라니 자기가 더 대단한 것처럼 느껴졌다.

귀에 힘을 더 모았다. 어쩌면 그들의 이야기를 통해서 석요생 그자가 어디에 있는지 알 수 있을지도 모른다는 생각이 들었다.

오보현이 계산해 볼 때, 이야기를 주고받는 자들과 자기의 거리는 십 장 정도의 가까운 거리였다.

“위에서 동맹국과의 관계 때문에 어쩔 수 없이 고수를 파견한다고 해도 형식적일 거라고 봤는데, 거참…….”

“그래서 소제의 생각으로는 위국이 패업을 준비하고 있지 않았는가 싶소."

"그럴 수도 있겠지만, 현재 위국에는 몇몇 뛰어난 장수는 있다고 해도 예전의 불패장군 황채욱이 없는 이상 군사를 일으켜 패자(覇者)가 될 가능성은 없을 것이오."

"오기(吳起)라는 인물이 있소. 아직 젊은데다 아무런 벼슬도 없는 야인의 신분이지만 그는 불패장군 황채욱을 존경하여 그의 병법을 깊이 연구하고 체득했다는 소문이오. 그를 아는 사람들이 말하기를, 이미 오기의 병법은 사마양저(司馬穰苴:제나라의 명장. 사마병법의 저자)를 앞질렀다고 하오. 그가 위국의 장군이 된다면 무시하기 힘들 것이오."

다른 목소리가 말했다.

"그런 인물이 있었단 말이오? 그렇다면 위나라가 천하를 꿈꿔볼 수도 있겠소. 하지만 취 노야를 납치하는 일을 한 것은 아무래도 놀랍고 이상하오. 위공(衛公:위의 임금)은 취 노야가 어떤 인물인지 모를 리가 없건만."

"하여튼 우리 노국(魯國)을 봐서는 다행이오. 위가 진(晉), 제(齊)와 각을 크게 세우면 작은 우리나라는 그만큼 안전해지지 않겠소?"

"여기 일은 정말 모르게 되어버렸소. 염유(廉儒), 우리가 스승님의 말씀대로 이곳에 와 있다가 과연 취 노야를 구하긴 했소. 하지만 이제부터 어떻게 해야 할지 모르겠구려. 내 마법으로는 유수한 자들의 손에서 노야를 모시고 나갈 방법이 없소."

"백건(白虔)은 그런 걱정 마시오. 스승님께서는 일찍이 우리에게 당부하실 때, 취 노야를 한 번 구해놓기만 하면 된다고 하셨소. 이미 스승께서 다른 안배가 있었을 것이니 우리가 신경 쓸 일은 아니오."

백건이라는 사람이 탄식하며 말했다.

"천하에 도와 덕은 땅에 떨어졌소. 주공(周公)께서 나라를 나누어놓은 것은 임금이 백성을 더 가까운 곳에서 덕으로 보살피라는 뜻이었는데, 백성을 착취하여 오직 나라와 권세를 키울 생각만 하니 어찌 성인(聖人)의 도가 자리를 잡을 수 있겠소? 이런 마당이니 기린(麒麟)이 세상에 나오지 않고 흑이 나타나는 것이라 보오. 취 노야께서 스승님을 대신하여 암중철환(暗中轍環)하시기를 수십 년이지만 아직도 세상은 조금도 나아지지 못했소. 오히려 더 포악해졌다고 할 수 있을 것이오."

염유가 말했다.

"너무 한탄할 것은 없소, 백건. 흑이 이곳에 나타났음은 언젠가 영수(靈獸)인 용과 봉, 기린과 거북도 나타나지 않겠소?"

백건이 말했다.

"이곳은 삼묘씨의 마지막 도시라 하오. 우임금께서 옛날 삼묘씨를 멸했지만 그들 중 살아남은 자들이 여기에 와서 수십 대를 더 살았소."

오보현은 소리를 죽여서 천천히 그들이 있는 곳으로 다가

가고 있었다. 말소리는 다 들렸지만 그들이 하는 말을 다 알아듣지는 못했다.

학식이 아주 높은 사람들이었으며 싸우는 것과는 아주 거리가 먼 사람들임이 분명했다.

하지만 오보현은 그들이 눈 속에서도 전혀 나갈 걱정도 하지 않고 염려하지 않는 것으로 볼 때 준비가 철저하거나 큰 재주를 가지고 있는 것이 틀림없다고 생각했다.

온통 적으로 가득 찬 중에 오직 그들만은 적이 아니라고 생각해도 될 것 같았다.

오보현은 천천히 올라가면서 속으로 생각했다.

'진국 사신 취룡은 동굴 속에서 파묻혀 죽었는데 저들이 구했다니 뭔 소린지 모르겠다. 어쨌든 죽었으면 잘됐고, 살아있으면 다시 잡거나 죽일 수 있으니 다 괜찮구나.'

이제 소리가 나는 곳과의 거리는 일 장 남짓한 정도였다. 오보현은 두 사람의 숨소리마저 들을 수가 있었다.

염유가 말했다.

"삼묘신흑이 걱정이오. 나는 이곳에 계왕계래(繼往繼來)나 관산사사주(關山四師主) 같은 사람들이 온 것을 보았소. 그들이 삼묘신흑을 얻는다면 천하의 정기(精氣)를 제 마음대로 부리려 할 것이오."

그때였다.

챙! 챙!

아득히 먼 곳에서 쇠와 쇠가 마주치는 소리가 들려왔다. 쇠와 쇠가 부딪치는데 그 소리가 부서져서 은은하게 들렸다.

오보현은 두 다리에 불끈 힘을 써서 몸을 솟구쳤다. 그의 몸은 일 장 두께의 눈을 단숨에 뚫고 올라갔다.

푸악!

눈과 함께 오보현이 튀어 올랐다.

갓을 쓰고 단정하게 마주 앉은 두 사람이 이야기를 주고받는 중이었다. 하지만 오보현이 다시 보았을 때 그들의 모습은 허깨비처럼 사라져 버렸다.

발밑에서 말소리가 들려왔다.

"싸움이 다시 시작되었소."

"이만 떠납시다."

"염유, 그대는 차제에 위에 들르는 것이 어떻겠소?"

오보현은 약도 오르고 황당했다. 두 사람의 목소리는 멀리 가지도 않고 바로 발밑에 있었다. 하지만 정말 사람도 그곳에 있는지는 확신할 수 없었다.

염유가 말했다.

"오기를 청해서 우리나라로 돌아가라는 말이오?"

백건이 말했다.

"아직 야인으로 있다면 그게 좋지 않겠소?"

염유가 한숨을 쉬면서 말했다.

"데려가기도 어렵고 벼슬에 천거하기도 어렵지만, 생각해 보니 나라를 위해 한 번은 쓸 수 있을 것 같소."

"이유가 무엇이오?"

“그는 난폭한 데가 있소. 더구나 욕심이 많고 여색을 좋아하오. 그런 사람을 남들은 좋아하지 않소.”

“하지만 그는 뛰어난 재주가 있지 않소?”

염유가 다시 대답했다.

“그래서 한 번밖에 쓸 수 없을 것이라는 것이외다. 우리나라의 임금과 중신은 모두 먼 걸음을 싫어해서 보고 들은 것이 적으며 생각하는 것도 작고 좁소. 오기는 단점 때문에 남들의 미움을 사고 장점 때문에 임금과 중신들의 경계하는 바가 될 것이오.”

백건이 말했다.

“과연 그럴듯하오.”

염유가 말했다.

“하지만 한 번 그가 재주를 드러내서 큰 공을 세울 때까지는 별문제가 없을 게요.”

백건이 탄식하며 말했다.

“우리나라는 문화가 가장 높은 나라인데 군신의 도량은 왜 그다지도 좁단 말인가. 염유, 그대의 말은 스승께서 덕과 재주를 겸하셨기에 오히려 중용되지 못했던 것을 말하는 듯하여 건은 마음이 심히 아프다오. 장점과 단점을 고루 갖춘 자도 미워하고 경계하는 소인이 성인의 큰마음을 조금이라도 가까이 할 수 있었겠소?”

염유가 말했다.

“그대와 나는 이 년 동안 이곳에 살다가 마침내 스승님의 명을 완성했소. 나는 이제 그대의 말씀대로 위에 들어가려 하오. 백건, 그대는 장차 어쩌시려오?"

백건이 말했다.

"황하에 가서 담대 노야(膽大老爺)를 찾을 작정이오. 옛날 스승께서 말씀하시길, 다 배우지 못한 학문을 담대 노야께 배우라고 하셨소."

그 말을 끝으로 음성은 완전히 사라졌다.

아득하게 들리는 고함 소리와 병기 부딪치는 소리만 눈에 부서져서 들려왔다.

오보현은 귀신에 홀린 것 같은 생각이 들었다.

"하하하하!"

어처구니없어서 혼자 소리 내어 웃었다. 강만유의 약을 구하러 왔다가 엉뚱한 데서 닭 쫓던 개가 된 심정이었다.

웃고 나니 다시 강만유가 걱정되었다.

오보현은 대장이었다. 대장이 되었으니 약을 구할 수 있든 없든 최소한 적과 싸워야 하는 것이 당연한 의무였다. 어설픈 도리였지만 어설픈 대장 오보현에게는 확실히 그러했다.

그가 들어온 곳은 눈으로 둘러싸였지만 안쪽만은 동굴로 통하고 있었다. 동굴은 입구가 월동문처럼 둥글었으며 지름이 일곱 자 남짓하였는데, 안에서 따뜻한 바람이 흘러나왔다.

오보현은 동굴이 눈 밖으로 이어져 있을 듯하여 뛰어들어 갔다. 빛은 여전히 없었으나 희미하게 볼 수 있었다.

오보현은 동굴 속에 들어서자마자 마치 큰 건물의 내부로 들어온 듯한 착각이 들었다. 동굴 속에는 긴 회랑과 복도들이 수직으로 교차하고 있었으며 돌을 깎아 만든 기둥들이 즐비했다.

곳곳에 석문이 있었고, 이상한 형태의 조각상과 깨어진 기물들이 보였다. 폐허의 흔적이었으나 웅장함은 아주 컸다.

기괴한 정적이 깔려 있으며 빛조차 없는 곳에 있자 오보현은 눈 속을 헤맬 때와는 달리 와락 두려움이 생겨났다.

함부로 움직이기가 망설여졌다. 얼마나 긴 세월 동안 방치된 폐허인지 알 수조차 없었다. 흑과 같은 기수나 그가 모르는 마수가 있을지도 모른다는 생각이 들었다.

기분이 아주 떨떠름했다. 이런 종류의 경험은 전사가 가질 것이 아니었다. 마땅히 욕을 할 대상이 없어서 기분이 더 나빴다.

'노래를 부를까?'

하지만 어디서 무엇이 튀어나올지 모르는 상황이라 그럴 배짱이 생기지 않았다.

다시 돌아서 나가는 걸 생각했지만 역시 눈이 얼마나 높이 쌓여 있는지도 알 수 없고 무공과 마법을 쓰는 적이 그쪽에 많아서 좋은 생각이 아니었다.

오보현은 검을 입에 물고 손바닥에 가득한 땀을 전포에 문질러 닦았다.

쏴아아!

그때 무엇인가 안쪽에서 바람 소리를 내며 그가 있는 곳으로 날아왔다. 오보현은 검을 소리없이 움켜쥐며 벽으로 붙어 섰다.

턱! 터덩!

뭔가가 떨어져 나뒹구는 소리가 뒤이었다. 오보현은 날아오던 것의 크기가 갑자기 작아지는 것을 봤다.

동시에 떨리는 음성이 들렸다.

"융표(隆飄)가 당했다. 빨리!"

하지만 그 목소리는 이내 비명으로 변했다.

"으악!"

오보현은 날아오던 것의 크기가 더 작아짐을 보았다.

털썩!

또 바닥으로 뭔가가 나뒹굴었다.

그리고 오보현은 바람처럼 날아오는 두 노인을 보았다. 어둠 속에서 그들의 눈이 시뻘겋게 불을 뿜고 있었다. 얼굴은 흉측하게 일그러져 있었으며 손에는 자루만 남은 검이 들려 있었다.

오보현은 놀라서 검을 떨어뜨릴 뻔했다. 한데 그 순간에 오보현은 보았다.

스윽!

벽에서 어떤 그림자가 나오더니 그들 중 한 명을 스치며 다른 벽으로 들어가는 것을.

퍼억!

　불을 뿜는 눈을 가졌던 자의 몸은 머리가 떨어지고 허리가 분리되었다. 벌써 여러 명이 그렇게 비명 속에서 또는 비명도 없이 죽어갔음을 오보현은 알았다.

　마지막 남은 노인이 벽에 붙어선 오보현의 앞을 지났다. 그때였다.

　스윽!

　오보현은 자기의 왼쪽 옆에서 마치 검정색 천이 펼쳐지듯 그림자가 스며 나오는 것을 보았다.

　오보현의 눈앞에서 노인의 머리가 아무런 소리도 없이 터져 나가고 허리가 베어졌다. 머리가 날아가고 허리가 잘린 몸은 그 상태로도 날아가다가 처박혔다.

　오보현은 손가락 하나 까딱할 수 없었다. 온몸이 돌처럼 딱딱하게 굳어버린 듯했다. 이를 꽉 악물었다. 달달 떨리려 했다.

　쉬이이익!

　맞은편 벽으로 스며들었던 그림자가 다시 나오는 것이 보였다. 그 그림자에게는 벽이 전혀 장애물이 아니었다. 벽이 있든 없든 상관없이 자기의 행동반경을 움직이는 것처럼 느껴졌다.

　오보현은 눈을 부릅떴지만 움직이지 못했다. 그러나 오보현은 알지 못했지만 그의 눈에서도 그 순간에 푸르스름한 광망이 뻗어났다.

　그림자가 멈추었다.

흑이었다.

흑은 몸의 삼분지 일만 밖으로 나왔고 나머지는 벽속에 남아 있었다.

흑의 고리 진 눈이 오보현을 보다가 돌아섰다.

슈우!

흑은 천천히 몸을 돌려 지렁이가 땅속으로 들어가듯이 벽속으로 들어갔다.

오보현은 그때부터 몸을 떨었다. 흑을 다시 보았을 뿐인데도 이번에는 주체할 수 없는 공포를 느꼈다. 전신이 와들거렸다. 살아 있다는 사실이 오히려 더 그를 떨리게 만들었다.

검을 지팡이처럼 짚고서 버텼다. 자기가 숨을 쉬는지 안 쉬는지도 느끼지 못할 정도였다.

산고제일식을 연습하면서도 날마다 수십 번, 수백 번 죽음의 동굴을 지났고, 좌망을 하면서는 죽음 속에 머물렀는데 아직도 죽음에 대한 공포가 그처럼 강렬하다는 사실이 놀라웠다.

앞이 캄캄했다. 머릿속이 공포로 인해 까맣게 변해 버린 것 같았다.

"크악! 아악!"

몇 번의 비명 소리가 더 들렸다.

그리고 오보현은 자기 앞에 다시 나타나는 흑을 보았다.

흑의 눈이 울고 있었다.

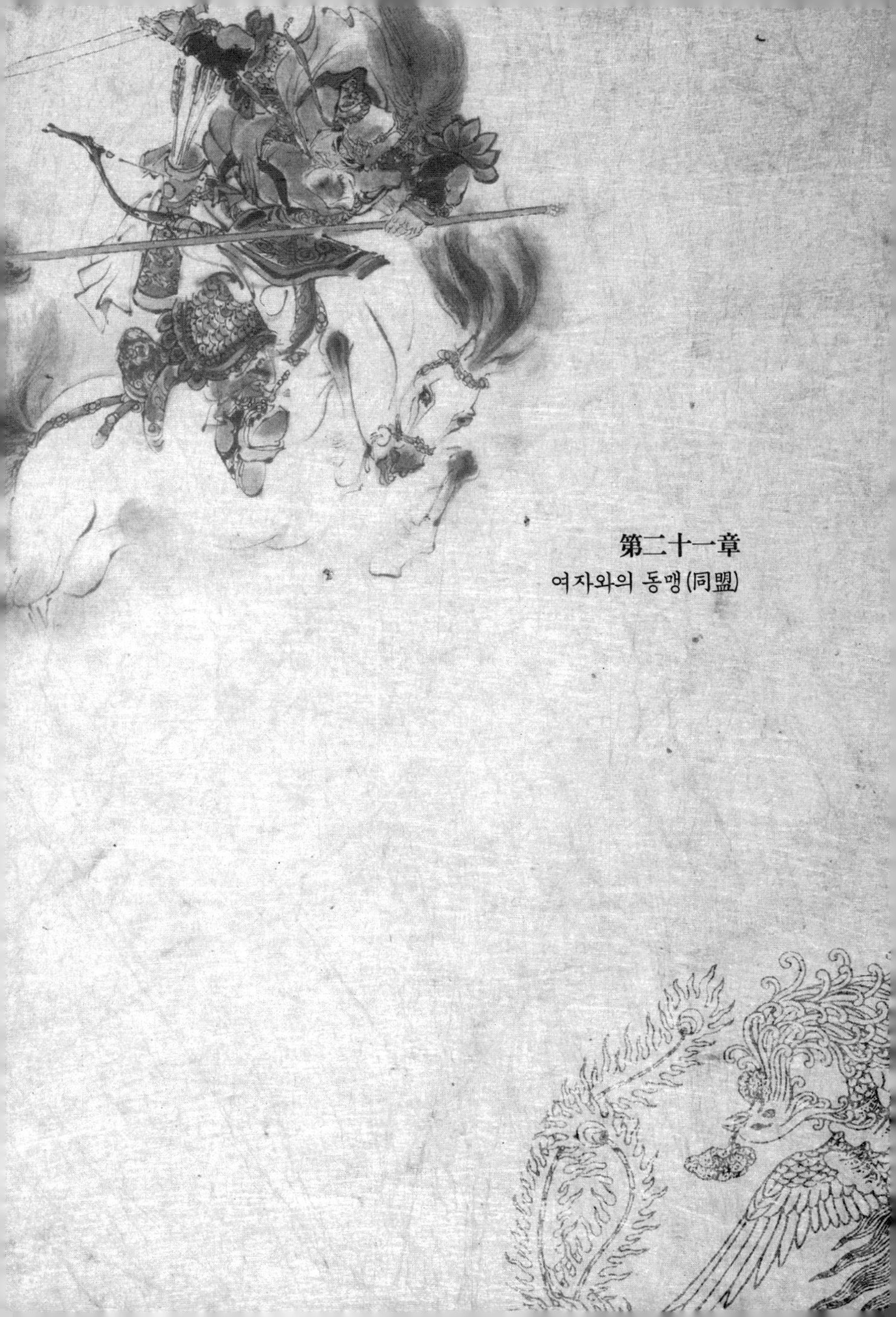

第二十一章
여자와의 동맹(同盟)

무제 본기

武帝
本紀

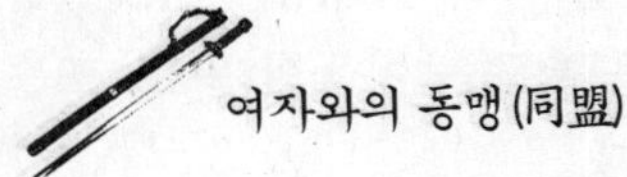

여자와의 동맹(同盟)

"삼묘씨는 고대(古代) 종족이다. 우리와 비슷하지만 다른 사람들이라 할 수 있지."

여자가 웃으며 말했다.

"뭐랄까……. 자세히 보면 초국(楚國) 사람들과 연국(燕國) 사람들이 조금 달라 보이는 것처럼 말이야. 그렇게 다른 사람들이라고 하지."

여자의 나이는 짐작하기 어려웠다. 웃는 모습을 보면 열일고여덟 같고, 가만히 있을 때 보면 온화하고 차분하며 어딘지 모르게 노련한 데가 있어서 이십대 후반인 듯하였다.

황산고는 이 여자를 녹성(菉城)에서 만났다.

　　　　　　*　　　　　*　　　　　*

　대나무로 만든 썰매를 타고 산을 내려가 녹성에 이르렀을
때, 황산고는 녹성에 오보현 등을 뒤쫓는 자들의 동료, 또는
다른 적들이 있을 것이라 생각했다.

　"바로 뒤에서 쫓는 적에게 잡히는 경우란 배가 고플 때뿐이다.
바로 뒤를 쫓아서 잡을 수 있는 적도 배가 고픈 적뿐이다."
　"앞서가는 적을 바로 뒤에서 힘써 쫓는 방법으론 잡을 수가 없
다. 쫓기는 자가 앞을 더 빨리 보고 더 많이 보며 더 가까이 보고
더 빠른 법이기 때문이다."
　"달아나는 적에게 여유를 주고, 그 틈에 아군을 우회시켜 앞을
막아 잡는다. 이런 이유로, 만약 쫓기는 상황이라면 뒤쫓는 적보
다 우회하여 앞을 막을 적을 대비해야 한다."

　스승 배일청 노사의 가르침이었다.
　황산고는 오보현 일행을 뒤쫓는 적들도 이런 이치를 알고
있으며 그래서 거리를 두고 쫓을 거란 사실을 짐작할 수 있었
다. 오보현 일행이 먼 길을 달려가면서도 아직 큰 피해를 입
지 않은 채 도주하고 있다는 것만 봐도 분명했다.
　생존 사실을 알린 후에 소홍조가 다시 가져온 명령에 우회
하라는 내용이 있기도 했지만, 황산고는 우회하면서 우회하
고 있을 적을 찾아 제거하려 했던 것이다.

진국 사신 취룽을 노리는 무리는 황산고 일행이 성공하기 전까지 계속 실패만 했다. 정한곡에서는 작정을 한 듯 강한 자들이 적지 않게 닥쳤지만, 그자들이 취룽을 쫓는 무리의 전부는 아니었다.

취룽이 납치되었다는 소문은 이미 멀리 퍼졌을 것이고, 납치된 취룽을 빼앗거나 제거하기 위해서 움직이는 자들도 적지 않을 것이다.

황산고는 그런 자들이 모여들거나 모여 있다면 일차적으로 녹성일 것이라 짐작했다. 녹성이 산을 넘은 곳에 자리하고 있기 때문이다.

오보현 일행이 산의 어느 쪽으로 나오든지 녹성에서는 빨리 이를 수 있다.

만일 오보현 일행이 산에서 나오지 않는다면 산으로 추적해 들어가기에도 녹성은 위치가 좋다.

운산(雲山)은 산세가 깊고도 크지만 위국으로 뻗은 능선과 계곡은 대체로 녹성 근처에 걸쳐 있다. 그 때문에 쫓는 자들이 일시 산을 나왔다가 다시 다른 능선이나 계곡으로 들어가기에도 녹성은 최적의 거점이었다.

그 녹성에서 만난 사람이 바로 이 여자다.

*　　*　　*

"우임금이 그들을 멸망시킨 이유가 뭘까?"

여자가 다시 황산고에게 물었다.

황산고는 머리를 흔들었다.

실제로 역사에 대해 아는 건 별로 없다. 지금까지 황산고가 공부한 것은 학문이라 할 수 없는 것들이다.

여자가 웃으며 말을 이었다.

"삼묘씨는 삼황(三皇) 이전부터 있었다. 그들의 사(史:역사)는 우리보다 더 깊은 셈이고 한때는 중원의 요지를 차지하고 번성했었지. 생김새는 우리와 조금밖에 차이가 없지만 문화는 우리와 아주 달랐다. 전해지는 말로 그들은 집을 누대(樓臺)처럼 높게 지었다고 한다. 하늘에 닿는 누각[摩天樓]이라고 할 만한 집들인데, 삼묘씨의 도시에는 그런 집들이 헤아릴 수도 없이 많았다는구나."

황산고가 생각난 듯이 물었다.

"상(商)의 옛 수도인 조가(朝歌)에 녹대(鹿臺)가 있었다고 들었습니다. 비슷한 것입니까?"

상이라고도 불리던 은(殷) 나라의 옛 수도 조가는 지금은 황산고가 태어난 위(衛)의 수도였다.

하지만 황산고는 시치미를 뗐다. 어투조차 그는 송나라의 어투를 흉내 내려고 한마디를 하기 전에 마음속으로 몇 번이나 연습한 후에 했다.

"녹대를 아는 걸 보니 아주 무식하지는 않구나."

여자가 싱긋 웃고 말했다.

"녹대는 주왕(紂王) 제신수(帝辛受)가 애첩 달기(妲己)를 위해 지은 궁전이다. 높이는 일천 척, 둘레는 삼 리였다고 하니 지금은 그보다 더 높거나 큰 건물이 없을 게다. 그 이전 하(夏)나라의 걸왕(桀王)이 만든 요대(瑤臺)에나 비해볼 수 있을까? 하지만 녹대든 요대든 삼묘씨의 건물을 보고 본떠 만든 것에 불과하다. 현재 우리들의 성(城)은 성벽을 쌓고 연못을 성벽 밖에 두른 형태인데, 이건 복희(伏羲) 임금의 부인 여와(女媧)께서 처음 만들었다고 한다.”

여자는 말을 하다가 우임금이 삼묘씨를 멸망시킨 이유에서 점점 멀어졌다. 아예 잊어버린 것 같기도 했다.

네 마리의 큰 말이 끄는 설차(雪車)는 바퀴 없이도 잘만 달렸다.

*   *   *

황산고는 녹성에서 열 명쯤 죽였다.

그들 중 무공을 하는 자와 마법을 하는 자가 있었는지는 지금도 확인할 수 없었다. 그들이 행동을 취하기 전에 죽였기 때문이다.

긴박하게 돌아가는 상황을 파악하기 위해서 추적자들 중의 일부는 잠을 자지 않으며 전서구를 기다리고 있었다.

황산고는 녹성의 얼어붙은 해자를 걸어서 건넌 후 성벽을 손가락 힘만으로 기어서 올랐고, 넘어갔다.

성안으로 들어가서는 비둘기 집을 높이 설치해 놓은 장소만 골라서 잠입했다. 열한 곳에서 일백사십여 마리의 비둘기를 단검으로 죽였다. 그 집들은 모든 사람들이 다 자고 있을 그 시간에도 불을 켜놓고 있었기 때문이다.

그 집 중 한곳에서 있었던 일이다. 황산고가 지붕으로 올라갈 때 벌써 한 사람이 비둘기 집에서 아래로 내려가는 중이었다.

"연락이 왔습니다."

"어딘가?"

"점필봉(佔畢峰) 쪽입니다."

그들끼리 주고받는 소리가 들렸다.

"점필봉? 거긴 삼묘씨가 살던 곳인데……."

"그쪽은 지금 폭설이 심하답니다."

황산고는 더 듣지 않았다. 매(枚)를 물고 들어가서 출동할 준비를 하는 그자들을 죽였다. 분주하게 움직이며 조금도 경계하지 않았기 때문에 단검으로 비둘기를 죽일 때와 마찬가지로 조용히 죽일 수 있었다.

늑대들 속에서 달아나고 숨고 피하는 훈련을 하며 기른 야수처럼 예민한 그의 감각은 기척없이 접근하여 그들을 죽일 수 있게 해주었다.

불이 켜져 있고 비둘기 집도 갖춘 곳이 몇 군데 더 있었지만 황산고는 내버려 두고 기다렸다.

닫힌 성문 위에 올라가서 지켜보니 여섯 패거리의 인물들이 성벽을 넘어서 강이 흐르는 동쪽으로 갔다.

더 이상 추적자가 나타나지 않아서 황산고가 그들을 뒤따르려 했을 때, 네 마리의 말이 끄는 마차가 성문 쪽으로 다가오고 있었다.

황산고는 긴가민가했다.

성문은 굳게 닫혀 있으며 열리려면 아직 한참 있어야 했다. 그들이 추적자인지 아닌지도 알 수가 없었다.

한데 그 마차가 성문 앞에 잠시 멈춰 있는 사이에 성문이 열리기 시작했다.

황산고는 놀라지 않을 수 없었다. 진국 사신인 취룽을 쫓는 자들이 모두 범상치 않은 사람들이겠지만 밤중에 성문을 열 정도의 인물이 있을 줄은 생각지 못했다.

성문은 성주의 특별한 명령이 아니고서는 출입 시간이 지난 밤중에는 절대 열릴 수가 없는 것이다.

각국의 첩자가 어느 곳이든 들끓고 전쟁이 빈발하는 시대다. 백성들이 잠든 밤에 성문을 여는 것은 그야말로 아찔하기까지 하다.

하지만 마차가 멈춘 지 얼마 되지 않아서 성문은 열렸다. 수문장을 비롯한 군사들이 나와서 엄숙하게 도열한 가운데 마차는 성문을 나갔다.

마차가 향하는 곳은 동쪽이었다. 다른 패거리가 간 곳과 마찬가지였다.

황산고는 성벽을 타고 내려가서 마차를 향해 달렸다.

마차는 눈길에서도 말발굽 소리만 내면서 빠른 속도로 달리고 있었다.

황산고는 마음먹고 달리면 눈에 흔적을 남기지 않는다.

바람처럼 달려서 마차에 접근했다. 그리고 그 마차는 바퀴가 없다는 사실을 알았다.

바퀴가 있어야 할 곳에는 광택이 나는 판자로 만들어진 두 개의 발이 있었다. 산악 지대에서 사용하는 사람들에게나 있다고 들은 설차(雪車)였다.

말들의 발을 보아도 보통 말들과 달랐다. 말들이 만들어낸 발자국에는 말굽에 짧고 굵은 쇠못의 흔적이 남아 있었다.

마차를 살펴봐도 이상한 데가 많았다. 아주 정교하면서도 크기에 비해 전혀 무거운 것 같지 않았다.

자세히 보니 판자를 무거운 것으로 누르고 불에 구워서 얇게 만든 것을 사용했다. 대단한 기술이었다.

어설프게 만들어진 전차(戰車)보다 나았다.

황산고는 조용히 마차에 붙었다. 특별한 신분의 사람이 타고 있다면 그만큼 오보현 일행에게 위협이 될 것이다.

마차를 탈취하기로 마음먹었다. 귀를 대고 마차 안의 동정을 살폈다. 적이 앉아 있는 곳을 찾아 밖에서 조용히 처리할 생각이었다.

마차 안에는 한 사람밖에 타고 있지 않았다. 그리고 마차를 조종하는 마부가 한 명, 커다란 사두마차에 오직 그 두 사람뿐이었다.

*   *   *

여자의 이야기가 다시 삼묘씨의 멸망으로 돌아왔다.

"삼묘씨는 지나치게 분방(奔放)했어. 그들은 부유하고 뛰어났고 아주 많은 재주를 가지고 있었지만 풍속(風俗)이 나빴던 거야."

마차가 약간 기울어졌다. 여자의 몸도 함께 기울어졌다. 검정색 거친 삼베옷 속에서 잔물결을 이루며 가슴이 출렁거렸다.

황산고는 그녀의 가슴이 참 크다고 생각했다.

여자가 황산고의 눈이 어디를 향했는지를 알아채고 말했다.

"무슨 생각하는 거지?"

황산고는 작은 소리로 말했다.

"가슴을 봤습니다."

너무 솔직한 대답에 여자의 눈이 휘둥그레졌다.

황산고는 얼굴에 부끄러운 기색도 보이지 않았다. 차분하고 변화가 없었다.

"호호호호호!"

여자가 웃었다.

"삼묘씨도 풍속이 나빠서 망했어. 우임금께서 용납하지 못했던 거야. 나도 이런 무례를 용납할 수 없고."

황산고는 표정을 바꾸지 않고 말했다.

"본 대로 말했습니다."
여자가 서늘하게 웃으며 물었다.
"아무런 느낌도 없고?"
"무척 크군요."
황산고는 여전히 변함없는 어조로 대답했다.
여자의 얼굴에 살기가 감돌았다.
황산고가 다시 말했다.
"느낀 대로 말했습니다."
"훗!"
여자의 얼굴이 풀어졌다.
"동맹을 맺었으니 사실을 말했다고 죽일 수야 없지."
황산고는 가만히 있었다.

*　　　*　　　*

마차에 붙어서 동정을 살피다가 그녀와 동맹까지 맺게 되었다. 황산고가 여자를 모르기 때문일 수도 있지만 그녀는 예측불허였다.

어떻게 황산고의 기척을 알았는지 불러서 들어오게 했다.

황산고는 들어서면서 단검을 왼손에 감추고 있었지만 여자를 죽이지 못했다. 여자가 따뜻한 죽을 내밀며 먹으라고 했기 때문이다.

황산고는 오른손으로 죽 그릇을 받았다.

여자가 왼손을 잡으며 말했다.

"지금은 나에게 적이 없다. 단검을 치워라."

황산고는 표가 나지 않게 소매 속에 숨기고 있었다. 하지만 그녀는 마치 소매 속을 꿰뚫어 본 듯했다.

거부할 수가 없었다. 그녀의 말대로 되었다.

"점필봉으로 가느냐?"

여자가 하대로 물었다.

비록 나이가 많더라도 초면에 여자가 사내에게 대뜸 하대를 하는 것은 부자연스러운 일이다.

"그렇습니다."

하지만 황산고는 이질감을 느끼지 못하고 순순히 대답했다. 이 여자는 왠지 누구에게든 하대를 해도 되는 특권을 지닌 듯이 느껴진다.

"목적이 진국 사신에 있겠지?"

여자가 다시 물었다.

황산고는 고개를 끄덕였다.

여자가 고개를 약간 까닥이며 말했다.

"나도 점필봉으로 가지만 목적이 달라. 그래서 네 적이 아니라는 거야."

적이라고 스스로 공언하는 적은 두 가지뿐이다. 무서운 적과 쳐다볼 가치도 없는 적이다.

그러나 적이 아니라고 하는 자는 위험하다.

함부로 신뢰해 버릴까 싶어서 위험하다.

황산고는 적이 아니라는 여자의 말에 더욱 경계심을 높였
다. 신분을 드러내지 않기 위해서 송나라 사람의 말투를 썼다.
상대방의 경계심을 낮추기 위하여 신뢰하는 척, 자기의 경
계심을 늦추는 척했다.

"기습은 기습하려는 적에게 할 때 가장 효과가 높고, 속이는 것
은 속이려는 자에게 할 때 가장 쉽게 먹혀들어 가게 된다."

역시 사부 배일청의 가르침이었다.
황산고가 물었다.
"소저의 목적은 무엇입니까?"
"내 목적은 옛날 그곳에 살았던 사람들인 삼묘씨와 관련
있는 거야."
여자가 웃으며 대답했다.
"달리는 걸 보니 나이는 어려도 솜씨가 대단하던걸. 함께
동맹을 맺는 게 어때?"
황산고는 미소를 지었다. 더 말해보라는 뜻이었다.
여자가 말했다.
"내가 먼저 돕지. 점필봉까지 빨리 갈 수 있도록 말이야."
"나는 혼자서도 갈 수 있습니다."
황산고가 대답했다. 동맹을 하더라도 조건을 유리하게 하
기 위해 한발 물러섰다.
여자가 웃고 말했다.

“대신 많이 지치겠지. 찬바람은 대단치 않은 것 같으면서
도 달리는 것보다 더 몸을 지치게 만드니까.”
황산고가 물었다.
“내가 당신을 돕는 방식은 어떤 것입니까?”
여자가 말했다.
“네가 잘하는 방법으로 도와주면 돼.”
황산고는 입을 다물었다.
여자는 그 방법이 어떤 것인지 알고 말하는 것 같지 않았다.
사실 황산고 자신도 잘 모르는 것이었다.
여자가 미간을 살짝 찌푸리며 말했다.
“싸움이지. 적을 공격하는 것! 아니야?”
“맞습니다.”
황산고는 고개를 끄덕였다. 그가 공을 들여 배운 것은 모두
그것과 관련된 것이었다.
여자는 그것 보라는 듯이 웃고 말했다.
“나는 이번에 좀 특별한 임무를 맡았어. 한 번도 맡아보지
못한 임무지. 싸움인데, 공격하는 거야.”
황산고가 물었다.
“소저는 마법을 씁니까?”
여자가 머리를 흔들었다.
“난 그런 것 안 쓴다.”
다시 웃는다. 마음을 흔들어놓는 웃음이다.
황산고는 여자를 몰래 살폈지만 무술을 닦거나 무공을 익

힌 것 같지는 않았다. 도무지 그녀가 어떤 신분의 사람이길래 오밤중에 성문을 열고 나다닐 수 있는지 짐작할 수 없었다.

왕족처럼 차려입지도 않았고 화려해 보이지도 않았다.

여자가 말했다.

"내가 잘하는 건 원래 지키는 것이다. 방어 말이야. 우리가 동맹을 맺는다면 너는 내가 원하는 대상을 공격해 주고, 나는 너를 적들로부터 지켜주는 관계가 되겠지."

황산고가 말했다.

"저는 아직 저를 마음대로 할 수 있는 신분이 아닙니다. 명령을 받아야 하니 동맹을 맺더라도 소용이 없습니다."

"상관없다. 네 동료들을 만날 때까지만 유효하면 될 테니까."

여자가 대수롭지 않은 듯이 말했다.

하지만 황산고는 여자를 다시 보았다. 신비한 척하는 미소를 띠고 있었다.

다시 생각해 보니 점필봉으로 가는 자들치고 그쪽으로 가고 있는 다른 동료가 없는 자는 별로 없다는 생각이 들었다.

황산고는 물었다.

"공격해야 할 적은 누구입니까?"

여자가 말했다.

"죽부터 먼저 먹어. 천천히 이야기해 줄 테니까."

황산고가 가만히 있자 여자가 웃으며 말했다.

"어려도 대단하구나. 한 걸음도 헛딛지 않으려고 하네. 그래, 말해주지. 사람이 아닌 동물이야. 그 정도면 됐어? 나도 네 적이 사람들이라는 것만 알고 있으니 공평할 것 같은데……?"

황산고는 고개를 끄덕였다. 동료들을 만나기만 하면 깨어질 동맹이니 더는 깊이 알 필요가 없을 듯싶었다.

또 함께 가노라면 여자가 말해줄 것이라 생각되었다.

여자는 수다스럽지는 않았지만 이야기를 좋아하는 것 같았다.

＊　　　＊　　　＊

황산고와 여자는 그렇게 동맹이 되었다. 통성명도 하지 않았으며 서로에 대해서 많이 알려고 하지도 않았다.

여자는 단지 흥미로운 이야기를 했고, 설차는 계속 달렸다.

하늘은 어두웠으나 눈이 내리진 않았다. 바람도 고요했다.

여자는 가슴이 무척 크다고 한 황산고의 말에 화가 났지만 이미 다 풀어진 듯했다. 어쩌면 자신은 그런 것들로부터 초탈해 있으면서 단지 성가심을 예방하기 위해서 화를 낸 건 아닌가 싶기도 했다.

여자는 인지와 중지로 미간과 이마의 주름을 밀어서 폈다. 화를 내면서 생긴 주름이다.

"삼묘씨에 대해서 우임금께서 경고하셨다. 문란한 풍속을 바로잡지 않으면 용서하지 않겠다고. 하지만 삼묘씨는 거절했어. 그들은 그렇게 사는 게 좋았던 거야."

여자의 어투에는 이상하게도 미묘한 성(性)의 냄새가 흐른다. 이야기가 그런 쪽인 듯 느껴졌기에 황산고가 그렇게 생각했을 수도 있었다.

황청, 전연수에게서 여자와 그들의 성(性)에 대한 이야기를 들을 때 큰 감흥이나 흥분은 생기지 않았었다. 이상한 충동을 조금씩 받은 정도였다.

하지만 황산고는 설차 안에서 여자가 하는 이야기가 색다르게 들렸다. 이야기에 포함된 작은 성의 냄새에 끌렸다.

알지 못할 어떤 연상을 하면서 황산고는 그들이 그렇게 살았다는 것이 어떤 의미인지 물었다.

여자가 빙긋 웃으며 말했다.

"삼묘씨의 남자와 여자는 어릴 때부터 함께 자라며 사귀지만 서로 혼인하지는 않아. 남자는 여자들을 많이 만날 수 있고 그들과 즐길 수 있지. 여자도 남자들과 마음대로 만나면서 남자의 간섭을 받지 않아. 한 집에 살 필요도 없고 누가 누구에게 의지하지도 않지. 남자는 일을 하지만 여자들은 그럴 필요도 없어. 여자들은 아이를 낳아. 아이의 아버지가 누군지는 자기도 몰라. 삼묘씨 전체에서 여자와 아이를 부양하는 거야. 물론 아이를 부양하는 여자들은 남자들이 더 이상 찾지 않는 늙은 여자들이지만. 남자들은 어떤 여자든지 취할 수 있고 여자들은 대체로 거부하지 않아. 하지만 남자들에게는 그들대로 엄격한 규율이 있어. 이십 세 이전에는 최대 하루에 세 번 여자를 찾아갈 수 있지만 같은 여자를 다시 찾아갈 수는 없

어. 이십 세부터 삼십 세가 되기 전까지는 하루에 한 번 찾아
갈 수 있지만 사흘 안에 같은 여자를 두 번 찾아가서는 안 돼.
삼십 세부터 사십 세까지는 사흘에 한 번 찾아갈 수 있지만
한 달에 서로 다른 세 여자를 찾아갈 수는 없어. 사십 세부터
오십 세까지는 닷새에 한 번 여자를 찾아갈 수 있지만 세 달
동안 두 여자로 한정돼. 오십 세부터는 다시 언제든지 여자를
찾아갈 수 있지만 여섯 달 동안 그 여자 이외의 다른 여자를
찾을 수 없지. 아주 이상한 방식이지."
　"이상합니다."
　황산고는 고개를 끄덕였다.
　여자가 말했다.
　"그들은 은밀한 생활을 숨기지도 않았지. 곳곳에 어울릴 수
있는 자리를 만들어놓았고, 남이 하는 걸 여럿이서 함께 보면
서 즐거워하거나 동참하기도 했어. 심지어 어린아이들까지
어른들의 행동을 흉내 내면서 놀았던 거야. 더구나 그들은 성
적 문란함이 극치에 이르러서 온갖 기구와 방법을 가지고 있
었어. 아버지가 누군지도 모르는데 조상을 알 리도 없고, 여
자를 보는 데도 미색으로만 판단하고 나이를 생각지 않고 서
로 나누어 가지니 예의도 없었지. 이런 형편이라 우임금께서
마침내 대로하셔서 그들을 친 거야. 아홉 명의 제후가 아홉
개의 민족을 이끌고 여섯 달 동안 공격하여 그들을 멸망시켰
어. 삼묘씨의 황금과 보물은 그때 천하에 흩어졌고, 삼묘씨의
화려하고 높고 아름다운 건물들은 모두 무너졌어. 우임금님

은 용을 타고 제일 앞에서 삼묘씨의 기수(奇獸)와 마수(魔獸)를 쳐서 죽이셨고, 불의 검을 떨쳐서 건물들을 불태웠지. 천하를 관장하는 아홉 개의 솥[鼎]을 제후들이 나누어 타고 날면서 삼묘씨의 용사들을 무찔렀고, 마법을 쓰는 삼묘씨의 여자들을 솥의 힘으로 제압하고 죽였어. 전해지는 말에 의하면 그때 죽은 삼묘씨가 팔천이백만 명이고 가까스로 살아서 도망친 자는 사십만 명을 넘지 못했다고 하지."

황산고는 여자가 한 이야기에서 삼묘씨에 대한 것들은 물론이고 우임금에 대한 이야기에도 많은 설명이 빠져 있다는 것을 알았다.

삼묘씨의 여자들이 마법을 했다는 이야기는 여자가 말하지 않았고, 그들에게 기수와 마수가 많았다는 이야기도 없었다.

제후들이 솥을 나누어 탔다는 말은 어리벙벙하기까지 했다.

여자는 자기가 알고 있는 진실을 이야기했겠지만 그녀의 말을 신뢰할 수 없었다. 가려진 진실은 때로 거짓보다 위험하고 무서울 때가 많다.

여자가 천해 보이지 않으면서도 남녀 간의 이야기에 조금도 부끄러워하지 않고 자기에게 이야기하는 것도 황산고로 하여금 조금도 긴장을 늦출 수 없게 했다.

유혹하는 표정과 자태가 아닌 그녀의 말과 태도에 황산고는 달콤한 유혹을 느끼고 있었다.

맛있어 보이는 독초(毒草)의 유혹 같았다.

여자의 입술은 붉었다. 말을 하면서 아래위 입술을 번갈아 빨아서 침을 묻혀 촉촉한 윤이 흘렀다.

귀를 설차 밖으로 열어서 주변의 동정을 살폈다. 설차가 빨리 달리기는 했지만 아직도 먼저 출발한 자들을 따라잡지는 못했다.

황산고는 마음속에서 검을 잡았다. 손은 제자리에 있었지만 이미 마음으로는 검을 쥐고 언제든지 쓸 준비를 갖추었다.

여자가 적이 아닌 자로 느껴질까 두려웠다. 위협이 된다고 생각하면서도 적인지 아닌지를 적극적으로 판단하여 행동하지 않는 자기가 두려웠다.

삼묘씨에 대해서 없는 관심을 보여서 여자에게 더 자세히 말해달라고 했다. 하지만 귀는 바깥을 듣고 눈은 반쯤 감은 채 여자의 일거수일투족을 살폈다.

황산고는 어쩌면 자신이 여자가 적으로 판단되는 것을 싫어하고 있을지도 모르겠다고 생각했다. 하지만 여자의 이야기가 끝날 쯤에는 자기의 판단도 끝이 날 것이라는 점을 알고 있었다.

그다음에는 행동이 결정될 것이고, 황산고는 결정된 행동을 미루는 법이 없었다. 어떤 경우에서든.

第二十二章
앙공(昻公), 이천 년 전 전쟁의 서막

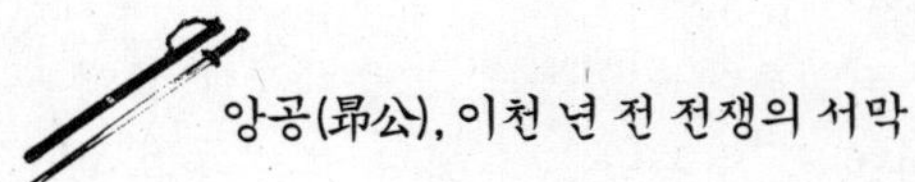

양공(昂公), 이천 년 전 전쟁의 서막

삼묘씨는 원래 황하변에 살았다.

황하를 앞에 두고 다른 곳으로 통하는 길은 모두 높은 산으로 둘러 막혀 있어 그들의 터전은 천혜의 요새라 할 수 있었다.

도시는 하늘에 닿을 정도로 높게 세운 건물들과 돌로 포장된 길을 오가는 마차들, 어디서나 볼 수 있는 기수(奇獸)들로 인해 아주 아름다웠다.

인구는 많았으며 산물은 풍부했고, 문화가 다른 민족에 비할 바 없이 발전해 있었다.

그들의 삶은 풍족하고 화려했다. 식탁에서는 은으로 만든 수저와 연옥(軟玉)으로 만든 그릇을 썼으며, 금으로 얇게 만든 고기 써는 칼도 있었다.

임금도 없고 관리도 없었으며, 세금도 따로 없었다.

그리고 금을 화폐로 사용했다.

놀랄 만큼 다양한 직업들이 있었는데, 그중에서는 남의 돈과 재산을 대신 헤아려 주거나 남을 위해서 대신 좋은 말을 해주고 다니는 직업까지 있었다.

그러나 그들은 자기가 벌어들인 금의 반을 무조건적으로 삼묘씨의 고방(庫房:창고)에 희사했다. 그것이 삼묘씨의 남자와 여자 전체를 먹여 살리는 재원이었다.

여자들은 황금을 많이 가진 남자들을 존경했다.

남자들도 황금을 많이 가진 남자를 존중했다.

황금이 많은 남자를 위하여 여자들은 다른 남자의 양해를 얻어서 그를 먼저 맞았으며, 황금이 많은 남자는 삼묘씨 전체의 일을 주관할 자격이 있었다.

삼묘씨는 황금이 많은 사람들이 의논하여 다스리는 곳이었다.

남자들은 자기가 번 황금을 여자들에게 주었다. 황금으로 만든 많은 장식들이 여자들의 집과 방을 치장했다.

하지만 전쟁이 일어나면 여자들은 자기가 가진 황금을 모두 고방으로 가져갔다. 그것은 군비(軍費)가 되었다.

여자들은 강한 남자를 사랑했다. 차지하려고 애를 쓰지는 않았지만 강한 남자가 자기를 찾아주는 것을 영광으로 여겼다. 강한 남자의 아들을 낳고 싶어했다.

남자들도 강한 남자를 따랐다. 전쟁이 있을 때면 자기가 따른 강한 남자의 명을 받아서 싸웠다.

모든 남자들은 여자들에게 사랑받기 위해서 강해지기를 원했다.

여자들은 아름다운 남자를 좋아했다. 아름다운 남자들은 여자보다 더 아름다웠다. 그들과 동침할 때 여자들은 특별한 방법으로 그들의 딸을 낳기를 원했다.

아름다운 남자들은 여자들이 딸을 낳으려다 잘못 낳은 아들들이었다.

삼묘씨의 여자들에게는 그밖에도 성(性)과 관련된 온갖 재주와 비법이 있었다. 수천 년을 이어온 그들만의 비법이었다.

남자들도 아름다운 남자들을 좋아했다. 나이에 따라서 여자에게 갈 수 있는 횟수가 정해져 있었기에 아름다운 남자는 그들에게 규칙을 어기지 않고 즐길 수 있는 상대자였다.

아름다운 남자들은 전쟁이 일어날 때 여장(女裝)을 하는 자객이 되었다.

삼묘씨도 어느 인간 사회와 마찬가지로 여자와 남자가 있는 사회였지만, 황금을 많이 가진 자와 강한 자, 그리고 아름다운 자가 축(軸)이 되어 조화를 이루고 살아가는 사회였다.

그들 중에서 지혜로운 자들은 황금이 많았고, 생각이 깊은 자들은 재주가 많았으며, 끈기가 있는 자들은 뛰어난 업적을 이루었다.

하지만 모든 남자들은 늙으면 기수를 기르고 마수를 만들었다.

기수와 마수의 힘으로 땅은 언제나 기름지게 관리되었고, 사람이 할 수 없는 많은 일들을 그들이 대신해 주었다.

젊은 여자들은 남자들을 상대하는 외에 마법을 익혔다.

늙은 여자들은 아이들을 기르고 가르쳤다. 늙은 여자들 중에서도 기수와 마수를 기르고 만드는 사람이 있었다.

그들은 그러한 전통은 누천년 동안 변함없이 이어졌다. 대체로 누구나 만족했기 때문이다.

그들의 땅은 천혜의 요새에 자리 잡고 있었으므로 황하를 통한 교역은 용이할지라도 외부에서 침략은 불가능했다.

삼묘씨의 인구는 많았으며 문화는 비할 바 없이 번성했다.

임금이 없었기 때문에 다른 제후국과 나라끼리 교류하는 일도 없었다. 다만 천자(天子)의 명을 받을 때 삼묘씨의 대표자가 가서 뵙고 따르는 정도였다.

때로는 대표자가 한 명이었고 어떨 때는 여덟 명인 경우도 있었다.

하지만 어느 경우나 천자의 명은 거역하지 않았고, 삼묘씨에 관한 일이라면 삼묘씨의 존경받는 사람들이 함께 의논하여 결정했다.

한데, 이렇듯 자기들대로의 평화를 구가하던 삼묘씨로서는 대우(大禹)를 알게 된 것이 재앙의 시작이었다.

              *   *   *

우임금이 아직 임금이 되기 전의 일이었다.

당제요(唐帝堯:요임금) 때 일어난 큰 홍수로 대지에는 물이 가득했지만, 물은 나갈 곳을 찾지 못해 빠지지 않았다.

염황연맹(炎黃聯盟:염제 신농과 황제 헌원의 후손들)의 맹주였던 우(禹)는 아버지 곤(鯤)을 대신하여 물을 다스렸다. 산을 자르고 나누어서 물이 나갈 길을 만들어 바다에 이르게 했다.

우는 보통 대우(大禹)라고 불렸다. 누구보다 몸이 큰 거인이었기 때문이다.

대우는 물길을 다스리기 위해서 천하의 제후들과 백성(百姓)의 족장들을 모아 호령했으며 용을 타고 다니며 쉬지 않고 일해서 마침내 성공했다.

훗날 그 공으로 대우는 우제순(虞帝舜:순임금)의 뒤를 이어 천자가 되었다.

삼묘씨의 대표자들은 대우가 묘산(苗山)에서 제후들과 백성 족장의 회합을 명했을 때 참석하였다.

제후는 십방(十方)에 열 명이었으며, 백 개 성씨(姓氏)의 족장은 백 명이었다. 평민들을 백성(百姓)이라 부르는 이유는 그들이 백 개 성씨 중의 하나에 속하기 때문이었다.

그때는 치수를 위한 일이라 모든 종족이 대우의 명에 따렀다.

삼묘씨의 대표자는 세 명이었는데, 대우는 그들 삼묘씨의 분방한 풍속(風俗)을 심히 좋지 않게 여겼다.

대우는 삼묘씨에게 치수가 끝날 때까지 시간을 주고 그 풍속을 고칠 것을 명했다. 대우는 그때 아직 천자가 아니었다.

삼묘씨는 대우의 명을 듣지 않았다. 천자인 우제순께서 알면서도 간섭하지 않았던 전통인 까닭이었다. 우제순 이전의 천자였던 당제요도 그들을 간섭하지 않았다.

하물며 천자도 아닌 대우는 간섭할 권한이 없었다.

마침내 십삼 년간의 노력으로 물길이 열렸다. 대지를 덮었던 물은 누렇게 되어서 바다로 빠져나갔다.

물길이 끝나고 바다가 시작되는 곳으로 대우는 자기를 태우느라 지쳐서 비늘이 벗겨진 용을 타고 나왔다.

그의 명을 받아서 일했던 제후들과 족장들이 각각 기수를 타고서 푸른 바다가 황토색으로 변하는 장엄한 모습을 지켜보았다. 그것은 역설적으로 대지가 다시 살아나는 모습이기도 했다.

물이 빠진 자리에 아홉 개의 땅이 생겨나서 구주(九州)라고 불렀으며, 그렇게 열렸던 물길을 모든 사람들이 황하(黃河)라고 불렀다.

그들이 감격하고 있을 때 대우가 용을 돌려서 삼묘씨의 대표에게 와서 물었다.

"풍속은 교정하였는가?"

삼묘씨의 대표는 그때 한 사람으로 줄어들어 있었다. 치수 과정에서 한 사람은 무너지는 산에 휩쓸려 죽었고, 한 사람은 이름도 모르는 괴질에 걸려서 죽었기 때문이다. 혼자 남아 있던 삼묘씨의 대표는 앙공(昻公)이란 인물이었다.

삼묘앙공(三苗昻公)이 대답했다.

"맹주시여, 풍속이 아니라 예부터 전해져 온 제도(制度)입니다."

대우가 무시무시한 어조로 말했다.

"나는 풍속을 고쳤는가를 물었다. 앙공은 내 말뜻을 알 터인데 대답은 하지 않고 풍속인지 제도인지를 따지려 하는가?"

삼묘앙공은 기수의 우두머리라는 혹을 타고 있었지만 몸을 부들부들 떨었다.

대우의 용은 산을 밀면서 비늘이 떨어졌지만 단숨에 삼묘앙공과 혹을 삼킬 듯이 바라보며 꼬리를 꿈틀거렸고, 거인 대우의 음성은 구름 속에서 울리는 천둥 같았다.

삼묘앙공은 머리를 조아리고 말했다.

"대우, 위대한 염황연맹의 맹주시여, 우리들의 제도는 성천자(聖天子)께서 허용하지 않았으면 이어지지 못했을 것입니다."

대우는 두 번째도 대답을 듣지 못하자 크게 분노했다. 하늘과 땅과 바다가 진동할 큰 음성으로 꾸짖었다.

"너희 삼묘씨는 예부터 황하에 의지하여 살아왔다. 너희들은 보지 못했단 말이냐! 당제요께서는 성천자이시라 궁궐에 봉황이 날아들었고, 두 마리의 기린(麒麟)이 나타나 성천자의 곁에 머물렀다. 수정(水晶) 보석(寶石)이 구(丘)에서 솟아나 샘물처럼 넘쳐흘렀으며 진주(珍珠)가 온 들판을 이슬처럼 덮었다. 곡물은 풍요로웠고 천하는 태평했다. 한데도 두 차례의 큰 재난이 있었음은 대체 무슨 연유인가!"

두 번의 재난은 이전에 있었던 큰 가뭄과 십삼 년을 다스렸던 이번의 홍수를 함께 일컬은 말이었다.

삼묘앙공은 대우의 호통 앞에서 숨조차 쉬기 힘들었지만 대답했다.

"나는 알지 못하외다."

대우가 말했다.

"너희 삼묘씨로 말미암은 것이다. 삼묘씨의 패악(悖惡)한 풍속이 대지와 대기의 정기를 어지럽히고 흩었으니 어찌 한발(旱魃:가뭄)과 대수(大水:홍수)가 생기지 않겠는가! 앙공은 천지만물 중에서 사람의 기운이 가장 강성함을 모르고 있진 않겠지?"

삼묘앙공은 고개를 가로저었다.

"인정할 수 없소이다. 사람의 기운이 강성함은 알고 있지만 이 넓은 천하가 어찌 우리 삼묘씨로 인해서 큰 한발과 대수를 겪을 수 있단 말이오. 맹주, 부당한 말씀이오."

삼묘앙공으로서는 절대로 인정할 수 없는 일이었다. 인정하면 그 즉시로 대우가 그의 목을 벨 기세였다.

하지만 대우는 집요했다.

대우가 탄 용은 코로 구름을 뿜고 꼬리를 흔들어 다른 족장과 제후들이 보이지도 않게 만들었다.

대우가 말했다.

"너희 부족에 양물(陽物:음경, 남자의 성기)을 두 개 달고 태어난 자가 없었다고 말할 수 있느냐?"

삼묘앙공은 대답하지 못했다. 오래전에, 이십오 년 전쯤에 그런 일이 있었기 때문이다. 큰 가뭄이 들었을 때다.

그때 태어난 아이는 지금 삼묘씨의 뛰어난 용사로 성장했다.

한데 대우가 어떻게 그 사실을 알았는지가 두려웠다.

대우가 또 말했다.

"너희 부족에 여음(女陰:여자의 성기)을 가지지 않은 여자와 양성(兩性)을 구유(具有:고루 갖춤)한 자가 태어나지 않았다고 말할 수 있느냐?"

역시 대답할 수 없었다. 삼묘앙공은 대우를 따라다니며 치수하는 동안에도 그런 여자 아이와 남자도 아니고 여자도 아닌 아이가 태어났다는 소식을 전해 들었다.

대우가 말했다.

"너희의 음란한 행동이 천지의 기운을 뒤섞어서 하늘에서는 한발과 대수가 내렸고, 땅에서는 지기가 통하지 않아 물이 막혔다. 천하가 너희로 말미암아 위로는 성천자로부터 백성(百姓)에 이르기까지 말할 수 없는 고통을 받았다. 한데도 그 악습을 폐하지 않겠다는 것이냐!"

삼묘앙공은 더 이상 버티지 못했다.

흑에서 내려 땅에 엎드렸다.

대우가 명했다.

"앙공은 돌아가서 모든 삼묘씨에게 고하여 악습을 폐하라. 너를 죽이기는 쉬우나 악습을 폐하기는 어려우니 살려서 보내겠다."

삼묘앙공이 물러가기 전에 마지막으로 물었다.

"성천자께서도 알고 계셨는지요?"

대우가 말했다.

"아셨기에 내게 치수를 명하신 것일 터."

삼묘앙공은 흑을 타고 돌아왔다.

기수의 우두머리인 흑도 용의 진노와 거인 대우의 위엄을 겪은 탓으로 돌아온 후에조차 한동안 맥을 추지 못했다.

앙공은 대우의 말을 그대로 전했다.

삼묘씨의 인망 있는 사람들이 한자리에 모여서 그 일을 의논했다.

한 사람이 말했다.

"대우가 뭐기에 우리에게 이래라 저래라 한단 말이오? 이미 치수는 끝이 났지 않소? 나는 그의 말을 조금도 믿지 못하겠소."

다른 사람이 말했다.

“우리는 우리 풍속대로 태어났고 우리 제도대로 살아왔소. 태호(太昊) 복희씨가 이 땅에 생겨나기 전에도 우리 삼묘씨는 존재했소. 우리 때문에 한발과 대수가 있었다면 이전에는 왜 그렇지 않았단 말이오? 우리의 풍속이 하루 이틀에 생긴 것도 아니건만. 오히려 나는 아무리 생각해도 우리에게 무슨 잘못이 있는지 모르겠소. 저들의 풍속이야말로 무지하고 야만스럽소.”

“야만스럽고말고요.”

또 다른 사람이 말을 받아서 했다.

“저들은 한 남자가 여러 여자를 거느리거나 한 남자가 한 여자를 거느리오. 많은 여자를 거느리는 자는 부귀한 자고 한 여자를 거느리는 자는 빈한한 자요. 하지만 이는 사람의 근기(根基)를 허무는 일이라 아니할 수 없소. 감정을 속이고 욕망을 속이는 짓이오. 감정도 욕망도 자기 것이니 그들은 자기를 속이는 어리석은 자들이오. 여자는 아름다운 남자나 존귀한 남자, 강한 남자를 보면 자연히 함께 동침하고 싶은 마음이 들 테고, 남자는 아름다운 여자와 동침하고 싶어하며 성정이 고운 여자와 사귀길 원할 것이오. 헛되이 욕심을 부려 울타리 속에 여자를 가두어두는 그들이 오히려 자연스러운 천지의 기운을 가로막은 것 아니겠소?”

한 사람이 이어서 말했다.

“옳은 말씀이오. 저들은 여자를 서로 다투어 재물로 여기고 소유하며 짐승을 부리듯 부리는 자요. 우리 삼묘씨가 일억

을 헤아리는 것은 그런 미개한 풍속이 없기 때문이오. 여자를
서로 다투지 않으니 우리는 자연 모든 남자가 형제처럼 다정
하오. 재물을 대부분 여자에게 주니 재물로 서로 다투는 경우
가 드문 일이오. 어린것들을 함께 돌보니 편애로 그르치는 일
도 없소. 먹는 것과 사는 것과 재물과 성욕에 대해서 함께하
고 관대하니, 남을 속이고 훔치고 빼앗는 범죄가 좀처럼 일어
나지 않소. 하나 무엇보다 우리 풍속의 큰 장점은 죄의 씨앗
인 거짓말이 자리 잡을 수 없다는 것이오. 남자들이 거짓을
말하면 우리의 여자들은 금방 알아차리고 마오. 여자는 미모
와 행위로 말을 하니, 입으로 거짓을 지어 말할 필요조차 없
소. 이런 이유로 내가 생각하기에 삼황(三皇)의 후예는 아직
미개함을 벗어나지 못하여 우리를 오해하는 듯하오."

앙공이 신중하게 말했다.

"개벽 이후에 천자(天子)는 삼황 중 헌원(軒轅)의 후예에게
서 나왔소. 함부로 말할 수 없을 듯하오. 더구나 성천자 우제
순께서 세상에 계실 뿐 아니라 우제순께 선양(禪讓)하신 성천
자 당제요께서도 우제순을 암중에 돌보고 계시오."

그 자리에 지언장(至言壯)이라는 사람도 참석하고 있었다.
지언장은 무공이 아주 높았으며 언제나 말과 행동이 바람같
이 빨랐다.

그가 일어나서 장중의 논의를 깨뜨리며 말했다.

"싸웁시다."

그곳에는 삼백여 명이 모여 있었지만 주로 의견을 내는 사

람은 열 명 안팎이었다. 그들을 제외한 다른 사람들은 열 명 중 자기와 가까운 사람에게 의견을 피력하여 대신 표하게 하는 방법을 택하고 있었다.

그렇게 함으로써 많은 사람들이 모여 있어도 논의가 정연하게 이루어질 수 있는 것이었다.

지언장의 과단한 말에 삼백여 명의 사람은 한동안 침묵을 지켰다. 그의 말은 모두에게 결단을 촉구하고 있었다.

대우에 굴복하여 누천년의 전통과 제도를 버리는가, 아니면 그와 싸우는가.

아무리 의논하더라도 결론은 양자택일뿐이라는 사실을 모르는 자는 없었다.

한 시간이 지나도록 침묵이 이어졌다.

침묵이 그렇게 길어질 줄은 지언장조차 몰랐다.

첫날의 회의는 그대로 종료되었다.

다음날 아침 다시 회의가 시작되었을 때, 삼묘씨의 모든 여자와 젊은이들까지 회당(會堂) 밖에 몰려와서 어떻게 되는지를 불안한 심정으로 지켜보았다.

회당은 재물을 쌓아놓는 고방(庫房)보다는 작았지만 아주 높고 큰 건물이었다.

회당의 제일 높은 곳에서 내려다보면 개미 알처럼 삼묘씨의 사람들이 모여 있는 것이 보였다. 곳곳에서 모여들어 건물의 빈틈마다 사람들이 들어차 있었다. 눈에 보이는 자들만 헤아려도 천만 명을 넘을 정도였다.

그들은 번성한 삼묘씨 문화의 흔적이었다.

회의에 참가한 삼백여 삼묘씨는 생각이 막힐 때마다 그들을 내려다보았다. 그들은 삼묘씨의 역사에 여태까지 없었던 대사를 결정해야 할 입장이었다.

삼묘씨의 전통을 폐지하고 삼황의 후예들이 만든 전통을 받아들인다면 그것은 문화의 퇴행이었다.

또한 반드시 삼묘씨의 아름답고 풍요하며, 착한 기반이 무너지고 다른 종족들처럼 서로 죽이고 속이고 빼앗는 일들이 세대를 이어가면서 일상화될 것이 분명했다.

그것은 파괴였다.

삼묘씨의 풍요는 그 세 가지 나쁜 행위가 만드는 파괴를 하지 않았기에 높은 문화를 이룩하고 번영을 끝없이 높여올 수 있었던 것이다.

파괴와 전쟁이 일상화된 곳에 번영과 행복이 있을 리가 없었다.

하지만 삼묘씨들은 전통을 지키자면 대우와 싸워야 했다. 그것은 모든 삼묘씨의 현자들에게 두려운 일이었다.

싸워서 전통을 지킬 수 있다면 무조건 싸우는 것이 옳다.

그러나 누가 염황연맹의 맹주인 대우와 싸울 수 있단 말인가?

젊은 사람들의 들끓는 주장은 '전쟁' 이었지만 삼백여 현자는 선뜻 그렇게 결정짓기 어려웠다.

오직 지언장만이 먼저 그 결론를 내놓고 젊은이들의 환영을 받을 뿐이었다.

앙공이 지언장에게 넌지시 물었다.

"대우를 본 적이 있소?"

지언장이 말했다.

"없소. 하지만 방풍씨(防風氏)는 많이 보았소. 나는 대우가 방풍씨 사람들보다 크다고 생각되지는 않소."

방풍씨는 거인 일족으로 유명한 종족이었다. 삼묘씨는 옛날부터 그들과 중소 규모의 교역을 해왔기 때문에 대부분의 사람들이 방풍씨를 알고 있었다.

앙공은 입을 다물었다.

나이가 지긋하며 지혜롭다고 알려진 지언장조차 대우에 대해서 막연하게만 알고 있었다. 앙공 자신도 대우에 대해서 자기가 본 것 이외에는 모르고 있기 마찬가지였다.

하지만 앙공은 그것만으로도 대우가 얼마나 강대한 힘과 위엄을 가졌는지 알고 있었다. 그와 맞선다는 것은 만용이라 생각되었다.

젊은 사람들은 자기들의 젊음과 힘이 대단한 줄만 알지, 대우가 어떤 존재인지 알려 하는 것 같지도 않았다.

앙공은 성천자 우제순이 대우에게 치수를 명한 것이 어쩌면 성천자를 제외하고는 그가 가장 강한 자이기 때문인지도 모르겠다는 생각을 했다.

논의는 다시 진행되어서 한 사람이 말하고 있었다.

“전통을 포기하면 우리에게 남는 것은 천천히 망하는 길뿐이오. 대우와 싸운다면 단번에 망할 수도 있지만 우리가 이길 수도 있소. 성천자께서는 우리와 대우의 싸움에 관여하지 않으실 것이니, 우리가 대우를 물리치기만 하면 아무런 염려 없이 살 수 있을 것이오. 우리의 전통 풍속을 포기하는 것은 우리가 가진 모든 것을 포기하는 것과 다름없다는 것을 제위들은 생각해 주시기 바라오.”

마음을 완전히 정한 또 한 명의 주전자(主戰者)가 나왔다.

적잖은 사람들이 머리를 끄덕여 수긍했다.

매일 하루가 지날 때마다 의견을 표명하는 사람들이 늘어서 이레가 지났을 때는 이백여 명이 자기의 견해를 분명히 했다.

싸우자는 쪽이 많았다.

전통을 포기하자는 주장도 더러 있었다.

뜻밖에도 터전을 땅에서 먼 바다 가운데의 큰 섬으로 옮겨 성천자로부터 독립하자는 주장도 제법 되었다. 그 의견이 나온 후에는 그에 동조하는 사람들의 숫자가 빠른 속도로 늘었다.

하지만 수천 년 동안 살아온 곳을 버릴 수 없다며 그들의 의견을 얼토당토않은 것으로 논박하는 사람들도 있었다.

먼 섬으로 가자는 의견은 그럴 경우에 성천자의 진노와 개입을 불러올 수 있다는 말이 나오면서 천천히 가라앉았다.

대우와는 싸워도 성천자를 거역할 수는 없었다.

상대적으로 대우와 싸우자는 의견이 폭발적으로 늘어났다.

뚜렷한 견해를 가진 사람들이 서로를 설득하기 위해서 날마다 밤을 새웠다.

싸우자는 의견들에 대항할 수 있는 힘과 논리는 오직 싸우지 말자는 자들의 내부를 향한 공격성뿐이었다.

앙공은 싸우길 원하지는 않았지만 싸우지 말자고 주장하는 자들의 내부 공격성을 씁쓸한 심정으로 지켜볼 수밖에 없었다. 언제나 싸우지 말자는 자들은 내부에서 싸우는 자들을 공격한다.

앙공은 속으로 중얼거렸다.

'싸우려면 힘을 모아야 하고, 싸우지 않으려면 뜻을 모아야 한다. 우리 삼묘씨는 지금 이러지도 저러지도 못하니 이번의 위급을 넘긴다 해도 오래 존속할 수가 없겠구나.'

싸우지 말자는 자들은 목숨을 전쟁이 아닌 논의에 걸어놓고 임하는 듯했다.

앙공은 하루 동안 더 심사숙고한 다음에 싸우자는 쪽에 자기의 동의를 표했다. 삼묘씨의 대표자로 치수에 참여했던 앙공이 결정짓자 그를 따르는 사람들이 모두 싸우자는 쪽으로 결정지었다.

마지막 결론은 싸우자는 쪽이었다.

승복할 수 없다고 끝까지 주장한 자들을 앙공은 젊은 사람들을 시켜서 모두 죽여 버렸다.

그들은 강한 자가 아니라 지혜로운 현자들에 속했지만 대우와 싸우지 않는 도리를 세웠을 뿐, 삼묘씨를 어떻게 이어나갈 것인가에 대한 대안이 없었으므로 살려둘 수 없다.

그것이 첫 번째 이유였다.

전쟁을 하기로 마음먹은 삼묘씨의 현자들은 반대자를 죽이지 않으면 그들이 배신자가 되어서 동족의 반을 죽이는 일이 있더라도 민족의 생존을 도모하리라는 것을 짐작하고 있었다. 이런 점은 이길 전쟁까지 패하게 만드는 경우가 많다.

두 번째 이유였다.

대체로 그들은 다른 종족들과 교류가 많아지면서 그들의 풍속에 영향을 많이 받은 자들이었다. 그래서 먼 곳으로 가는 것을 터전을 버리는 것보다 두려워하지 않는 자들이었다.

만약 그들이 삼묘씨의 옛 전통을 온전히 기억하고 있었다면, 반대를 한 자는 의견이 모아져 결정났을 때 가장 앞장서서 싸워야 한다는 사실도 알고 있었을 것이다.

결과적으로 그들은 결정이 난 후에도 아무도 그렇게 하려 하지 않았기 때문에 죽었다.

세 번째 이유였다.

삼묘씨는 조용히 전쟁을 준비했다.

그들의 앞쪽은 넓은 황하가 막아주고 있었으며 뒤는 깎아

지른 산들이 막고 있었다. 대우가 용사들을 거느리고 쳐들어
올 장소는 오직 황하를 건너는 것뿐이라 예상했다. 대우는 물
을 잘 다스리니 그의 좋은 점을 굳이 취하지 않을 이유도 없
었다.

삼묘씨는 싸울 수 있는 힘을 가진 삼천사백만의 남자를 준
비했으며, 마법을 사용할 수 있는 삼천칠백만의 여자를 조직
적으로 분배했다.

기수와 마수가 삼묘씨의 터전 위 하늘을 날고 황하를 헤엄
쳤으며, 산과 계곡을 뒤덮으며 달렸다.

날마다 군사회의가 열렸고, 날마다 훈련을 했다.

날마다 남자들은 여자를 품었고, 여자는 날마다 남자를 다
리로 안았다.

하늘을 찌를 듯한 건물들의 꼭대기에는 기수들이 날아오
르고 내리면서 땅 위로 햇볕이 들지 못할 정도였다.

어린 꼬마들도 어른들이 서로를 껴안고 뒹굴 때는 검과 창
을 들고 전쟁을 흉내 냈고, 어른들이 전쟁 훈련을 하는 동안
에는 서로 껴안고 뒹굴며 놀았다.

한 달이 지나고 두 달, 세 달이 지나갔다. 전의(戰意)는 더
욱 팽배해졌고, 삼묘씨는 자신들의 엄청난 군세(軍勢)에 도취
감마저 느꼈다.

세상에는 아직 어느 종족도 칠천만의 군대를 가지고 있지
않았다. 종족의 숫자는 삼묘씨보다 많은 종족이 여럿 있었지
만 그들의 군대는 기껏해야 수백만이었다.

삼묘씨의 군사가 많은 것은 오로지 그들의 전통 때문이었다.

훈련이 거듭되면서 삼묘씨는 대우가 아니라 성천자 우제 순마저 칠 수 있지 않나 하는 생각까지 하게 되었다.

전 삼묘씨가 전쟁을 위해서 그렇게 나서본 적은 역사상 한 번도 없었기 때문에 그들도 그들의 강성한 힘을 처음 경험하게 된 때문이었다.

천혜의 요새와 상상조차 하기 어려운 거대한 힘이 삼묘씨에게는 있었다.

아름다운 남자들은 벌써 대우의 염황연맹으로 잠입해 들어갔고, 강한 남자들은 서로의 기량을 확인하며 더 높였다.

충만한 기백과 힘으로 염황연맹의 맹주 대우가 왔을 때 그 목을 베겠노라고 공공연히 외치는 자들이 많았다.

어린아이들이 나무와 진흙으로 만든 큰 머리를 들고 다니면서 대우의 머리라고 외치기도 했다.

앙공은 혹을 타고 날마다 한 번씩 황하를 날았다. 분주하고 정신없는 날들의 연속이었지만 반드시 그렇게 했다.

앙공이 돌아온 후 네 달이 지났다.

마침내 대우가 용을 타고 왔다.

앙공은 황하의 강물 위어서 그를 만났다.

전쟁을 시작하기 전에 반드시 대우가 찾아와 자기를 만날 것이라는 사실을 알고 있었기에 앙공은 날마다 황하에 나왔던 것이다.

　대우는 삼묘씨는 아무도 입지 않는 거친 삼베옷을 입었으며 황금과 보석의 장식도 없었다. 다만 그의 손에는 한 자루의 검(劍)이 있었고 왼쪽에는 그의 후계자인 고요(皋陶)가 흰 사자[獅子]를 타고 있었다.

　앙공은 혹 위에서 두 발로 선 다음 허리를 숙여 대우에게 절했다.

　대우가 물었다.

　"풍속은 교화했는가?"

　앙공이 머리를 숙인 채 말했다.

　"우리 삼묘씨는 감히 맹주와 대적하고자 하외다."

　대우는 예상하고 있었다는 듯이 머리만 끄덕였다.

　그 옆에서 고요가 무시무시한 표정을 지었다. 귀신이 놀라서 달아나고 말 것 같은 표정이었다.

　황하의 누런 물 위에 둥근 달이 있었고, 그 위를 나르는 대우의 용은 마치 달에서 내려온 것처럼 보였다.

　대우가 손으로 달을 가리켜 보이며 말했다.

　"월력(月曆)으로 이달의 마지막 날, 그믐에 너희 삼묘씨를 치겠다."

　성천자 당제요 때부터 천하는 두 가지의 역법(曆法)을 사용하고 있었다. 햇빛을 받아서 자라고 씨를 맺는 농사를 짓는 남자를 위해서 성천자 당제요는 일력(日曆)을 만들었으며, 천지에 사람이 가득 차게 할 임무를 지닌 여자를 위해서 월력(月曆)

을 만들었다.

일력은 서 있는 푸른 것들의 변화를 미리 알려주었으며, 월력은 살아서 움직이는 것들의 변화를 미리 알게 해주는 것이었다.

그 후로 세상에는 농사가 풍요로웠고, 사람과 가축이 많이 늘어났다.

앙공은 이를 악물었다.

살아서 움직이는 것들의 생명과 비유되는 월력의 마지막 날에 삼묘씨를 치겠다는 말은 삼묘씨를 한 명도 남기지 않고 죽이겠다는 의미였다.

주먹을 불끈 쥐고 온몸을 부들부들 떨었다. 분노로 인해 그의 머리카락이 곤두서서 금관(金冠) 위로 치솟았다.

대우의 후계자 고요가 분노하여 외쳤다.

"무례한 자!"

앙공은 하늘을 우러러 분노 가득한 대소를 터뜨렸다.

"으하하하하하하하!"

이미 대우와 싸우기로 결정된 순간부터 자기는 살지 못하리라는 걸 알고 있던 앙공이다.

고요가 검을 들어서 앙공을 치려고 했다.

크와아앙!

앙공의 흑이 높이 날면서 포효했다.

흑은 이미 용을 겪어보았기 때문에 전처럼 두려워하지 않았다. 기수의 우두머리인지라 그도 용의 기백에 패하기는 했지만 오히려 그로 인해서 더 강해진 셈이었다.

대우의 용이 발톱으로 흑을 잡으려다가 허공을 움켜잡았다.

고요의 흰 사자가 이빨로 물려고 했지만 흑은 오히려 날개를 휘둘러 흰 사자의 왼쪽 앞발을 쳤다.

크와앙!

크르릉!

흑과 흰 사자가 동시에 포효했다.

앙공은 웃음을 그치고 소리쳤다.

"대우! 그대의 족속들은 모두 죽어야 옳았다! 나는 이제야 옛날 신농씨(神農氏)의 치우(蚩尤)가 같은 삼황의 후예이면서 너희 헌원의 후손을 모두 없애 버리려고 했던 이유를 알았다. 그때 우리 삼묘씨도 치우를 도왔더라면 세상이 이렇게 되지는 않았을 것을!"

고요가 검으로 앙공을 내려쳤다.

"무슨 돼먹지 못한 소리냐!"

앙공은 칼끝이 세 가닥으로 나눠진 삼극인(三極刃)을 뽑아서 고요의 검을 빗겨 막으면서 피했다.

"너희 헌원(軒轅)의 후예들은 장차 이런저런 이유를 들어서 천하의 이족(異族)을 모두 멸하고 말 것이다. 내가 왜 미리 알지 못했는지 후회스럽다. 너희 헌원들은 일찍이 신농씨를 멸했는데 우리 삼묘씨를 죽이는 게 무슨 대수겠는가. 이를 미리 알지 못한 것이 후회스럽다."

콰르르릉!

고요의 검과 앙공의 삼극인이 부딪치면서 불꽃이 일고 뇌성이 울었다.

고요는 앙공을 어쩌지 못했다.

그는 대우의 후계자가 될 만큼 뛰어난 자였지만 앙공도 삼묘씨를 대표했던 세 사람 중에서 마지막까지 살아남은 단 한 사람이었다.

죽기로 작정하고 싸우자 고요와 그는 평수를 이루었다.

대우는 그들의 싸움에 개입하지 않고 용을 돌려서 떠났다.

"고요, 앙공의 머리를 가져오너라."

고요는 앙공과 싸우며 대답하느라 잠시 밀렸다.

앙공이 치열한 공격을 퍼부었다.

고요가 다시 반격을 하여 몰아치려 했을 때 대우는 이미 아득하게 사라진 후였다. 고요의 흰 사자는 날개가 땀으로 젖어 달빛에 번득거렸다.

흰 사자는 강했지만 흑은 강하면서도 더욱 빨랐다.

앙공은 삼극인을 거두고 물러서면서 큰 소리로 웃었다.

"고요! 이 어린놈아! 너는 여기서 죽는다!"

고요는 고요대로 화가 머리끝까지 나 있을 때였다. 그는 앙공을 쫓아가며 검을 휘두르고 소리쳤다.

"앙공! 네놈의 목은 열 수법 안에 베어주마!"

앙공은 그가 달려드는 것을 보면서도 껄껄 웃었다. 삼극인으로 가슴과 머리를 방어하는 척하다가 별안간 벽력같은 일성을 질렀다.

"나와라!"

쏴아아아아! 쿠와!

순간 황하의 누런 물이 갈라지며 그 속에서 일곱 마리의 마수와 여덟 마리의 기수가 날아올랐다.

마수와 기수 위에는 저마다 수공(水功)을 깊이 쌓은 자들이 은회색 창을 손에 들고 있었다.

눈 깜짝할 사이에 고요는 퇴로를 차단당하고 위기에 처했다.

고요가 놀라며 흰 사자를 물려고 도망치려 했으나 방법이 없었다.

열다섯 마리의 기수, 마수와 열다섯 명의 용사는 앙공이 대우를 척살할 작정으로 해놓은 준비였다.

앙공은 흑의 머리를 밟고 서며 삼극인을 왼손으로 바꿔 잡았다.

고요는 열다섯 명의 삼묘씨 용사의 공격을 차례로 받았다. 용사들은 목숨을 내던져 놓은 채 공격만 할 뿐, 방어는 하지 않았다.

고요는 검으로 방어밖에 할 수 없었다. 적의 공격이 끝없이 이어졌기 때문이다.

고요가 탄 흰 사자의 눈언저리를 마수 탐보(酖鵃)가 부리로 쪼았다. 탐보는 너새와 비슷하게 생겼으며 부리가 강하고 컸다. 물속과 하늘을 모두 다닐 수 있었으며 발톱은 매의 발톱보다 날카로웠다.

고요는 포위 속에서 이리 날고 저리 뛰고 했지만 열다섯 용사를 어쩔 수 없었다. 그들은 긴 창으로 공격을 하며 고요가 반격하려면 어느 틈에 물러서 버렸다. 그 사이에 다른 용사가 고요를 공격하기를 반복했다.

앙공이 다시 고요와 싸웠다. 고요는 이미 쌓일 대로 쌓인 분격을 폭발시켰다.

하지만 앙공은 그가 힘을 빼고 있었던 시간만큼 휴식을 취한 상태였다.

두 사람이 다시 일백 합을 겨루었다.

앙공은 더 버틸 수가 없었다.

용사들이 다시 고요를 공격했다.

고요는 자기가 살아서 돌아갈 수 없다고 생각했다.

분한 마음에 외쳤다.

"앙공, 네 이놈! 네가 남자라면 나와 사생결단을 내보자!"

그때 용사들 중에서 한 명이 바람처럼 달려들어 창으로 그의 허리를 찌르면서 말했다.

"너는 내가 상대해 주마!"

고요는 버럭 소리치며 검을 비틀어서 창을 흘리고 주먹으로 그자의 창대를 쳤다. 창이 뚝 끊어졌다.

놀라서 용사가 멈칫하는 사이에 고요는 검으로 그자의 목을 뚫어버렸다.

용사가 달려든 것도 예상할 수 없을 만큼 빨랐고, 고요의 검에 찔려 죽은 것도 눈 깜짝할 사이였다.

다른 용사들이 구할 틈도 없었다. 죽은 용사가 타고 있던 기수는 고요의 흰 사자에게 머리를 깨물려 버렸다.

퍼썩!

기수의 단단한 머리가 과자처럼 부서졌다.

고요가 앙천광소를 터뜨렸다.

"으하하하하하하! 또 어떤 놈이 덤비겠느냐!"

황하의 누런 물이 기수와 용사의 몸을 함께 삼켜 버렸다.

용사들 중 한 명이 소리쳤다.

"내가 있다."

그가 창을 돌리며 나가자 창끝에서 돌풍이 일어났다.

고요는 둥근 달을 보고 웃으며 말했다.

"네놈들은 더러운 삼묘씨 중에도 난 놈들이구나. 나는 죽더라도 네놈들을 모조리 죽여 주군께서 너희 삼묘씨를 평정하기 쉽게 하겠다. 자, 덤벼라!"

고요의 피 묻은 검은 하얀 달빛을 기괴하게 반사했다.

"그만, 멈춰라!"

앙공은 가쁜 숨을 몰아쉬면서 용사들에게 명령했다.

"고요와 싸우는 건 내가 하겠다. 너희들은 내가 죽든 살든 더 이상 개입하지 마라."

용사들은 어리둥절했고, 고요가 고함쳤다.

"앙공! 무슨 수작이냐!"

앙공이 말했다.

“고요, 내가 너와 끝까지 싸우겠다. 삼묘씨에 사람 있음을 보여주마.”

고요는 대뜸 흰 사자를 몰아서 앙공을 덮치며 외쳤다.

“목을 바쳐라!”

앙공은 있는 힘을 다하여 마주쳤다.

앙공의 흑은 고요의 흰 사자보다 빠르고 강했다. 이미 흰 사자는 적잖은 상처마저 입은 상태였다.

고요는 앙공보다 빠르고 강했다. 하지만 힘이 많이 빠져 있었다.

두 사람의 장단점이 상쇄되어 다시 백중세를 이루었다.

고요는 입을 다물고 오로지 앙공을 죽이기 위해서 검을 쓸 뿐이었다. 가슴속의 포부를 펼쳐 보지도 못하고 앙공의 계략에 빠져 죽는 자기 신세가 비통했다.

문득 앙공이 가슴을 비워놓은 채 삼극인을 높이 들고 공격해 왔다. 마치 함께 죽자는 수법 같았다.

고요는 그의 가슴을 찌를 수 있었지만 삼극인을 막았다.

한데 앙공이 이번에는 머리를 내놓고 고요의 가슴을 무찔러 들어갔다.

고요는 어이가 없기도 하고 기막혀 주먹으로 앙공의 검을 쳐내고 옆으로 피했다.

“앙공! 함께 죽자는 것이냐?”

고요가 화를 내며 말했다.

그가 생각할 때 앙공은 죽을 이유가 없었다. 동사술(同死

術)을 펼쳐야 할 만큼 두 사람의 실력에 큰 차이가 있는 것도 아니었다.

앙공이 다시 동사술을 펼쳐서 공격하며 말했다.

"그렇다."

고요는 다시 화가 머리끝까지 치밀었다.

"좋다! 함께 죽자!"

대갈일성을 하면서 방어를 도외시하고 달려드는 앙공의 가슴을 마주 찔러 버렸다.

삼묘씨의 용사들이 놀라서 안색이 창백하게 변했다.

그러나 비명을 지르기도 전에 이미 앙공과 고요는 서로 왼쪽 가슴을 깊게 찌른 후였다.

앙공은 흑의 머리를 밟고 서 있었는지라 고요보다 높이 있었으며 흰 사자의 앞발이 닿지 않는 곳에 있었다.

흑이 흰 사자의 앞발을 물고 자기의 앞발로는 고요를 할퀴었다.

크왕!

흰 사자의 발이 뜯겼다. 흰 사자가 뒤로 날면서 뒤엉켰던 앙공과 고요는 다시 떨어졌지만, 고요는 흑의 발톱에 어깨와 가슴을 크게 상한 상태였다.

흰 사자가 미친 듯이 날뛰며 포위망을 뚫고 달아났다.

삼묘씨의 용사들은 흑의 머리에서 추락하는 앙공을 구하기 위해서 앞 다투어 날아들고, 한편으로는 고요의 목을 베기 위해서 뒤쫓았다.

앙공이 있는 힘을 다 모아서 소리쳤다.

"그를 쫓지 마라!"

쫓던 자들이 돌아오고 열네 마리의 기수, 마수와 혹이 몸을 서로 붙인 위에 앙공은 쓰러져 누웠다.

고요의 검에 관통당한 그의 왼쪽 가슴을 용사 중 한 명이 누르고 있었다.

앙공의 눈에 희고 둥근 달이 꽉 차서 들어왔다.

밑으로는 누런 황하가 도도하게 흘러갔다.

죽음으로써 그에게 충성하는 열네 명의 용사는 비통한 심정이 되어 흐르는 눈물을 주먹으로 닦았다.

"고요는 죽는다."

앙공이 나직하게 말했다.

"너희들은 내가 왜 대우를 공격하지 않고 고요만 공격하여 죽게 했는지를 알아야 한다."

용사 중에 한 사람이 물었다.

"이유가 무엇입니까?"

앙공이 말했다.

"나는 원래 대우를 죽일 생각이었다. 하지만 오늘 그를 보고 생각을 바꾸었다. 내가 보기에 대우는 이제 오래 살지 못한다. 길어야 십 년이다. 크으으윽!"

앙공은 손가락을 입에 넣어 목을 막은 핏덩이를 꺼낸 후에 다시 말을 이었다.

"너희들은 젊다. 십 년, 십 년만 대우의 손에서 버텨라. 달

아나고 도망가더라도, 길게 잡아서 십 년만 버티면 대우는 죽
는다. 저 달이 지는 날, 대우가 공격해 오면 희생을 하면서 막
아라. 적극적으로 나서지 않는다면 대우도 어쩌지 못할 것이
다. 오래 버틸 수 있을 것이다. 내 말을 반드시 회당에 전해
라. 나의 흑이 증인이다. 우리 삼묘씨의 장래는 너희 손에 달
렸다."
　앙공은 용사들 중 한 명인 삼묘한소(三苗瀚沼)에게 삼극인
과 흑을 물려주고는 휘파람을 불 듯 길게 숨을 내뿜더니 눈을
감고 죽었다.

第二十三章
옛 천자들이 세상을 다스리기 위해 사용했던 가장 큰 도구

武帝
本紀
무제 본기

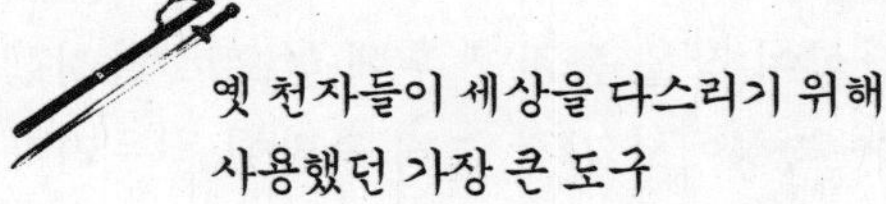

옛 천자들이 세상을 다스리기 위해
사용했던 가장 큰 도구

바람이 잔다.

하늘이 맑았다. 별이 시냇물에 씻긴 것처럼 맑다.

백설의 대지는 주름진 능선을 이루었다. 준봉들이 나란히
누워서 마디를 지었다.

황산고는 여자에게 고개를 끄덕여 보인 후에 설차의 문을
열고 나왔다.

스으으!

네 마리의 말이 끄는 설차는 눈 위를 달리면서도 평지를 달
리는 듯이 빠르다. 눈을 인 나무와 숲이 뒤로 밀려간다. 말들
은 가히 지친 것 같지도 않았다.

등을 보이고 있는 마부는 채찍질을 하지도 않은 채 고삐만

붙잡고 있다.

황산고는 몸을 날렸다. 갑주를 착용하지 않은 몸이 아주 가볍다.

마차에서 옆으로 삼십여 장을 움직인 후에 앞으로 달려갔다. 여자를 제외하고는 녹성에서 가장 늦게 출발했던 무리가 그의 앞쪽에 있었다. 열두 사람이었다.

그들 중 중년의 남자가 네 사람, 나머지 여덟 명은 젊었다.

열두 사람은 빠르게 달리고 있었지만 황산고는 그들보다 더 빠르게 달릴 수 있었다. 마음만 먹으면 훨씬 빠를 수도 있었다.

전포 자락을 여며 소리가 나지 않도록 하면서 몸을 낮추었다. 달리면서 한 마리 설원의 늑대가 되었다.

앞서 달리는 열두 사람은 한 사람이 제일 앞에 섰으며 그 뒤를 두 사람이, 그 뒤부터는 세 사람씩 바싹 붙어서 달리는 중이었다.

황산고는 소리없이 그들을 따라붙었다. 그들과 가까워지면서 황산고는 그들이 되었다. 그자들 중 누구도 황산고의 추적을 알지 못했다.

단검을 거꾸로 잡고 제일 뒤에 있는 세 명 중 왼쪽에 있는 자의 갑주를 헤치면서 목을 찍었다. 단검이 동맥을 자르고 기도를 막았다.

황산고는 그자의 투구를 벗겨 머리에 쓰면서 시체를 눈 위에 눕혀놓았다. 바로 옆에서 달리던 자조차도 동료가 없어졌다는 사실을 알지 못했다. 그들 사이에는 여섯 자의 거리가 있어서 직접 눈을 돌리지 않으면 알기 어려웠다.

황산고는 다시 그들을 따라붙어서 오른쪽에 있던 자를 똑같은 방법으로 죽였다. 그런 후 피풍의를 떼어 자기가 감았다.

높직한 언덕이 다가왔다.

제일 앞에 있던 자가 말했다.

"저기서 잠시 쉬었다 간다."

대답하는 사람은 없었다. 어느 나라의 말투인지 금방 분간할 수 없었다.

순식간에 언덕에 도착했다. 대여섯 그루의 큰 나무가 작은 숲을 이룬 밑에 일행이 들어갔다.

제일 앞에 있던 사람이 말했다.

"인원을 점검해라. 이상없나?"

조국(曹國) 말씨였다.

그의 바로 뒤 오른쪽에 있던 중년인이 말했다.

"전후좌우를 확인한다."

바로 즉시 외침이 튀어나왔다.

"범전(范甸)이 없습니다."

"진규(陳奎)도 없습니다."

"넌 누구냐!"

"자객이다!"

순간 중년인의 안색이 확 변하여 검을 뽑으며 고함쳤다.

“벌려 서라!”

차차창!

모두가 검을 뽑으며 넓게 벌려 섰다. 두 사람이 없는데 사람 숫자는 모두 열한 명이었던 것이다.

점검 중에 황산고를 발견한 세 사람이 검을 뽑으며 황산고를 포위했다.

휘익!

황산고는 몸을 날려서 나무 위로 솟구쳤다.

중년인 한 명이 고함치며 솟구쳤다.

“이놈! 가지 못한다!”

쩌억!

새하얀 검기가 무지개처럼 뻗었다.

캉!

황산고는 솟구친 몸을 다시 떨어뜨리며 솟아오르는 중년인의 검을 자신의 검으로 쳐낸 뒤 단검으로 중년인의 목을 깊이 찔렀다.

앞서 두 사람을 죽인 것과 똑같은 수법이었다.

목이 깊이 찔린 중년인은 놀라서 비명도 지르지 못했다. 어떻게 해서 솟구치던 황산고가 그처럼 급격하게 다시 떨어질 수 있었는지 몰랐기 때문이다.

사실 황산고는 뽑지 않은 자기의 검으로 나무를 찍고 그 반탄력으로 다시 떨어져 내렸던 것이다.

쉬아아아악!

중년인을 죽인 황산고의 몸으로 온 천지를 덮을 듯한 검기
가 폭발하듯 피어나며 덮어왔다. 그곳에 있던 모든 자들이 황
산고를 동시에 공격한 것이다.

전적으로 합벽을 위한 검법이었다. 일반 군사가 아니고 특
별한 목적으로 양성되는 자들은 그런 유의 합벽 검법을 익힌
다.

합벽 검법은 개개로는 대단치 않지만 흔히 두 사람이 모이
면 세 사람의 위력을 낼 수 있고, 세 사람이 모이면 여섯 사람
을 상대할 수 있으며, 네 사람이 모이면 열을 이긴다고 알려
져 있다.

아직 살아 있는 자는 아홉 명이나 되었다.

황산고는 중년인의 목을 찌른 단검을 놓고 왼손으로는 중
년인의 검을 잡으며 다리로 그자의 허리를 감고 뒤로 휙 돌았
다.

그리고는 중년인의 검과 뽑지 않은 자기의 검으로 동시에
대정팔검을 펼쳐서 세 개의 검을 막았다.

그를 공격한 나머지 검들은 회전하는 중년인의 몸에 닿기
직전에 멈추었다.

황산고는 중년인의 몸에서 떨어지자마자 눈 위를 구르며
한 사람의 다리를 벴다. 쇠를 앞뒤로 대서 보호했던 다리는
치익! 소리와 함께 베어졌다.

"으악!"

황산고에게 유효한 공격을 했던 세 사람 중 한 명의 다리였

다. 무리를 가장 앞에서 이끌던 자이기도 했다. 막을 때 그의
검이 가장 빠르고 강했었다.

'여덟.'

황산고는 속으로 세었다.

파앗!

구르면서 공처럼 몸을 튕겨 남아 있는 중년인 두 명 중 한
사람의 가슴으로 파고들면서 마침내 자기의 검을 뽑았다.

촤아아악!

검이 칼집을 벗어나는 소리가 귀청을 찢을 때, 그의 수중에
들어 있던 첫 번째 중년인의 검은 다른 한 중년인의 가슴으로
유성처럼 날아가는 중이었다.

캉!

그 중년인이 있는 힘을 다해 검을 휘둘러 막았지만 날아드
는 힘이 너무나 강했다.

퍼억!

황산고가 던진 검은 방향만 조금 바뀌어서 그자의 오른쪽
가슴을 뚫었다. 검이 앞뒤로 갑주를 관통했다.

검에 꿰인 자가 뒤로 쓰러지고 있을 때 황산고가 뽑았던 검
은 마지막 한 명의 허리를 완전히 절단한 후였다.

황산고는 자기가 벤 자의 뒤에서 일어섰다.

심장이 폭발할 것처럼 뛰었다.

정한곡에서 싸울 때와는 또 달랐다. 마치 처음 전장에서 적
들과 싸웠던 그때와 비슷했다.

사람이 아닌 상태에서 싸웠다.

사람이 아닌 상태에서 적을 벴다.

검은 찌르는 것이 주가 되는 무기이지 베는 것을 능사로 하는 무기가 아니다. 제정신이었다면 검을 손상시킬 수도 있는 무리한 수법으로 적의 허리를 끊으려 했을 리가 없다.

단번에 두 사람을 더 죽였지만 싸우는 그 순간에는 남아 있는 적의 수를 헤아리는 것조차 잊어버렸다.

눈 깜짝할 사이에 일어난 일이었다.

마치 무력시위를 한 것 같았다.

네 명의 중년인 중 세 명은 죽임을 당했고 한 명은 다리가 베어졌다.

살아남은 여섯 명의 청년이 놀라서 주춤거렸다. 비록 높은 경지는 아니지만 그들도 무공을 익힌 자들이긴 했다.

하지만 황산고 앞에서 그들은 그저 가련한 사냥감으로 보일 뿐이었다.

다리가 끊어졌던 중년인이 비통하게 소리쳤다.

"넌 누구냐! 그런 재주를 가졌으면 이름이 없진 않을 터!"

황산고는 어깨를 움직이지 않고 숨을 쉬려고 노력하면서 말했다.

"산고(山高)."

중년인이 이를 악물며 말했다.

"산이 높은 줄을 알겠다. 네가 넘지 못할 산임을 알겠다. 나는 조(曹)의 중대부(中大夫) 표양기(標揚器)다. 너는 어떤 이름의 산이냐?"

말 한마디 한마디에 원한이 저며 있었다.

중대부라면 임금을 모시는 신하 중에서도 신분이 높은 자리다. 요직에 있다면 국사를 좌우할 수도 있는 신분이다.

하지만 그는 황산고의 이름을 오해했다. 오해할 법한 이름이다.

황산고는 해명하지 않았다. 이미 흥분했던 마음은 수습되었고 정신이 온전했다.

황산고는 송나라 사람의 어투를 흉내 내어 말했다.

"돌아가시오."

표양기가 냉소했다.

"네가 신예(信藝)를 가지고 살아온 자라면 이름을 밝히고 나를 죽여라. 이름도 없는 자에게 죽고 싶진 않……."

말이 다 떨어지기도 전에 황산고의 검이 번쩍했다.

"중대부!"

소리치며 여섯 명의 청년이 표양기의 앞을 막았다.

촤아아악!

황산고의 검을 맞받은 두 자루의 검이 여린 풀처럼 베어졌다.

표양기는 눈을 부릅뜬 채 황산고를 쏘아보았다.

황산고의 검이 표양기의 얼굴을 찔렀다.

퍽!

그때 청년들 중 한 명이 옆에서 표양기를 발로 찼다.

그 바람에 황산고의 검이 빗나갔다.

표양기가 소리쳤다.

"돌아가겠다!"

휘익!

순간 황산고는 무시무시한 속도로 달려들었던 것처럼 몸을 솟구쳐 옆으로 날아갔다. 그리고는 나뭇가지를 밟고 눈 깜짝할 사이에 사라져 버렸다.

표양기는 투구의 한쪽 끈을 붙잡았다. 황산고의 검이 지나가면서 잘라 버린 것이었다.

여섯 청년이 표양기를 둘러싸고 묵묵히 있었다.

표양기는 황산고가 사라진 방향을 보면서 큰 소리로 울었다.

"산고(山高), 산고(山高)!"

산이 높구나, 산이 높구나 하는 소리였다.

사(士)와 대부(大夫)는 종종 그렇게 울면서 설움과 분노를 푸는 것이 시대적 흐름이었다.

표양기는 돌아가지 않겠다고 하면 황산고가 그 자리에 자기들 모두를 죽여서 묶어놓을 것임을 알았기에 돌아가겠다고 외쳐 재앙을 면했다.

황산고는 말이 통하지 않는, 말에 흔들리지 않는 무서운 자가 분명했다.

그러나 대부 중에서도 중대부인 자기의 위엄을 지키지 못한 수치를 감당하지 못했다. 울면서 마음에 칼을 갈고 복수를 다짐했다.

　세상을 살면서 스스로 높은 곳에 마음자리를 정해놓고 사는 자가 치욕을 한 번도 당하지 않으며 살 수는 없는 일이었다.

　하지만 치욕이 치욕일 때는 울어서 분을 풀고 복수로 설욕할 수 있다.

　설욕할 수 없는 치욕을 당했을 때는 오로지 자결로써 분을 푸는 수밖에 없다.

　"으허어어어엉!"

　표양기의 비분강개한 울음소리가 밤의 설원에 멀리까지 퍼져 나갔다.

　황산고는 언덕의 다른 쪽에서 설차가 달려오는 것을 기다렸다.

　조국의 중대부 표양기가 누구인지 황산고는 몰랐다. 하지만 그가 이끄는 자들을 거의 궤멸시켜 버렸다. 무공을 익힌 자들이었다.

　청년들의 무공은 정한곡에서 마주쳤던 자들보다 훨씬 낮은 편이었지만 그의 손에 죽은 세 중년인의 검에 실린 힘은 아주 강했다.

　하지만 그들을 모두 죽였고 중대부 표양기의 다리를 잘라서 병신으로 만들었다. 일개 전사의 신분으로서는 상상할 수 없는 전과(戰果)였다.

사부 배일청에게서 제일 먼저 배웠던 것은 도망치는 것이었다.

두 번째 배운 것은 공격을 피하는 법이었다. 좁은 판자 벽 사이에서 처음에는 돌과 화살을, 나중에는 여러 개의 창과 검을 피하는 연습을 얼마나 많이 했는지 모른다. 싸움에 임해서는 피하는 연습을 하면서 익혔던 기술과 능력이 오히려 공격을 자유롭고 효율적으로 만들어주었다.

세 번째 배운 것이 숨는 법이었고, 네 번째 배운 것이 뒤쫓아가는 법이었다.

그다음에는 잡는 법과 찾는 법을 배웠다.

검법을 배우기도 전에 말 그대로 죽도록 했던 것들이 그런 것이었다. 황산고에게는 그런 것이 검법보다 더 익숙했으며 숨을 쉬는 것처럼 자연스러웠다.

하지만 이번에 무공을 익힌 한 무리의 적을 혼자서 공격하여 그 같은 전과를 올린 것은 배일청이 가르친 전투 기술 때문만이 아니었다.

전설적인 무명을 떨친 불패장군 황채욱의 병법이 가미되어서였다.

조국 중대부 표양기가 이끄는 무리의 뒤를 따라가면서 그들 중 가장 둔하고 약한 자를 찾은 다음에 그들의 갑주를 살폈다.

상갑(上甲)의 윗부분, 목이 있는 곳은 대개의 경우 검날을 눕혀서 밀어 넣을 때 저항없이 적을 죽일 수 있는 급소였다.

황산고는 그자의 힘과 빠르기를 짐작하고 단검으로 해치웠다. 다른 한 명도 마찬가지였다.

그러나 나머지 사람들은 황산고가 아무 소리를 내지 않고 죽일 수 있는 자들이 아니었다.

황산고는 그들을 따라가면서 짧은 시간 동안이었지만 개미를 살피듯이 그들을 세세하게 살폈었다.

한 사람 한 사람 철저하게 눈에 익혔다. 특히 청년들과 현격하게 구분되는 네 사람의 중년인을 머릿속으로 환하게 그릴 정도로 살폈다.

마지막으로, 그들에게 발각되었을 때 황산고는 결정적으로 그들을 파악할 수 있었다. '자객이다!' 하는 소리와 함께 흩어지는 동작에서 그들은 자신이 가진 능력의 최고치를 보였다.

바로 그것이었다!

황산고는 그들 각자보다 조금씩만 빠르면 되었다.

이미 한 사람 한 사람을 철저하게 익혀놓았으니 아무런 어려움이 없었다.

몸을 숏구쳤을 때, 가까이서 따라 숏구치는 자를 더 빠르게 내려오면서 단검으로 찔러 죽였다. 그자를 방패 삼아 땅으로 내려왔을 때 인솔자였던 표양기의 두 다리를 잘랐다.

제일 강하고 빠른 검을 날린 표양기는 적에게 지나치게 용맹한 자였다. 이런 자의 눈에는 적만 보인다. 눈으로 보이는 적을 노릴 뿐, 눈에 보이지도 않는 자기의 다리를 챙기는 자가 아니었다.

다른 한 명의 중년인은 무공은 높아도 직접 적과 싸운 경험이 부족한 자였다. 습관적으로 달려들 듯이 가슴을 불쑥 내밀기는 하지만 그 이후에 짧은 망설임이 있었다.

그자의 가슴에 빼앗았던 검을 던져서 죽였다.

마지막에 죽인 자는 온전히 황산고의 능력이었다.

적을 철저히 보고 파악하기만 했을 뿐, 어떻게 동시에 그들을 상대할 것인지는 생각하지 않은 황산고였다.

파악은 싸우기 전에 했고, 싸울 때는 늑대가 되어서 아무런 생각도 하지 못한 채 했다. 다만 몸과 마음이 바로 직전의 생각에 따라서 훈련된 방법으로 적시에 움직여 주었다.

생각을 하지는 못하고 극도의 흥분 속에서 마음먹은 대로 일이 이루어지는 것만 알 수 있었다.

적을 알고 난 후에 싸운다는 병전이서(兵戰二書)의 내용에 완전히 들어맞았다.

피풍의를 적셨던 적의 피가 눈 위에 뚝뚝 떨어졌다.

황산고는 피풍의를 떼서 피 묻은 검을 닦은 후에 버렸다.

여자의 설차가 가까워지고 있었다.

"잘 싸우는군."

설차에 다시 탔을 때 여자가 웃으면서 말했다.

"나도 그렇게 죽이려고 했겠지?"

황산고는 앉으며 순순히 고개를 끄덕였다.

“예.”

여자가 ‘호호호’ 하고 작게 소리 내어 웃었다. 입을 가린 하얀 손이 가늘고 예뻤다.

여자가 미소를 지으며 말했다.

“역시 넌 검을 잘 쓰기보다 어떻게 싸우는지를 잘 아는 것 같다.”

황산고는 잠깐 웃어 보이고 입을 다물었다.

여자가 말했다.

“중대부 표양기는 조왕(曹王)이 총애하는 신하지. 아마 조왕의 명을 받들어 진국 사신 취릉을 조국으로 청하려고 했을 거야. 취릉이 잡혔다는 말에 놀라서 서둘다가 너한테 당해 두 다리를 잘렸지만 만만한 자는 아니지.”

황산고는 마음으로 검을 잡았다. 그리고 천천히 물었다.

“그를 압니까?”

여자가 말했다.

“만난 적은 없어. 조금 전에 그가 우는 소리를 들었을 뿐이야.”

황산고는 나직하게 말했다.

“직접 본 것처럼 알고 있군요.”

“호흡이 너무 골라.”

여자가 빙긋 웃으며 말했다.

“살기를 숨기는 게 무슨 의미가 있겠어? 호흡을 고르게 하여 기력을 폭발시킬 준비를 하고 있는데.”

여자의 말이 옳았다.

하지만 황산고는 몸과 마음의 자세를 바꾸지 않고 다시 말했다.

"마법을 쓰는 사람이 아니라고 하지 않았습니까?"

여자가 생글생글 웃으며 말했다.

"왜? 마법을 쓰는 사람이면 안 돼?"

황산고가 짧게 말했다.

"베고 싶어집니다."

음성이 마치 팽팽하게 당겨진 활시위 같았다.

황산고의 힘과 정신력도 정점에 달해 있었다. 자루를 잡은 것도 아니었지만 마음의 억제력을 푸는 순간에 검은 폭발하는 기세로 여자를 벨 준비가 되어 있었다.

여자는 마치 장난은 다 끝났다는 듯한 표정을 지으며 산뜻하게 웃었다.

"견문이 더 넓다면 악(樂:음악, 풍악)이란 것이 있다는 말을 들어봤겠지."

들어본 적이 있었다.

악이란 세상에서 흔히 말해지는 사곡(詞曲:가요)과 다르며, 옛날부터 전해오는 것이고 제백(諸百:제자백가)의 사람들 중 아직도 아는 사람들이 있다고 들었다.

하지만 구체적으로 어떤 것인지 황산고는 몰랐다.

황산고는 입을 열지 않았다. 입을 열면 기력이 흩어져 버린다.

여자가 말했다.

"예(禮)와 함께 일러서 예악(禮樂)이라 하기도 하고, 악(樂)만을 가리키면서도 높이 존중하여 예악(禮樂)이라 부르기도 해. 사곡과 연극을 예술(藝術)이라 낮춰 부르는 말에 대하고 있는 것이지."

여자는 반쯤 눈을 감고 조용하게 말했다.

"예악을 제대로 배운 사람은 소리로 알고 소리로 전할 수 있다. 나도 예악을 깊이 아는 바는 아니지만 소리를 듣고도 모를 정도는 또한 아니야. 네가 위국(衛國) 사람이라는 사실과 열여덟 살이며 탁월한 스승으로부터 세상에서 가장 엄격한 훈도(薰陶:교육)를 받았고, 어린 나이지만 헤아릴 수 없는 생사를 넘나들며, 심(心)과 육(肉)을 보검처럼 세워놓았다는 것까지 말이야."

황산고는 머리를 맞은 것처럼 충격을 받았다.

여자가 눈을 다 뜨며 웃었다.

"놀랐어?"

황산고는 머리를 끄덕였다. 마음을 놓지는 않았지만 그것은 지키기 위해서이고 여자를 베기 위해서는 아니었다.

여자가 말했다.

"마법… 요술… 법술이라는 이것들이 이치(理致)의 끝이 아니야. 무공과 기계(奇計)도 마찬가지. 모두 수단에 지나지 않는 것들이야. 어떻게 생각하면 있어도 그만, 없어도 그만인 것들이야."

설차의 움직임이 느껴졌다.

눈 위를 계속 달리고 있었지만 황산고는 여자에게 모든 것을 집중하는 순간에 그것을 잃어버렸고, 이제 다시 그 느낌을 찾았다.

"예악은 신기한 재주군요."

황산고가 말했다.

여자가 빙긋 웃으며 말했다.

"옛날 성천자(聖天子)들께서 사용하던 치세의 도구였지. 성인(聖人)이 아니면 이을 수도 없어. 성천자는 예악을 이은 성인들 중에서 한 사람을 지목하여 선양(禪讓)해 주곤 했지. 그때 성천자가 그에게 주는 예악을 일러서 소(韶)라고 하는데, 예부터 전해지는 것을 성천자 우제순께서 심혈을 기울여 온전하게 하셨어. 소는 세상의 모든 예악 가운데서도 가장 위대한 힘을 가졌다. 아니, 세상의 모든 힘이라고 해야 할 것 같군."

황산고는 그 순간에 여자가 달라 보였다.

속된 것 같다고 생각했던 것은 초탈한 면으로 느껴졌다.

그가 만나보았던 어떤 사람과도 확연히 구분되며, 누구도 따르지 못할 무엇을 여자가 지니고 있는 것처럼 느껴졌다.

여자가 다시 말했다.

"원래 성천자께서는 이 소를 이용해서 우주와 인간의 질서를 바로잡고 고칠 수 있었으니까. 천지인(天地人)을 생성, 변화, 소멸시킬 수 있는 힘이라고도 할 수 있겠지."

여자가 의미심장해 보이는 미소를 짓고 말을 이었다.

"속에 있는 뜻을 숨기고 간단하게 말하자면 오성(五聲)과 팔음(八音), 여기에 시(時)가 더해지고 춤으로 표현되는 것이 예악이야."

황산고에게는 그런 것들이 경이롭게 들렸다. 마법을 처음 눈으로 보았을 때보다 훨씬 놀라웠다.

오성과 팔음, 그리고 시와 춤이라는 것도 모두 생소하게 들렸다.

오성은 궁상각치우(宮商角徵羽)의 다섯 가지 소리를 말하고, 팔음은 금(金), 석(石), 사(絲), 죽(竹), 포(匏), 토(土), 혁(革), 목(木)으로 만들어진 악기들이 내는 소리를 말한다.

하지만 그런 것은 광대들이 사곡하면서도 하는 것이고 술과 노래와 몸을 파는 여자들이 하는 것에 지나지 않는데 우주와 인간을 다스리고 천지만물을 생성, 변화, 소멸케 한다니 그보다 더 이상한 말은 없을 듯했다.

그래서 물었다.

"예악으로 위엄을 보이며 적을 상대할 수도 있습니까?"

여자가 고개를 끄덕였다.

"예(禮)는 끝에서 인(仁)을 온전하게 하지. 예를 닦아서 인(仁)을 가진 사람은 무적이라 할 수 있다. 그를 상대코자 하는 자는 스스로 깨어지고 무너지고 만다."

"인은 어진 것을 뜻하지 않습니까?"

황산고가 다시 물었다.

여자가 머리를 저었다.

"어진 마음으로 베푸는 것은 인을 수양하는 한 방법이지, 인이라고 할 수 없어. 인을 갖춘 사람을 일러서 성인이라고 하는 거야."

"이상한 도립니다."

황산고가 말했다.

여자가 담담하게 말했다.

"성인과 천자의 도리지."

황산고가 말했다.

"어쨌든 예악으로 위엄을 보일 수 있을 것 같지는 않습니다."

여자가 말했다.

"악의 한 요소인 시(詩)로써는 귀신을 부를 수도 있고, 놀라서 달아나게 할 수도 있다. 오성과 팔음을 사용하면 능히 산을 허물었다가 다시 쌓을 수도 있어. 춤으로는 움직이는 모든 것을 묶을 수 있고, 흐르게 할 수 있고, 잡을 수 있지. 마음마저."

황산고가 조심스럽게 물었다.

"소저도 예악을 이었습니까?"

"호호호호!"

여자가 시원하게 웃음을 터뜨리더니 미소를 머금은 채 말했다.

"왜, 내가 성인(聖人)이냐고 직접 물어보지 않고?"

마음을 단번에 읽었다.

마음을 읽은 것이 아니라 다만 의도와 수단을 간파한 것일 수도 있다.

황산고는 딱딱한 음성으로 대답했다.

"여자 성인이 있다는 말은 들은 적이 없습니다."

여자가 빙그레 웃으며 말했다.

"옛날 복희 천자의 아내였던 여왜(女媧)는 성인(聖人)일까, 아닐까?"

황산고는 머리를 천천히 좌우로 흔들었다.

"나는 학문이 깊지 못합니다."

여자가 말했다.

"나도 예악이 깊지 못하다.. 하지만 네가 여자 성인이 있다는 말을 듣지 못한 건 과문(寡聞)한 탓일 수도 있겠구나."

"예."

황산고가 망설임없이 대답했다.

여자가 웃으며 말했다.

"세상에서 여자는 오직 남자의 정(情)을 돋우기 위해 노래하고 춤추며 취적탄금(吹笛彈琴:피리 불고 현악기를 연주함)하는 줄만 알 뿐인데 어떻게 여자 중에 예악을 아는 사람이 있다고 생각할 수 있겠느냐? 아무리 성인의 학문을 이어도 성인은 세상 사람들이 불러주는 이름이니, 불러주는 사람이 없으면 성인이 아니다. 숨어 사는 은현(隱賢:은자, 현자)이지."

황산고는 더 묻지 않았다. 여자의 감정 섞인 말에 휘말려

들어가는 것 같아서였다.

여자가 성인이냐, 아니냐 하는 것은 최소한 자기의 정신을 흐리게 하는 것보다 중요한 문제가 아니었다. 단지 참으로 기이한 학문도 있구나 하는 정도면 되었다.

여자도 설차의 천장을 보면서 미소만 지었다. 일견 분노한 듯도 보이고 일견 슬픈 듯도 보였다.

바깥에 눈이 흩날리기 시작했다.

설차는 언덕을 넘어서 내려갔다가 다시 더 높은 언덕을 향해서 올라가고 있었다.

그렇게 점필봉으로 다가가고 있었다.

설차는 비스듬히 앞뒤로 기울어져도 속도만은 늦어지지 않았다. 말들이 하나같이 천리 준마인 모양이었다.

황산고는 작은 소리로 말했다.

"묻고 싶은 게 있습니다."

여자가 눈을 반듯하게 떴다. 궁금함을 담은 눈이었다.

황산고는 그녀가 자기 마음을 읽는 것 같지는 않다고 생각했다.

그래서 말했다.

"삼묘씨에 대한 이야기를 할 때, 제 마음에 음욕이 있었습니다."

"그래서?"

여자가 약간 웃으며 되물었다.

황산고가 말했다.

"그럴 것이라는 사실을 아셨을 텐데 왜 그랬습니까?"

여자는 빙긋 웃고 손을 뻗었다.

황산고는 멈칫했다. 어떤 의미인지 알 수 없었다. 자기의 가슴 앞까지 뻗어온 그녀의 손을 보고만 있었다.

나쁜 뜻이 있는 게 아닌 건 분명했다.

"이것과 똑같아."

여자가 팔을 거두며 말했다.

"네 반응은 달랐지만."

"무슨 뜻인지 모르겠습니다."

황산고가 말했다.

여자가 말했다.

"너와 같은 사람을 여심과 색(色)으로 움직일 수 있는지를 시험해 본 거야. 과하면 죽이고 모자라면 버릴 생각이었다."

황산고는 고개를 숙인 채 자기의 손등을 보았다. 자기가 그녀의 정체에 의문을 품고 목숨을 노리고 있었을 때 그녀도 자기를 생사(生死)의 저울 위에 올려놓고 있었다는 사실 때문이었다.

사부 배일청은 검으로 적을 죽이려 하면 적이 검으로 자기를 죽일 수 있는 데까지 가지 않으면 안 된다고 했다.

역으로 생각하면 적을 죽일 수 있을 그 순간에 적도 자기를 죽일 수 있는 것이다.

적이 목숨을 노리는 줄도 모르고 무작정 방비하고 칠 준비

만 하고 있었다는 것은 아직도 병법이 까마득하다는 의미였
다.

　그토록 크고 중대한 것을 모르고 있었다니…….

　여자가 나직하게 말했다.

　"너는 내 시험을 넘었다."

　황산고는 머리를 들었다.

　여자가 담담한 표정으로 웃었다.

　"네가 이번에 나를 도와준다면 네게 예악을 전해주겠다."

　황산고는 표정을 바꾸지는 않았지만 신경이 찌릿할 만큼
놀랐다.

　여자가 조용히 말했다.

　"삼십 년쯤 열심히 연마하면 결실을 볼 수 있겠지."

　여자가 작은 소리로 뒷말을 이었다.

　"나를 아내로 맞아서."

　황산고의 몸이 정말로 굳어졌다. 몸이 딱딱해지고 숨을 쉴
수가 없었다.

　여자가 위엄있는 음성으로 말했다.

　"나는 너에게 여자가 할 수 없는 부끄러운 말을 했으니 이
제 다른 사람을 볼 수 없다. 너는 내가 청루(靑樓:매음굴, 갈보
집)의 여자라고 생각하느냐?"

　황산고는 고개를 저었다.

　여자가 다시 물었다.

　"너는 나에게 음심을 품었고, 품은 음심을 숨기지 않았다.

내가 청루의 여자가 아니고 네가 자신에게 책임을 질 줄 아는 당당한 장부라면 마땅히 나를 아내로 맞아들여야 하지 않겠느냐?"

"나는 소저를 모릅니다."

황산고가 말했다.

여자가 서늘하게 웃으며 말했다.

"그래서, 모르는 여자인 나를 희롱한 것이냐?"

황산고가 말했다.

"저는 소저의 시험에 걸려들었을 뿐입니다."

여자가 냉소를 했다.

"세상 어느 것인들 조물주의 안배에서 벗어나는 게 있느냐? 그렇다고 해서 자기가 책임질 수 없다는 건 도무지 장부답지 못하다. 더구나 너와 나는 이미 약조를 했다. 너는 나를 위해 밖으로 적을 치는 일을 맡고, 나는 너를 위해 네 적들로부터 너를 지켜주기로. 누구에게 물어도 이것은 남녀가 서로 내외(內外)를 정한 것이라 하지 않을 리 없다."

"경우가 다릅니다."

황산고가 말했다.

"남녀의 일을 논하기에는 제가 소저를 너무 모릅니다."

여자가 말했다.

"손을 잡으면 체온을 느낄 수 있고, 눈을 마주하면 마음을 느낄 수 있다. 사람은 알려면 그것만으로도 서로를 알 수 있고, 모를 부분은 평생 살을 맞대고 살아도 모른다. 너는 대체 무엇을 두고 안다 모른다 하느냐? 나의 무엇을 더 알아야 한다는 말이냐?"

황산고가 차분한 음성으로 말했다.

"저는 소저가 두렵습니다."

여자가 가만히 있었다.

황산고가 말했다.

"저는 제가 소저를 발견했을 때부터 이미 소저의 그물에 걸렸다는 사실을 알았습니다. 지금 제가 어떻게 해도 소저의 그물을 벗어나지 못할 것 같습니다. 저는 그 사실이 두렵습니다."

여자가 황산고를 보고 쓸쓸한 미소를 지었다.

황산고는 몸을 앞으로 가져가며 말했다.

"하지만 전 소저가 좋습니다. 저를 두렵게 하지 말아주십시오."

황산고는 여자의 입술에 자기의 입술을 댔다.

여자가 부르르 몸을 떨었다.

전연수에게 들었던 대로 했다. 여자의 입술을 비집고 혀를 밀어 넣었다. 침이 혀를 타고 나와서 입술을 적셨다. 숨이 들도 나도 못하고 목에서 꼴깍거렸다.

심장의 격동이 활의 시위를 놓았을 때처럼 탕, 탕! 하며 전해졌다. 나른함에 눈이 감기고 눈꺼풀 속의 노란 하늘이 중심을 잃고 빙빙 돌았다.

황산고는 두 손으로 여자의 얼굴을 감쌌고, 여자는 사지를 늘어뜨리고 오직 고개만을 높이 꼿꼿하게 쳐들었다.

혀가 황산고의 혀에 묶여서 얼굴을 황산고의 입과 코에 매달아놓았다.

황산고는 혀끝으로 여자의 혀를 빈 곳 없이 마찰하고 치아의 안팎을 더듬었으며 볼과 입천장을 건드렸다.

여자의 혀를 아래윗니 사이로 유도하여 입술로 빨아 당겨 자기 입에 들게 했다. 여자의 혀가 입 안으로 들어왔다. 한 손으로 머리 뒤를 받치며 다른 한손으로는 여자의 허리를 감아서 끌어당겼다.

무릎을 꿇고 앉은 자세에서 빈틈없이 몸을 밀착시켰다.

몸에서 피가 식고 정욕으로 혼탁해졌던 정신이 다시 맑아질 때까지 두 사람은 그렇게 온몸을 경직시키고 뼈가 없이 움직이는 근육들만 마찰하였다.

여자는 탈진한 듯, 정신을 잃은 듯하였다.

황산고는 그녀를 벽에 기대어 눕히고 뒤로 물러났다.

새벽을 향해 달려가는 설차 안은 두 사람이 뿜어낸 뜨거운 숨결로 가득했다.

이윽고 여자가 나른한 음성으로 물었다.

"이제 나를 어떻게 하겠니?"

어투가 약간 변했다.

"제가 소저의 시험에 들었던 것처럼 소저는 저를 택함으로써 소저의 운명에 빠져든 것 같습니다."

황산고가 차분한 음성으로 말했다.

여자가 힘없이 미소를 지었다.

"그래?"

황산고가 말했다.

"저는 소저의 말씀이 옳다는 것을 알겠습니다. 제가 어떻게 하든 소저의 옳은 마음이 바뀌지 않으리라는 것도 압니다. 하지만 저는 여전히 소저가 두렵습니다. 소저의 옳은 마음이 소저의 운명이라면, 저를 강박하지 말아주십시오. 저는… 아직… 저 자신 외에 지켜야 할 것을 가지고 싶지 않습니다."

"무슨 말인지 알겠어. 내가 선택해 버린 운명이니……."

여자가 허무하게 웃었다.

"기다릴게. 네가 대답할 때까지, 운명이 대답할 때까지. 네가 원치 않으면 기다리다가 혼자서 죽어야겠지."

황산고는 묵묵히 있었다.

여자가 나직하게 한숨을 쉬면서 약간은 울음이 배어 있는 음성으로 말했다.

"네 병법은 무섭구나. 누구에게도 패배를 용납하지 않을 병법이구나. 이토록 무서운 병법을 가르칠 수 있는 사람이 세상에 있을 줄은 몰랐다. 스승이 누구니?"

황산고는 잠시 웃음을 지었다. 여자가 조부 황채욱의 병법을 느끼고 정확하게 말했기 때문이다.

황산고의 할아버지 황채욱의 병법은 그녀의 말처럼 패배를 용납지 않는 불패의 병법이었으며, 듣고 경험하는 것만으로도 살이 떨릴 만큼 무시무시한 병법이었다.

　게다가 황산고의 병법의 바탕이 된 것은 사부 배일청의 병법으로 흐름을 따라서 살아 있는 병법이었다.
　황산고는 다시 가서 여자의 윗입술과 아랫입술을 번갈아 가며 자기의 두 입술로 빨았다. 여자가 코로 신음 소리를 냈다.

　무슨 이유에선지 설차가 멈췄다.
　황산고는 여자를 가슴에 안았다.
　여자는 고개를 숙이고 그의 품에서 고른 숨을 쉬었다.
　옛날 성천자들이 세상을 다스릴 때 사용했던 가장 큰 도구인 예악을 배웠건만, 운명에 매이면 단 한 사람의 남자를 다스리지 못함을 알았다.
　황산고가 물었다.
　"이름이 뭐예요?"
　"설우용(薛釪鏞)."
　여자가 머리를 묻은 채 대답했다.
　황산고가 말했다.
　"내 이름은 산고(山高), 성은 황(黃)이에요. 자(字)는 견보(堅甫)입니다."
　여자가 머리를 끄덕였다.
　황산고는 여자를 놓고 설차에서 나왔다.
　머리를 떨군 여자의 가늘고 흰 목이 가슴을 아리도록 자극했다.

심호흡을 하면서 눈을 밟았다.

황산고가 쫓고 있던 적이 설차의 앞을 막은 채 그를 기다리고 있었다.

눈은 심하게 쏟아지고 있었고, 적들의 뒤에는 빛을 잃은 백색의 산봉이 줄을 이어 서 있었다. 산머리는 어느 곳이나 구름이 검게 가렸다.

말이 끄는 설차가 올라가기에 산이 높다.

달리지 않고 서 있으려니 무릎까지 푹 빠졌다. 찬바람이 가슴에 가득 차 있던 열기를 단번에 날려 버렸다.

황산고는 적들을 보면서 마차에서 떨어져 옆으로 천천히 걸었다.

적들은 뭔가를 알고 있는 게 분명했다.

한 명뿐인 황산고를 보면서도 소리치지 않았고 함부로 덤벼들지도 않았다. 표양기가 울던 소리를 들었을 수도 있었다.

옆으로 움직이며 황산고의 앞을 계속 막았다.

황산고는 옆으로 움직이는 속도를 높였다.

앞을 막은 사람들의 숫자가 확연하게 드러났다. 일곱 명이었다. 그들은 아주 빠른 속도로 계속 황산고를 막았다.

황산고는 도망치듯이 달렸다. 다른 자들은 뒤쫓는 자들처럼 따라서 달렸다.

속도가 점점 빨라져 한줄기 바람 같았다.

휘익!

황산고는 갑자기 선회하면서 그들 중 제일 앞에서 달리던 자를 공격했다. 그 순간 황산고의 속도는 그가 낼 수 있는 가장 빠른 속도였다. 달리던 자도 자기가 달릴 수 있는 가장 빠른 속도였다.

황산고는 한 줄로 달려오는 일곱 사람 중에서 세 사람을 마주 달리면서 일검에 베어버렸다.

"으아아아악!"

비명 소리가 터져 나오고, 네 번째 사람은 황산고의 검을 막았다.

그러나 황산고는 그를 두 번째 휘두른 검으로 베었다. 목이었다.

퍼퍼퍽!

잘려진 몸과 끊어진 머리가 눈 위에 떨어졌다.

황산고는 차분했고 몸도 크지 않았으며 거칠지도 않았으나 움직일 때는 지나칠 정도로 패도적이었다.

그가 배운 배일청의 병법이 실재적이었고, 불패장군 황채욱의 병법이 무시무시했기 때문일 수도 있었다. 또한 그것은 전쟁의 솔직한 두 모습 중 하나였다.

"헉!"

살아남은 세 사람은 충격을 받아서 옆으로 흩어졌다.

황산고는 검을 옆으로 뿌려서 그들 중 한 사람의 얼굴에 피가 튀도록 했다. 그들의 얼굴에 두려움과 경악이 피어올라 있었다.

황산고는 검의 날을 한번 살핀 후에 칼집에 꽂았다. 마차가 있는 쪽으로 걸어갔다. 눈 속에 다시 발이 푹푹 빠졌다.

세 사람이 동시에 질렀던 비명 소리는 어느 나라의 비명 소리일까를 생각해 보았다. 서로 부딪쳤던 검은 자기가 들었던 소리 외에 또 어떤 말을 했을까 생각해 보았다.

표양기 일행을 공격해서 베었을 때 같은 긴장과 흥분은 몸에 남아 있지 않았다.

'나도 모르게 소리를 들으려고 했기 때문일까?'

황산고는 자기에게 물었다.

소리에 과연 어떤 힘이 있다는 것인지 짐작할 수 없었다.

무공과 마법, 그리고 예악이라니. 성천자의 도구라니…….

뭔가가 속을 막은 것같이 답답했다.

*   *   *

길을 앞서 달리며 황산고는 폭설 속에서 두 시간 동안 적을 공격했고, 싸웠으며, 벴다. 검술이 뛰어난 전사와 무공을 익힌 강한 자, 그리고 마법을 사용하는 자도 있었지만 그가 죽이기로 마음먹은 자는 모두 죽였다.

녹성에서 먼저 점필봉을 향해 떠났던 자들 중 반 이상이 그의 손에 죽었다. 살아남은 자들은 독자적으로 임무를 수행할 능력을 잃어버렸다.

황산고는 살아남은 자의 투구를 쪼개고 이마에 검날을 붙이며 점필봉이 어딘지를 물었다. 고문을 할 필요는 없었다.
적은 이미 황산고에게 공포를 느끼고 있었다.

황산고는 반 시간쯤을 달려서 점필봉 아래에 이를 수 있었
다.
끝났다. 이제 오보현과 동료들을 만나면 임무의 칠 할은 성
공했다고 할 수 있다.
엄청난 폭설이 쏟아지는 중이었다.
한데 계곡 입구에서 설우용의 눈 마차를 다시 보았다. 그녀
의 눈 마차는 먼저 와서 서 있었다. 폭설 때문에 가까이 가서
야 알 수 있었다.
그때 갑자기 황산고의 눈앞이 훤하게 밝아졌다. 눈 마차를
끄는 말들의 까만 털까지 선명하게 보였다. 솜뭉치 같은 눈송
이들이 황금빛으로 찬란하게 빛났다.
주변 십여 리가 환해진 듯했다.
빛의 근원은 황산고가 들어가려던 점필봉 아래의 골짜기
였다.
쩌어엉!
빛은 그곳에서 하늘을 뚫고 치솟았다.
“삼묘신흑(三苗神黑)이다!”
절벽 아래 어디선가 고함 소리가 들려왔다. 뒤이어 엄청난
포효 소리가 들렸다.
크아아앙!

산이 흔들릴 정도로 거대한 소리였다.

크아아앙! 크아아앙!

계곡에서 바람이 포효 소리를 따라서 소용돌이쳤다.

"으아아아악!"

"으악!"

찢어질 듯한 비명 소리가 잇달았다.

번쩍!

밝은 빛이 다시 하늘로 피어올랐다.

콰르르르르릉! 쾅쾅!

뇌성이 울리고 벽력이 빗발치듯 골짜기로 떨어졌다. 폭설은 쏟아지고 있는데 바람이 큰 소리를 내며 맴돌자 산이 쿠르르르 하면서 울리기 시작했다.

눈사태였다.

쩌어어엉!

계곡에서 눈과 바람을 한가운데서 관통하며 다시 밝은 빛이 하늘로 치솟았다.

쿠르르르르릉!

산이 울고 하늘이 울며 천지개벽하는 소리가 끝없이 들렸다.

황산고는 거대한 대자연의 붕괴를 보았다.

땅은 갈라질 듯이 뒤흔들렸고 쌓여 있는 눈이 채 위에 올려 놓은 곡식인 것마냥 흔들리며 낮아졌고, 바람과 함께 거대한 흰 산이 무너져서 천군만마보다 더 거센 힘으로 질타해 오는 것을 보았다.

한 치 앞을 볼 수 없도록 만들던 폭설은 바람에 흩어졌고, 대자연의 거력은 여과없이 사람의 뇌리 속으로 각박해 왔다.

히히히힝!

눈 마차를 끌던 말들이 뒷발로 일어서며 울부짖었다.

황산고는 달려가 말의 고삐를 잘라 버렸다.

말들이 미친 듯이 달려갔다.

마차의 문을 와락 열었다.

삼베옷을 입고 머리에는 흰 띠를 묶은 설우용이 마차에서 내리려 하고 있었다. 그녀는 허리에 피리를 꽂았고 품에는 오십현금(五十弦琴)을 안았다.

눈을 날리는 바람이 미친 듯이 불고, 골짜기 안에서는 지축을 뒤흔들며 백색의 산이 무너져 달려오는데도 그녀의 표정은 단정하여 봄날 뜰에 나와 바람을 쐬는 듯하였다.

황산고는 그녀를 보고 얼떨떨하였다.

마부는 어디로 갔느냐고 묻지도 못했다.

설우용이 눈 위에 내려서서 황산고의 곁을 지나며 나직한 소리로 말했다.

"내 뒤에서 떨어지지 마. 위험해."

쿠쿠쿠쿠!

설우용은 엄청나게 밀려드는 해일 같은 눈 더미를 향해서 바람을 거스르고 걸어갔다.

띵! 띠리리링!

황산고의 귀에 금을 튕기는 소리가 들려왔다. 설우용이 걸으면서 튕기는 소리였다.

순간 그녀의 곁에서 바람이 잠들었다.

황산고의 가슴에서는 심장의 뜀박질이 느려졌다.

"따라와."

귓가에서 미풍이 속삭이듯 설우용의 음성이 들렸다.

"동맹의 약속을 지켜야 할 때야."

띵! 띠리리링!

금을 타는 소리는 한순간도 끊어지지 않았고 쉬지도 않았다. 아주 작은 구슬들이 서로 부딪치며 노래하는 것 같았고, 은으로 만든 쟁반에 작은 옥구슬을 가까이서 떨어뜨려 만들어내는 빗방울 듣는 소리 같았다.

제 몸 하나 가눌 수 없을 것 같던 설우용을 풍설(風雪)도 침노하지 못하고 비꼈다. 오십현금을 안고 가는 설우용은 마치 안개 낀 바다로 나아가는 작은 돛단배 같았다.

광포한 위세를 보이는 모든 것들이 그녀의 앞에서는 숨죽이고 흩어졌다. 성천자가 우주와 인간을 다스리며 사용했다는 예악 중 하나가 보인 위력이었다.

第二十四章
귀에 와서 속삭이는 소리

무제 본기
武帝本紀

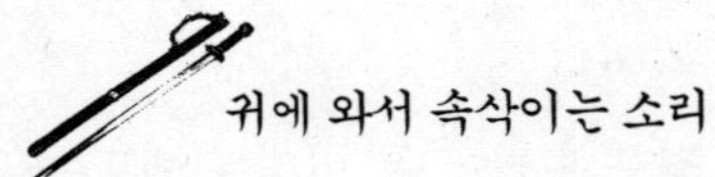

귀에 와서 속삭이는 소리

천지가 감감하였다.

띵! 띠리링!

황산고는 앞에서 들리는 오십현금의 작은 음율을 따라서 걸었다.

쿠쿠쿠!

해일처럼 밀려든 눈사태가 어둠이 되어서 그와 설우용을 휩쓸고 갔다.

지축을 뒤흔드는 소리가 아득히 뒤로 멀어지더니 마침내 사라졌다.

황산고의 귀에는 오십현금을 튕기는 소리만 들렸다.

보기 위해서 눈에 힘을 모으고 앞을 쏘아보았다. 한 번 힘

을 줄 때마다 눈 안에서 새 눈이 다시 반짝반짝하며 눈을 뜨
는 것처럼 앞이 밝아졌다.

세 번을 거듭되고 나니 더 이상 그런 느낌은 생기지 않았
다.

설우용의 뒷모습이 보였다. 좌우와 발아래, 머리 위에도 눈
이 벽을 이루고 있었다. 눈 속으로 난 동굴을 걷는 것 같은 기
분이었다.

설우용의 걸음은 아주 느렸다. 눈 위를 달려도 발자국을 남
기지 않을 수 있게 된 황산고와 같은 사람들이 볼 때는 걷는
것처럼 여겨지지도 않을 정도였다.

설우용은 등불을 들고 밤길을 걷는 듯이 천천히 나아갔다.

황산고는 그런 그녀를 따라가기가 쉽지 않았다.

고대 성천자와 성인들의 수단인 예악의 위력을 실감하고
있었지만 예측할 수 없는 위험 속에서 안전을 남에게 맡겨두
는 일에 그의 감각은 익숙하지 못했다.

"병법을 하는 자로, 아무런 대비조차 할 수 없는 상황에 자기를
몰아넣는 어리석은 짓은 하지 말아야 한다. 하지만 사람이 실수하
지 않을 수는 없다. 부득이 그런 상황에 처했을 때는 아무런 대비
를 하지 말아야 한다. 대비는 상대할 수 있는 적과 피할 수 있는 위
험에 대해서 하는 까닭이다."

"대비할 수 없는 상황에서는 운명을 하늘에 맡기고 힘과 지력
을 아껴라. 그 순간을 넘기지 못해서 대비하고 싸워야 할 때 싸우

지 못하는 경우만큼은 죽어도 없어야 한다."

사부 배일청의 가르침이었다.
이 같은 상황에 처해보기 전에는 그 가르침을 따르기가 얼마나 어려운 것인지 알 수 없었다.
황산고에게는 한참 동안을 그녀의 걸음에 맞추어 걷는 것이 배일청의 가르침을 따르는 것이면서 동시에 또 다른 종류의 도전이고 시험이었다.
묵묵히 걸었다.
높지 않게 크아앙! 하는 소리가 두어 번 들리고 또 얼마를 걸었다.
그리고 마침내 갑자기 앞이 확! 하며 밝아졌다.
황산고는 속에서 어둠이 걷히는 듯한 해방감을 은밀히 맛보았다.

그곳은 주먹만 한 야광주가 천장에 박혀서 빛을 뿌리는 방이었다.
설우용은 오십현금을 멈추었다.
황산고는 방 안에 들어서서 그들이 아주 두터운 바위 벽을 뚫고 들어왔음을 알았다. 그들이 지나온 곳은 삼 장 깊이의 바위 동굴과 끝도 없어 보이는 눈의 동굴이었다.
방은 네모난 곳이었는데, 천장은 열다섯 자 높이였고 사방 길이는 스물다섯 자 정도였다.

황색 벽면에는 기기묘묘한 반각(半刻)의 조각들로 뒤덮여 있는데, 마치 어떤 이야기를 그림으로 풀어놓은 듯했다.

황폐하고 먼지가 가득한 곳이었지만 천장의 야광주와 벽면의 정교한 문양들, 그리고 남아 있는 황금색 집기의 흔적으로 보아서 옛날에는 아주 화려했던 곳이 틀림없었다.

안에 있는 문은 장방형이며 푸르스름한 빛을 발하는 돌로 되어 있었고, 천장보다 조금 낮고 두 짝을 동시에 열고 닫는 구조였다.

설우용은 잠시 그곳을 둘러보고는 눈살을 찌푸렸다.

황산고가 물었다.

"여기는 어딥니까?"

설우용이 작은 소리로 대답했다.

"삼묘씨 여자의 방이야. 우임금께서 그들을 멸망시킬 때 도망친 자들이 이리로 와서 숨어 살았던 거야. 이건 숨어 살면서도 그 버릇을 고치지 못한 흔적이야."

황산고는 벽면의 문양이 뭔지 자세히 보려고 먼지를 날렸다.

"하지 마."

설우용이 급히 말렸다.

스윽!

하지만 황산고는 벌써 전포의 소매로 벽면을 넓게 문지르고 있었다.

황색 벽면에서 먼지가 벗겨지며 놀라운 모습이 나타났다.

반각화가 있으리라 생각했지만 나타난 것은 그 이상이었다.

정교함이 상상을 넘어섰다.

황산고는 눈앞에 창이 열리면서 바깥이 보이는 것으로 착각했다. 먼지가 지워진 곳으로 수백 명의 사람들이 보였다.

살아 있는 듯이 생생했으며 멀리 있는 것처럼 보였다.

설우용도 놀라서 다가와 함께 보았다.

황산고는 손을 내밀어 만졌다.

그 같은 정교함이 세상에 존재할 수 있으리라 생각할 수 없었다.

모습은 모두 남녀의 정교(情交) 행위였다. 한 쌍의 남녀가 정교를 하는 것이 많았고, 다섯 또는 여섯 명이 집단적인 관계를 하는 모습도 다수 있었다.

벽을 파내서 사람의 형상을 돌출시키고, 그 사람의 형상에 다시 음각(陰刻)과 양각(陽角)을 고루 적용시키고 어떤 특별한 방법을 사용하여 마치 실제처럼 느껴지도록 만들어져 있었다.

남자와 여자의 표정은 너무도 생생하였고, 똑같은 표정이나 똑같은 얼굴을 한 사람도 없었다.

남녀의 조각은 그림자마저 진짜처럼 만들어지도록 되어 있었다. 성행위를 하는 남녀들의 그림자는 조각이 아니라 실제 그림자였다.

그 그림자가 그들을 더욱 진짜처럼 보이게 하였다.

수백 명의 남녀가 황산고와 설우용 앞에서 실제 정사를 하는 것처럼 느껴졌다. 귀로는 그들의 끈끈한 교성이 들려오는 듯한 착각마저 일었다.

황산고는 이야기는 많이 들었지만 직접 남녀의 그런 모습을 보는 것은 처음이었다. 머리가 벌집처럼 울리고 뒤가 띵해 왔다.

성행위를 하고 있는 남녀의 모습이 그의 머릿속으로 그대로 옮아가 새겨져 버리는 것 같았다.

지나치게 생생했다. 눈을 뗄 수가 없었다.

설우용도 멍하니 있다가 소매로 황산고의 눈을 가리며 말했다.

"삼묘씨의 재주가 뛰어나다는 말은 들었지만 이 정도일 줄은 몰랐어. 이건 사람의 솜씨가 아니야. 아직도 우리는 이 정도로 물건을 만들 수 있으려면 이삼천 년이 더 있어야 할 거야."

황산고는 침이 말랐다. 가슴속에 피어난 불길을 식히려 애쓰며 물었다.

"삼묘씨 여자들의 방은 모두 이렇습니까?"

설우용이 말했다.

"그래. 그들은 자기와 동침한 남자의 모습을 벽면에 새겨 놓는 풍습이 있어. 또한 자기를 아주 기쁘게 해준 남자의 모습을 그 행위와 함께 기록해 놓아. 이곳의 많은 조각들은 이 여자가 그만큼 많은 남자를 받았고, 남자들에게 큰 기쁨을 많이 얻었다는 의미야."

　황산고는 기분이 몹시 이상했다. 이성을 잃어버리고 마음대로 뭔가를 해버리고 싶은 마음마저 들었다.

　자기의 눈을 가린 설우용의 체향과 체온이 그를 자극하고 있었다.

　설우용이 말했다.

　"이렇게 함으로써 그들은 자기를 자랑한 거야. 처음 오는 남자들이 이런 조각들을 구경하는 것을 좋아했다고 하지. 그런 후에 남자가 분발하여 자기를 기쁘게 해주길 원하면서."

　황산고는 호흡을 가누면서 천천히 말했다.

　"소저의 말이 저를 분발시킵니다."

　설우용은 뒤로 물러나며 말했다.

　"너는 익숙해져야 해. 감정이 시키는 대로 하는 자는 자기가 꿈꾸는 미래로 가는 길에서 벗어나는 거야. 이런 남녀의 일이 사람의 것이야. 사람의 것이니 당연히 받아들여야겠지. 이상할 것도 없어. 하지만 또한 사람의 일이라면 마땅히 순서와 법도에 따라서 해야 하는 거야. 그 법도인 관혼상제(冠婚喪祭)의 예가 있기에 사람이 만물의 영장으로 살아갈 수 있어. 세상에서 순서와 법도가 무너지면 문화가 창달하지 못하고 개인이 순서와 법도를 잃으면 의업(義業)을 이루지 못해."

　"귀에 들어오지 않는군요."

　황산고가 숨을 몰아쉬면서 말했다.

　설우용이 웃으며 말했다.

　"네가 나를 원한다면 언제든지 가져도 돼. 진심을 가지고 천지신명에 먼저 고하기만 하면. 하지만 난 네가 이런 정도를 넘어서지 못할 사람이라고는 생각지 않아. 단지 야릇한 감정을 즐기기 위해서라면 그만둬.”

“예.”

황산고는 착한 아이처럼 순순히 말했다.

소매로 벽면의 먼지를 닦아서 맑게 했던 것처럼 마음에서 욕망의 얼룩을 닦았다.

설우용은 푸른 문으로 걸어간다.

황산고는 그녀의 뒷모습에서 눈을 떼기 어려웠으나 마음속으로 들어오는 만큼을 자꾸만 지우고 날렸다.

“제가 무엇을 도와야 합니까?”

설우용을 따라가며 물었다.

설우용이 대답했다.

“삼묘씨의 수호신 격인 혹이라는 기수가 있어. 옛날 삼묘앙공이란 자가 소유했던 것인데, 신통력이 대단해. 삼묘앙공이 죽은 후에 그 신통력은 아주 높아졌어. 삼묘씨들이 우임금님의 용을 상대하게 할 목적으로 공을 아주 많이 들였던 결과지.”

문이 열렸다.

오래된 바람이 확! 하며 바깥으로 퍼져 나왔다.

설우용은 오십현금을 안고서 먼저 들어갔다.

황산고는 검을 잡고 그녀와 나란히 걸었다.

설우용이 말했다.

"삼묘씨 전쟁의 막바지에 다른 기수와 마수들을 희생시켜 흑의 신통력을 높여주고, 자기들과 똑같은 성까지 주어서 삼묘신흑(三苗神黑)이라 높여 불렀어. 기르는 짐승이 아니라 그들과 같은 동족으로 만들어준 것이지."

긴 복도가 나왔다.

복도의 양쪽에는 일곱 걸음마다 기둥이 서 있었고, 기둥마다 야광주가 박혀 있었다.

복도의 벽에는 일정한 간격으로 두 사람이 나왔던 것과 같은 문이 있었다. 역시 삼묘씨 여자들의 방이 늘어서 있는 것이었다.

설우용이 작은 소리로 말했다.

"그 삼묘신흑을 내가 제압해야 해."

황산고가 물었다.

"삼묘신흑이 여기 있다는 건 어떻게 알았습니까?"

설우용이 말했다.

"점필봉에 삼묘씨의 유적이 남아 있다는 건 널리 알려진 일이야. 무덤으로 썼던 동굴 말이야. 하지만 삼묘씨의 도시가 근처에 있을 줄은 누구도 몰랐어. 거의 모든 사람은 삼묘씨를 미개한 종족으로 알고 있었으니까 흔적도 남아 있지 않고 없어졌을 거라 생각한 거지."

복도에 장식되어 있는 장식물 중에도 기괴하며 신기한 것들이 있었다. 눈 덮인 소나무를 형상화한 어떤 조각품은 황금과 백금, 그리고 청옥으로 만들어진 것이었다.

세상에 나간다면 일성(一城)과 바꿀 만한 것들이었다.

하지만 설우용은 그런 것에는 눈도 한 번 돌리지 않았다.

설우용이 말했다.

"누가 알았겠어? 삼묘씨는 우임금께 한 번 크게 망한 후 다시 이 같은 재보와 문화를 이루고 있었다는걸! 성탕(成湯) 태을(太乙) 때 칠년대한(七年大旱)이 발생하자 의심이 들어 천하를 뒤진 끝에 찾아낸 것이지."

성탕 태을은 하(夏)나라를 멸망시키고 전조(前朝)인 은(殷)나라를 세운 임금이다.

그가 세운 은나라는 지금의 주(周)가 망하게 했다.

황산고는 그런 정도의 이야기는 이야기로 들어서 알고 있었다.

삼묘씨의 뿌리와 저력, 그리고 직접 본 뛰어난 조각품들에 대해서는 정말 놀라고 감탄하지 않을 수 없었다.

황산고가 말했다.

"옛날이야기에는 성탕 태을이 자기 몸을 불살라 기우제를 지내니 비가 내려 불이 꺼졌다고 들었습니다."

설우용이 가볍게 웃으며 말했다.

"세상의 이야기야 항상 그렇지. 성탕 태을께서는 직접 여기로 온 후에 땅속을 흐르는 강물을 끌어 올려서 삼묘씨의 도시를 완전히 덮어버렸지. 땅속의 물이 땅 위로 올라오면서 삼묘씨의 도시는 땅 밑으로 주저앉았어. 이천오백만 명이 물에 빠져 죽었고, 도망치는 자들은 근처 산에 불을 질러 태워 죽였지. 그때의 큰 불길은 작은 산을 녹일 정도였다고 해. 그 후로 삼묘씨는 거의 다 죽고 극소수만이 목숨을 건졌다가, 다시는 일어나지 못한 채 수십 대를 이어가다가 완전히 세상에서 사라졌어. 성탕 태을의 기우제는 이 이야기가 바꾸어져 전해진 거야. 칠 년 동안 비가 오지 않은 산에는 모든 초목이 말라 죽은 상태였으니 한 번 불이 붙자 태을까지 태우려 했지. 태을조차 도리가 없던 차에 하늘에서 비가 쏟아져 목숨을 건졌어.”

수천만 명이 죽었다는 소리는 도무지 잘 믿기지가 않았다.

아무리 접어서 생각해 봐도 골짜기 하나에 이천오백만 명이 살았다는 것도 믿을 수가 없었다.

황산고가 물었다.

“지금 세상에는 사람이 얼마나 살고 있습니까?”

설우용이 말했다.

“십억은 넘고 이십억에는 모자라겠지.”

황산고는 놀라서 고개를 돌렸다. 설우용의 표정은 변화가 없었다.

설우용이 말했다.

“삼묘씨가 세운 건물은 하나의 높이가 일백 장에서 이백 장이야. 그 안에 살 수 있는 사람만 해도 삼만 명에서 십만 명까지였어. 이 골짜기에는 기껏해야 그런 집이 삼백 채 정도 있었던 셈이지.”

“그들은 우리와는 아주 다른 사람들이었군요.”

황산고는 가슴이 딱딱하게 굳어지는 것 같았다.

설우용이 말했다.

"조금 차이가 있을 뿐이었어. 우리보다 먼저 세상에 있었던 종족이고. 그 정도밖에는 다른 차이는 아무것도 없어."

설우용이 황산고에게 속삭이듯 말했다.

"삼묘신혹은 그때도 죽지 않았어. 나타나지도 않았으니까. 우임금님의 구정(九鼎)과 싸울 때 입은 상처 때문에 긴 잠에 들어 있었지. 한 번 잠들면 몇 년씩 자야 했는데, 그때가 바로 그런 시기였어. 만약 나타났더라면 힘든 싸움이 되었을 거야."

황산고가 물었다.

"그때 태을은 혹을 찾을 수 없었습니까?"

설우용이 말했다.

"찾았어. 하지만 죽일 순 없었어. 삼묘신혹은 회복하지 못한 상처 때문에 잠들어 있었지만 영통(靈通)하여 신통력이 더욱 대단했던 거야. 태을께선 열일곱 가지 수법으로 혹을 죽이려고 했지만 숨을 끊어놓진 못했어. 예악을 사용했지만 혹에겐 무용지물이었지."

설우용이 웃었다.

"그때 태을께서는 성천자만이 이을 수 있는 소(詔)를 전해 받지 못하셨으니까. 다른 예악으로는 혹을 해치는 것이 불가능했어. 그 예전에 삼묘신혹은 영수의 우두머리인 우임금님의 용을 죽였어. 삼묘씨들은 이곳으로 숨어든 후에 혹을 아예 자기들의 수호신으로 정하고 온갖 정성을 다 바쳤던 거야. 혹은 더욱 강해져 있었던 거지.”

머리가 몽롱해지려 했다. 설우용이 하는 이야기는 너무나 이상했다.

우임금의 용은 치수가 끝난 후에 너무 지쳐서 비늘이 다 떨어져 나갔는데, 그것 때문에 죽었다고 황산고는 들었다.

세상에 전해지는 이야기는 대강(大綱)을 취할 것이지 세세한 것은 믿고 취할 수 없다던 사부 배일청의 말이 머릿속에서 맴돌았다.

설우용의 말이 이어졌다.

“열일곱 가지의 수법에 더해서 서른여섯 가지의 수법으로 혹을 금제하는 것으로 끝낼 수밖에 없었어. 그런 후에 성탕 태을께서는 혹이 깨어나기 전에 소(詔)를 찾아서 완전히 죽이려고 생각했지만 소를 찾지 못한 채 승천했어.”

황산고가 물었다.

“소는 하나라의 마지막 왕 걸(傑)에게 있었습니까?”

“결과적으로는 그랬지.”

설우용이 냉소하며 말했다.

“하지만 걸은 소를 배우지도 않았어. 성탕 태을에게 쫓긴 후에 그저 황하변을 돌면서 정묘(鼎墓)를 찾으려고나 했지.”

황산고는 고개를 갸웃했다.

“솥의 무덤이라니 이상한 이름이군요.”

“세상 사람들은 거의 알지 못하는 비밀이지. 아득한 옛날에 잊혀진 신국(神國)의 그림자 중 하나이기도 하고.”

설우용은 알 듯 말 듯한 미소를 지었다.

한데 이야기를 듣고 있던 황산고가 나직하게 말했다.

“피 냄새가 납니다.”

설우용도 머리를 끄덕이며 오십현금을 고쳐 안았다.

*　　　*　　　*

흑을 사랑하였다.

오보현은 울고 있는 흑의 눈을 사랑하였다.

개조차 한 번 안아줘 본 적 없는 오보현은 흑의 슬픔에 매료되고 눈에 사랑을 느껴서 다가가 머리를 안아주었다.

흑에 대한 사랑은 마치 시정(詩情)이 가슴속에서 불끈 치솟듯이 솟아나 노래하듯 두려움없이 그를 안게 하였다.

흑의 몸이 뜨거웠다. 오보현의 어깨에 떨어지는 흑의 눈물이 뜨거웠다.

흑이 왜 우는지도 모르고 오보현은 바보처럼 함께 눈물을 흘리고 울었다.

개의 머리를 쓰다듬 듯이 흑의 머리를 쓰다듬고 목과 등을 쓰다듬었다. 스쳐 가는 것만으로도 사람을 난도질해 버렸던 그 흑을 쓰다듬었다.

길지도 않은 시간에 산속의 지하 궁궐 같은 곳에서 흑이 얼마나 많은 사람을 죽였는지는 알 수 없었다.

오보현이 보았던 그 짧은 순간에도 대나무 그림자가 마당을 쓸고 지나가며 우수수 바람 소리를 내는 것처럼 혹은 여러 사람을 죽였다.

하지만 혹은 슬퍼하였다.

사람을 죽인 것을 슬퍼하는 것은 아니었지만 아름다운 슬픔, 아름다운 눈물을 가지고 있었다.

까짓, 언제 죽어도 전장을 뒹굴다가 죽을 목숨이었다. 오보현은 적을 한 명 더 베고 죽는 것도 괜찮지만 슬퍼하는 혹을 안아주다가 난도질당하여 죽는 것도 나쁘지 않다고 생각했다.

잔혹하고 비장한 죽음보다는 원래부터 낭만적인 죽음을 꿈꿔왔던 오보현이다.

자기의 울음을 더하여 혹의 슬픔을 깊게 했다.

오보현은 울어서 감상을 다 소진했다. 그런 후에 천천히 진정되어 제 마음이 들었다. 보니까 혹의 목을 두 팔로 안고서 혹의 머리를 어깨 위에 받쳐 놓은 형국이었다.

'엿 됐다!'

오보현은 속으로 외쳤다.

우는 혹의 눈을 보고 매료되어서 안고 울고 할 때는 제정신이 아니었지만 지금은 제정신이었다. 완전히 미친 짓을 했다는 사실을 깨달았다.

혹을 안은 팔을 떼지도 못하고 꽉 껴안지도 못하고 어정쩡

하게 힘을 뺐다. 속된 말로, 기분이 죽여주는 것인지 죽을 맛인지도 구분되지 않았다.

안고 있는 것이 흑이 아니라 물소라면 불끈 힘을 줘서 목이라도 꺾어버리겠는데, 하필이면 안은 것이 전설 속의 기수인 흑이었다.

한겨울인데도 전신에서 땀이 비질비질 났다.

눈을 굴려서 주위를 살살 살펴봤다.

흑은 따뜻한 이불처럼 가만히 있었다. 흑이 죽인 사람들의 몸에서 흐른 피가 구역질을 일으킬 만큼 심했다.

조용했고, 멀리서도 인기척은 들리지 않았다.

'빌어먹을. 죽일 것 같으면 확 죽이지, 이 자식은 왜 꿈쩍도 않는 거야.'

오보현은 반쯤 자포자기 심정이 되어 속으로 중얼거렸지만 진짜 죽고 싶은 것은 아니었다. 죽고 싶을 때 또는 죽어도 좋다고 생각될 때는 꼭 금방 지나가 버린다.

그다음에는 위험 속에서 어떻게 살아나갈까 하고 고심하며 전전긍긍해야 한다. 지금까지 오보현의 경험이 그러했다.

'움직이지도 않으니까 살그머니 놔두고 도망쳐 볼까?

하지만 달아나던 자들이 어떻게 죽었는지를 본 게 불과 얼마 전이었다. 그렇다고 싸울 수도 없었다.

오보현은 머리가 아파왔다.

에라, 모르겠다 싶었고, 두통이 오보현에게 용기를 주었다.

손으로 흑을 고양이처럼 툭툭 두들겨 주고 목을 감았던 팔을 풀었다.

이럴 때는 부러진 한쪽 팔이 고마웠다. 두 팔을 다 풀어야 했으면 용기가 좀 더 필요했을 것이다.

일어서는데 흑이 빤히 쳐다보았다.

오보현은 '에이, 죽자!' 하는 심정으로 흑의 머리를 툭툭 두들겨 주었다. 개들은 그렇게 하면 좋아했다.

네 마음 다 안다. 다 알고 있다. 다 이해한다.

최대한 그런 척하는 표정을 지었다. 속으로는 '그래, 젠장할. 죽일 테면 죽여라' 하는 심정이었다.

그때 불쑥 오보현의 머릿속에 어떤 음성이 들렸다.

"그대는 헌원(軒轅)의 후손인가?"

오보현은 놀라서 주위를 두리번거렸다. 하지만 아무도 보이지 않았다.

잘못 들었나 싶으면서도 속으로 헌원의 후손이 아닌 사람도 다 있나 하고 생각했다.

다시 머릿속에서 음성이 들렸다.

"나는 영성(靈性)을 보존하고 있다. 그대는 내 머리에 손을 얹지 마라. 이는 경고다."

"엄마야!"

오보현은 자기도 모르게 외치며 놀라서 펄쩍 뛰었다.

흑이 그를 빤히 바라보고 있는데 눈빛이 마치 말을 하는 것처럼 보였다.

"너, 너… 네가 말했어?"

오보현은 가슴을 벌렁거리며 물었다.

흑은 입을 열지 않았다. 하지만 오보현의 머릿속에 다시 말이 들렸다.

"그렇다. 너는 헌원씨의 말을 하는구나."

오보현은 털썩 주저앉았다.

"젠장, 울 때 알아봤어야 했는데. 거북도 천 년 살면 말을 한다는데, 기수의 우두머리 흑도 뭐 다를 게 있겠어. 그래도 젠장, 말을 다 하다니. 이건… 이건 너무……."

흑은 입으로 말하는 것이 아니라 마치 영성으로 말을 하는 듯했다.

흑은 다리를 앞으로 쭉 뻗고 몸을 낮추면서 말했다.

"헌원씨는 내 원수다. 나는 너희들을 용서할 수 없다."

오보현이 떨떠름한 음성으로 말했다.

"황제 헌원을 말하는 모양인데… 젠장, 그럴 것도 없어. 황제는 하늘로 날아가 버렸으니까. 너도 날개가 있으니까 복수하려면 하늘로 올라가 봐."

흑이 말했다.

"이곳을 봐라. 아름다운 곳이었다. 사람으로 번성했던 곳이다. 헌원의 후예들이 여기 있던 사람들을 죽였다. 그들이 이룬 것을 파괴했다."

흑의 음성이 울 것처럼 떨렸다.

오보현은 측은한 심정으로 말했다.

"원래 사람은 그래. 전쟁하면서 죽이고 죽이는데, 이렇게

된 나라나 도시가 어디 한둘이겠어? 잊어버리라고. 전쟁은
원래 그런 거야."

"ㅋ○○○○! ㄲ○○○!"

흑이 고개를 높이 뽑으며 울었다. 입으로 소리 내지 않았지
만 오보현의 머릿속으로 흑의 슬픔에 가득 찬 울음소리가 들
렸다.

오보현이 겁이 나면서도 손을 천천히 뻗어서 흑의 목을 쓸
어주었다. 흑의 울음소리가 너무 슬펐다.

오보현이 어린아이를 달래듯이 흑을 달랬다.

"너는 어딜 갔다가 왔어? 네가 있었으면 여기 사람들도 다
죽지 않았을 수도 있는데."

흑은 한동안 말 그대로 구슬피 울다가 말했다.

"나는 잠들어 있었다. 너무 오랫동안 잠들어 있었어. 깨어
나 보니 모든 것이 변해 버렸다. 내 일족은 모두 죽고 아무도
남아 있지 않았다."

"잠을 얼마나 잔 거야, 대체? 뭣 하러 그만큼 잤어?"

오보현은 한심스럽다는 듯이 책망하며 혀를 찼다.

흑이 머리를 떨구고 후회하는 태도를 보였다.

오보현은 괜히 찜찜해졌다. 기수의 우두머리인 흑한테 자
기가 까불고 있는 것 같은 기분도 들었다.

흑이 말했다.

"나는 세월이 얼마나 흘렀는지 모른다. 왜 내가 잠에서 깨
어나지 못했을까? 나를 긴 세월 동안 잠들 수밖에 없도록 만

든 자는 누구인가?"

오보현은 자기 머리를 긁적였다.

"나한테 뭘 기대를 하면 곤란해. 난 그냥 시키는 대로 싸우는 군사일 뿐이란 말이야. 그중에서도 전사."

흑은 배를 바닥에 붙이고 머리를 두 앞발 사이에 놓았다.

원기가 하나도 없는 듯했다.

"여기에 들어와 우리의 보물을 훔쳐 가려는 자들을 죽였다. 나를 공격하고 잡으려는 자들도 있었다. 인간들은 왜 그렇게 탐욕스러운가?"

오보현은 할 말이 없었다. 자기가 인간을 대표해서 뭐라고 한마디 할 만큼 대단한 인물이 아닌 줄 잘 알고 있었다.

더구나 오보현은 인간의 탐욕이니 뭐니 하는 것을 깊이 생각해 본 적도 없었다. 전쟁터에 사는 목숨은 싸우고 죽이는 일 아니면 자기를 달래고 즐기는 것만 하는데도 삶이 벅차다.

흑과 같은 소리를 하는 건 제백(諸百)이라 불리는 배부르고 먹물 들어 할 짓 없는 자들이나 한다.

'하긴 너도 이제 할 짓이 없겠구나. 그런 생각을 하면서 지내면 심심하지는 않겠다.'

오보현은 속으로 그런 생각이 들었지만 입을 꾹 다물었다. 넘치고 주제 넘는 것도 한두 번이지 자꾸 함부로 나불대다간 정말 어느 순간에 몸뚱어리가 두 동강 날지 알 수 없다.

오보현은 슬금슬금 옆으로 걸었다.

흑은 정말 인간의 탐욕에 대해서 사색이라도 하려는 듯이 묵묵히 있었다.

오보현은 그냥 갈까 하다가 그래도 함께 울면서 위로한 사이에 의리없이 그럴 수는 없다 싶었다.

"난 간다. 내 부하가 죽어가는 중이야. 약을 구해서 돌아가야 해."

흑은 오보현을 힐긋 보다가 그대로 눈을 감았다. 잘 가라는 인사 같았다.

하지만 가슴 졸였던 오보현에게는 자기가 살았다는 신호처럼도 느껴졌다.

속으로 안도의 한숨을 쉬면서 천천히 걸음을 빨리했다.

시체가 도처에 흩어져 있었다. 초조했다. 밖으로 나가는 길을 도무지 알 수가 없었다. 위로 올라가는 계단을 발견하고 무작정 올라갔다.

물속 같은 정적을 참기가 어려워서 고함쳤다.

"석요생!"

이곳 어딘가에 그자가 있을 가능성도 조금은 있었다.

석요생, 석요생, 석요생 하면서 맴도는 메아리는 있었다.

그리고 문득 어디선가 아주 나직한 음악 소리가 메아리와 함께 들려왔다.

음악 소리는 나비 떼처럼 그를 지나서 다른 곳으로 달려가는 듯했다.

오보현은 얼떨떨했다. 그런 이상한 음악 소리는 난생처음이었다. 소리가 들렸을 뿐인데 보이지 않는 뭔가가 자기를 스쳐 지나간 것 같았다.

'석요생, 그 새끼가 마법도 쓰나?

오보현은 석요생을 불렀으니 그런 생각이 들었다.

하지만 그것도 잠시, 이내 아래쪽에서 크아아앙! 하는 혹의 비명 소리와 함께 집이 붕괴되는 것 같은 굉음이 들렸다.

*　　*　　*

'무엇으로 벴을까?

황산고는 시체 가까이 다가가서 살폈다.

"혹이야."

설우용이 나직하게 말했다.

허리와 머리가 베어진 시체는 죽은 후에도 그 고통이 생생해 보였다.

"혹이 지닌 무광(無光)이라는 힘이야. 형체도 없고, 기척도 없어. 보이지 않는 검이나 마찬가지지."

시체는 두 구가 세 걸음 간격으로 있은 후로 더 보이지 않았다.

설우용의 음성이 축 처져 있었다.

"완벽하게 부활했어. 그럴 것이라 생각은 했지만."

마른침을 삼켰다.

황산고는 그녀의 목에 이는 미미한 경련을 보았다. 그녀도 흑을 두려워하고 있었다.

황산고는 흑에 대해서 아는 바가 없었지만 그녀가 두려워하니 오히려 아무렇지도 않았다.

말없이 그녀의 앞에 섰다.

설우용이 미미하게 웃으며 말했다.

"나를 애처롭게 볼 필요는 없어. 너를 만나기 전까지는 걱정은 했어도 무서워하지는 않았으니까. 그리고 내가 두려워하는 건, 흑이 혹시라도 여길 빠져나가 세상으로 들어가 버릴까 싶어서야. 흑이 나를 해칠 것이 무서운 게 아니야."

황산고가 앞의 어둠을 응시하며 말했다.

"제가 흑이 나가지 못하도록 막아보겠습니다."

설우용이 머리를 꼿꼿하게 세운 채 걸으며 말했다.

"그럴 필요 없어. 네가 도와줘야 할 일은 흑을 공격하는 거야. 여러 가지 병법과 전투 기술을 동원해서."

황산고가 말했다.

"흑이 이대로 여기를 빠져나가진 않습니까?"

설우용이 말했다.

"그렇진 않아. 흑이 떠나려 해도 최소한 삼묘씨의 흔적을 다 둘러보고 떠나. 흑은 영성을 가지고 있으니까. 삼묘씨의 기수에서 같은 씨족이 되었다가 다시 그들의 수호신이 된 영물이야, 흑은."

설우용은 강인한 음성으로 말했다.

"눈사태를 일으킨 이유는 흑의 눈을 가리기 위해서였어."

황산고는 속에서 쿵! 소리가 날 정도로 놀랐다. 하지만 내색은 하지 않았다. 내면에서 두려움이 일어났다.

눈사태를 일으킨 것은 설우용이었던 것이다.

그 눈사태를 마주 보며 걸을 때, 대자연의 거력이 얼마나 가공한지를 생생하게 느꼈기 때문에 두려움은 더했다.

미미하게 입술이 떨렸다.

설우용이 말했다.

"흑은 여기서 묻혀야 해. 나와 함께라도."

황산고는 설우용에게 '소(韶)'를 배웠느냐고 물어볼 수가 없었다. 성탕 태을도 배우지 못한 성천자의 예악이 소였다.

소가 아니고서는 흑을 죽일 수가 없다는 말을 들었다.

황산고는 그렇기에 더욱 설우용에게 물을 수 없었다.

황산고가 느끼기에 설우용은 대책없이 무엇에 임할 사람이 아니었다.

"흑이 근처에 있습니까?"

황산고가 물었다.

설우용이 대답했다.

"찾아봐야겠어. 우리 위치를 알려주는 꼴이 될까 봐 쓰지 않으려 했지만 이젠 안 되겠어. 흑은 내가 들은 것보다 더 무시무시해진 것 같아."

"어떻게 찾습니까?"

황산고가 물었다.

설우용이 눈을 감으면서 말했다.

"소리로 읽어야지."

설우용은 손가락 끝으로 오십현금을 뜯었다.

띠리리링!

작은 빗방울 소리처럼 아름다운 선율이 사방으로 퍼져 나갔다.

눈을 감고 걸으면서 귀로 모든 것을 들었다. 계단도 듣고 벽도 듣고, 오십현금 소리가 가져다주는 모든 것을 들었다.

설우용은 눈에 보이지 않는 곳마저 소리를 보내서 귀로 보고 있었다.

오십현금에서 퍼져 나간 소리가 다시 그녀의 귀로 돌아왔을 때는 그 소리가 만났던 모든 사실을 그녀에게 말해주었다.

그녀의 머릿속에서는 눈으로 보는 것처럼 선명하게, 눈으로 보는 것보다 더 자세하게 그녀가 있는 공간의 모습이 구성되고 있었다.

한때는 고지대의 절벽가에 섰을 아름다운 삼묘씨의 거대한 건물. 하지만 세월과 천재지변으로 건물은 묻혀서 산의 일부가 되어버렸다.

소리가 퍼져 나가는 만큼 설우용의 머릿속에서 그 건물의 모습도 아래위로 확장되어 갔다.

높이는 제일 아래에서 위에까지 이르는 곳의 높이가 육십 장이었다. 삼묘씨의 여타 건물에 비해서 아주 높은 건물은 아니었지만 이곳은 삼묘씨의 건물들 중에서도 높은 지대에 세워졌던 '흑의 신전(神殿)' 이었다.

들려오는 소리 속에서 마침내 설우용은 흑과 함께 시체가 아닌 두 사람을 발견했다.

그녀와 황산고를 제외한 두 사람이었다.

납작하게 엎드려 있던 흑이 귀를 세우고 천천히 머리를 들었다.

설우용은 긴장으로 안색이 창백했다.

천천히 흑이 있는 곳을 향해서 눈을 감은 채 걸었다.

황산고도 그녀의 태도가 다른 것을 보면서 물었다.

"찾았습니까?"

설우용이 미미하게 머리를 끄덕였다. 머리에 달린 장식이 흔들렸다.

설우용이 말했다.

"우리도 찾겠어."

찾겠다는 말은 알맞은 말이 아니었다. 하지만 그 상황에서 찾겠다는 말보다 더 나은 말도 없었다.

설우용이 작은 소리로 말했다.

"내 곁에서 두 걸음 이상 떨어지지 마."

황산고는 머리를 끄덕였다.

바로 그때, 마치 머리를 두들기는 듯한 음성이 들렸다.

"인간!"

늙은 노인의 음성 같았다. 하지만 귀로는 그 방향을 짐작할 수 없었다. 머리로 들은 소리였다.

설우용이 나직하게 말했다.

"영성이 온전해졌구나, 흑. 이제는 신(神)의 자리를 넘보려느냐?"

그녀의 말은 오십현금 소리에 실려서 갔다.

흑은 여섯 개의 발 중 네 개로 몸 앞쪽을 일으켜 섰다. 그런 후에 눈으로 무언가를 더듬는 듯했다.

흑이 두 사람의 머릿속에 말했다.

"아주 오래된 악(樂)이다. 대우의 악, 대우의 악이구나."

흑의 말에는 적개심이 피어오르고 있었다.

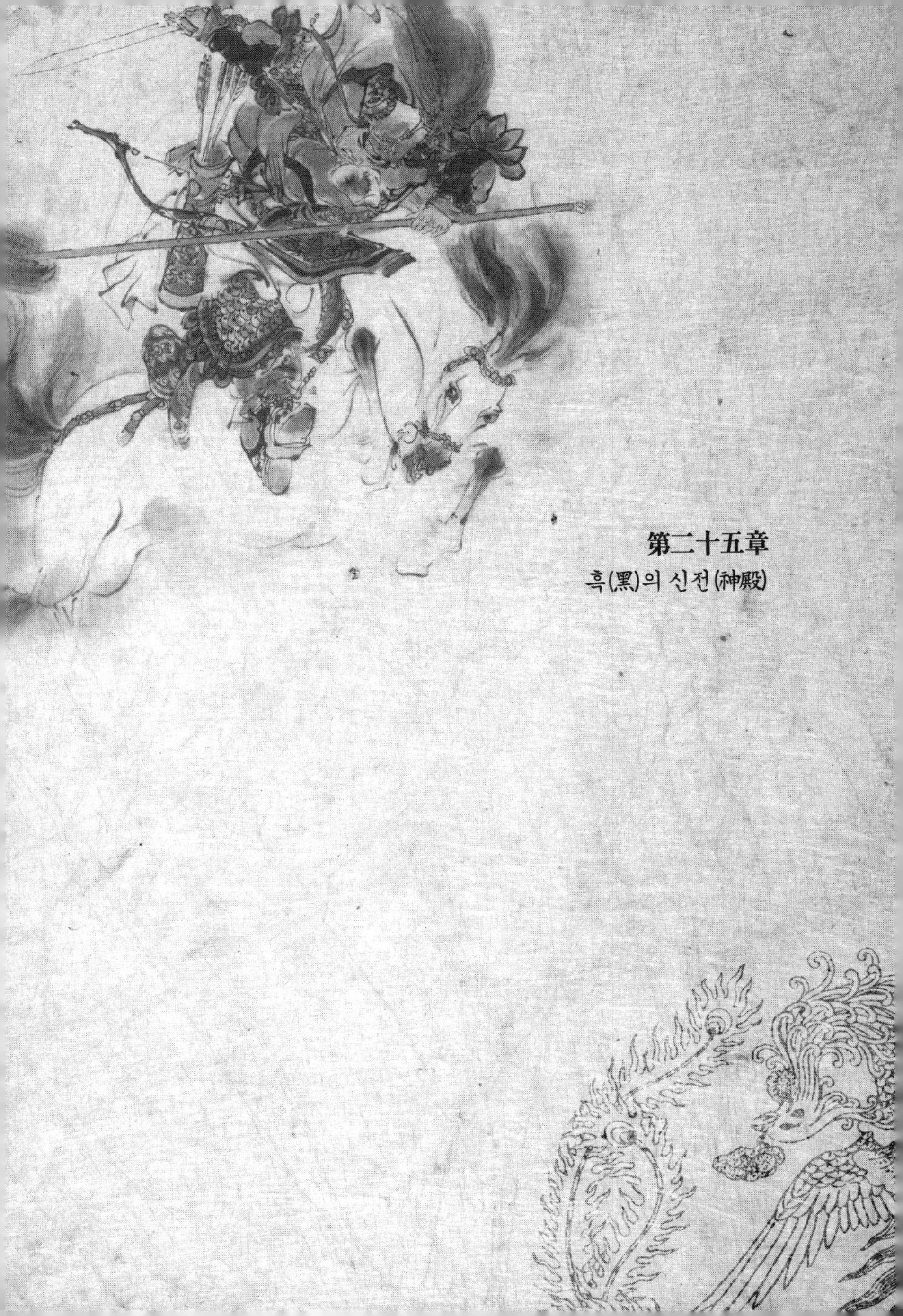

第二十五章
흑(黑)의 신전(神殿)

武帝本紀
무제 본기

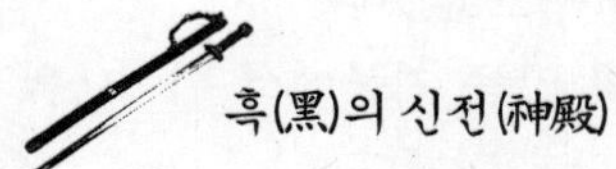

흑(黑)의 신전(神殿)

슈욱!

혹은 벽과 바닥을 관통하며 그림자처럼 날아들었다. 여섯 개의 다리로 달렸으며 네 개의 날개로 날았다.

설우용은 여전히 눈을 감은 채 소리로 흑을 보면서 오십현 금을 튕겼다.

띵띵띵!

한 번 튕겨질 때마다 고막을 뜯어내는 듯한 소리와 함께 마음을 어루만지는 부드러운 소리가 함께 나왔다.

설우용의 곡은 빠르고 급했으며 손끝은 눈에 보이지도 않게 현을 달리며 튕기고 누르고 뜯었다.

오십현금의 소리에 풍운이 변색하고 사해가 진동한다는

말을 하지 않을 수 없었다.

　황산고는 아득해지는 의식에서 정신을 가다듬었다. 생각도 말도 할 수 없었다. 시간을 느낄 수도 없었다.

　흑은 갑자기 황산고와 설우용의 앞쪽 지붕에서 튀어나왔다. 시꺼먼 그림자가 되어서 두 사람을 덮쳤다.

　황산고는 아득한 정신 속에서 한마디를 들었다.

　'지금이야!'

　사람이 입으로 말한 소리가 아니었다. 미친 듯이 부르짖는 오십현금에서 나온 소리가 그렇게 들린 것이었다.

　황산고는 불쑥 앞으로 나서며 검으로 흑을 올려 벴다.

　대정팔검 중의 한 초식으로 공격을 방어 삼으며 연이어 검이 상대방의 급소로 파고드는 수법이었다.

　번쩍!

　황산고의 검에서 강렬한 빛이 뿜어졌다. 검이 하얗게 백열(白熱)되었다. 하늘과 땅이 그 순간 황산고의 검에 의해 밑에서 위로 쪼개졌다.

　황산고의 검이 흑의 가슴에서 머리로 꿰뚫었다.

　검이 뼈를 자르고 근육의 두터운 벽을 뚫고 살 속을 치달리는 생생한 느낌이 손끝에서 발끝까지 전해졌다.

　크아아아아아앙!

　흑이 엄청난 비명을 질렀다.

　백색으로 빛나는 황산고의 검이 지나간 곳에서 흰 연기와 함께 붉은 피가 뿜어졌다. 황산고는 전신에 피를 뒤집어쓰고 연기를 들이마시고 말았다.

몸을 뒤로 날려서 물러났지만 이미 상황은 그러했다. 모든 것이 찰나지간의 일이었다. 검이 빠져나오면서 피가 추왁! 하면서 뿌려졌다.

타타타탕!

오십현금의 줄들이 끊어지고 혹은 천장 속으로 스며들어 사라졌다. 황산고의 뒤에서 설우용은 금을 안은 채 주저앉았다.

황산고는 돌아서며 설우영의 어깨를 잡았다. 황산고의 팔이 살아 있는 짐승처럼 툭툭 튀고 있었다. 설우용의 전신도 꿈틀거리며 근육과 근육들이 살아서 생선처럼 펄떡펄떡 뛰었다.

황산고는 쓰러질 것만 같아서 검으로 바닥을 짚었다. 검이 바닥을 두부처럼 쑥 뚫고 들어갔다.

퍼억!

동시에 바닥은 먼지처럼 흩어졌다.

황산고는 설우용을 꽉 잡은 채 추락했다.

등이 바닥에 부딪치면 바닥이 부서지기를 여러 번 했다.

쿵!

숨을 쉴 수 없는 격렬한 고통이 등에서 짜릿하게 일어나 머리끝과 발끝으로 치달았다. 그 상황에서도 근육들은 제멋대로 퍼덕거렸다. 귀신이라도 들린 것 같았다.

몸을 통제할 수 없었다. 절벽에서 떨어졌을 때와 비슷했다.

하지만 고통 이외에는 아무것도 느껴지지 않는 황산고의 머릿속으로 팅팅! 하는 소리가 조금씩 들리기 시작했다.

팅팅팅팅!

규칙적으로 작게 들리는 소리였다. 맑지는 않았으나 그 소리는 묘한 힘으로 황산고를 이끌었다.

황산고는 마치 어둠 속에서 빛을 보고 따라가는 것처럼 소리를 따라서 의식을 회복했다. 날뛰며 퍼들거리던 근육이 안정되고 있었다.

숨이 트이고 몸도 움직일 수 있었다.

설우용이 눈을 꼭 감은 채 왼손 새끼손가락으로 금의 현을 팅기고 있었다. 그녀의 몸은 황산고보다 더 떨리고 있었다. 오십현금의 현도 모두 끊어지고 고작 세 줄이 남아 있었다.

몸이 심하게 경련하고 있었음에도 새끼손가락 하나는 고른음을 냈다.

황산고는 그녀를 바로 눕히고 팔과 다리를 주물렀다. 이윽고 설우용의 몸이 안정을 되찾았다.

설우용은 긴 숨을 내쉬더니 황산고에게 말했다.

"실패했어."

분명히 검이 흑의 가슴을 올려 베었고, 그 틈으로 비집고 들어가 머리까지 꿰뚫었다.

황산고는 묵묵히 있다가 말했다.

"죽이려면 목을 베야 합니까?"

설우용이 머리를 저었다.

"어디를 베거나 찌르거나 하는 문제가 아니야."

설우용은 미소를 지었다.

그녀는 자기 옆의 바닥을 손으로 톡톡 두드리며 말했다.

"누워서 쉬어. 지금은 어쩔 수가 없어. 흑도 지금은 회복하려고 하는 중일 테니까."

황산고는 그녀의 곁에 나란히 누웠다. 마음이 그녀가 가진 이상한 힘과 능력에 끌리고 있었다.

흑을 공격할 때 황산고의 검이 하얗게 변하며 빛을 뿜었던 것은 결코 황산고 자신의 힘이 아니었다.

황산고는 설우용이 마땅한 공격 방법이 없어서 자기의 검술과 감각에 특별한 힘을 주어 흑을 공격하게 했음을 짐작하고 있었다.

그녀의 오십현금이 폭풍 치듯 연주되었던 것도 대부분 흑을 공격하기 위해서가 아니라 황산고의 검에 신비한 힘을 주기 위해서였던 것이다.

누워서 보니 위로 몇 겹의 천장이 부서져 뚫려 있는 것이 보였다. 배일청으로부터 혹독하게 훈련받지 않았더라면 떨어지면서라도 죽었을 것 같았다.

어쩌면 그것도 설우용이 소리로 자신을 보호해 주었기 때문일지도 모른다는 생각이 들었다.

마법도 아니고 무공도 아닌 이상한 힘, 성인(聖人)들만이 배울 수 있었으며 그들 사이에서만 전해져 왔다는 예악이라는 것이었다.

하지만 싸움은 어떤 것이든 똑같다. 창을 들고 싸우든 화살을 쏘며 싸우든 그 두 가지는 특별히 다를 바가 없다. 예악도 지금은 싸움을 수단일 뿐, 별다른 것은 아니다.

싸움이라면 싸움을 하는 방식에 따르고 수단은 그 수단의 특징을 따라야 한다. 예악을 써서 싸울 수는 있어도 예악 자체가 싸움은 아닌 것이다.

황산고는 주먹을 쥐었다 펴보고 발가락 끝을 몸 쪽으로 당겨봐서 모두 원활하게 움직이자마자 일어났다.

설우용이 눈은 반듯하게 뜨며 바라보았다.

황산고는 그녀에게 손을 뻗었다. 그녀가 황산고의 손을 잡았다. 황산고는 아무 말도 하지 않고 설우용을 등에 업었다.

갑주를 입지 않았기 때문에 업혀 있어도 불편할 것은 거의 없다. 전포 속에 은빛 사슬을 감고 있는 것도 잘 느껴지지 않을 것이다.

황산고는 그녀를 업고 피풍의로 묶었다.

설우용은 아무런 저항도 하지 않았다.

황산고는 칼집을 버렸다. 왼손에 오십현금을 잡고 오른손에 장검을 든 채 발소리를 죽이고 천천히 움직였다.

실패한 싸움에서 그 자리를 지키고 있는 만큼 위험하고 어리석은 일도 없다. 상처 입고 바로 달아나는 자를 가까이서 쫓는 법은 아니지만 상처 입은 적을 놓아 보내는 것은 더더욱 안 될 일이다.

"허둥지둥 달아나는 적은 끝까지 쫓아가며 죽여도 좋다. 그러나 상처 입은 적은 가까이서 쫓는 법이 아니다. 다시 쉴 때를 찾아서 적이 쉬기를 기다려라. 그때 다시 한 번 결정적인 기회가 온다."

"유능한 장수는 적이 약해지고 내가 강해질 때 싸운다. 이런 것은 흔들리는 칭(秤:저울)과 같다. 보이지 않는 중에 내가 강해지기도 하고 적이 강해지기도 한다. 이 때문에 거의 늘 공격하는 자가 유리하다."

황산고가 배웠던 배일청 사부의 적을 쫓는 것과 먼저 공격하는 것에 대한 여러 가지 말 중의 하나였다.

황산고는 설우용이 힘을 잃은 듯이 느껴지기는 했지만 혹은 그녀보다 더 심각한 상태일 수도 있다고 생각했다.

혹은 설우용을 공격하고자 했지만 실제로는 황산고가 설우용의 도움을 받아서 혹을 공격했다는 것도 큰 몫을 차지하고 있었다.

혹은 기습을 당한 것이다.

황산고는 소리를 죽여서 벽을 밟고 위로 솟구쳐 올라갔다. 귀에 힘을 모아서 더 멀리까지 더 작은 소리를 들을 수 있도록 노력하고, 눈에 힘을 주어서 더 밝게 보려고 애를 썼다.

설우용이 황산고의 오른쪽 뺨에 손가락으로 글을 썼다.

어디로 가는 거니?

황산고는 소리를 내지 않고 대답할 방법이 없었다.

설우용이 또 뺨에 글을 적었다.

혹에게?

황산고는 머리를 끄덕였다.

설우용이 적었다.

혹을 죽이는 건 불가능해, 소가 없는 한. 우리는 오랫동안 혹을 죽일 방법을 연구했고 익혔지만 그걸로도 안 된다는 사실이 드러났어. 기껏해야 우리를 지킬 수 있을 정도. 이제 방법은 하나뿐이야.

황산고는 고개를 돌려 눈으로 물었다.

이마가 마주 닿을 만큼 가까웠다. 그녀의 숨결이 얼굴에 확 끼쳤다.

설우용이 말했다.

"삼극인(三極刃)을 찾아야 해. 삼묘앙공이 남긴 삼극인을 찾아서 혹을 복종시키는 것만이 기대할 수 있겠어."

황산고는 왜 처음부터 삼극인을 찾지 않았느냐거나 옛날에 찾아놓지 않았느냐고 묻지 않았다.

싸움을 하지 않는 사람들이나 자기가 하는 것이 싸움인지를 모르는 사람들은 항상 이렇게 허술하다.

흑도 허술했다. 황산고와 설우용을 공격하기 위해서 바로
되돌아오지 않았기 때문이다.

황산고는 바람 소리를 일으키지 않으면서 달렸다.

도망치는 적은 열린 곳 아니면 깊숙한 곳으로 도망친다.

주변의 경물을 통해서 깊숙한 곳이라고 짐작되는 방향으
로 황산고는 달렸다. 혹은 피를 흘렸다. 황산고는 흑의 피 냄
새를 기억하고 있었다. 가다 보면 분명히 피 냄새를 다시 맡
을 수 있을 것이라 확신했다.

*　　　*　　　*

"으악!"

오보현은 놀라서 질급하며 물러섰다.

슈칵!

동시에 검으로 내려쳤다. 빠르기가 유성 같은 유성단천검
중의 한 초식이었다.

'나다' 하는 소리가 머릿속에 울렸다.

오보현은 또 놀라서 검을 멈췄다.

쉬익! 하는 강렬한 칼바람이 멈춘 검에서 일어났다. 검은
흑의 머리를 내리찍기 직전에 멈춰 있었다.

흑이 바닥에서 힘겹게 기어올라 왔다.

“흑!”

오보현이 소리쳤다.

흑은 정기 잃은 눈으로 오보현을 보며 마지막으로 꼬리를 바닥에서 빼냈다. 흑은 자기를 도와줄 가능성이 있는 사람을 찾아서 오보현에게 온 것이었다.

흑이 오보현을 쳐다보면서 말했다.

“다쳤다. 나를 도와줄 수 있는가?”

흑의 앞가슴과 발을 타고 아직도 피가 조금씩 흐르고 있었다.

오보현은 맹세하듯이 강한 어조로 말했다.

“물론!”

흑이 힘없이 물었다.

“나를 다치게 한 자들도 헌원의 후손들이다. 너는 후회하지 않겠는가?”

오보현이 호탕하게 웃었다.

“하하하하! 젠장, 까짓것. 걱정할 것 없어. 인간은 원래 서로 죽이고 죽이는데, 뭘.”

한데 갑자기 강만유 생각이 퍼뜩 들었다.

“아참! 난 석요생이란 놈을 찾아 내 부하를 고칠 약을 구해서 가야 하는데, 이거……”

오보현은 어째야 좋을지 모르겠다는 듯이 이마를 긁었다.

흑은 몸을 바닥에 깔고 머리도 내려놨다.

“약은 내가 줄 수 있다. 네 팔도 낫게 해줄 수 있다.”

오보현은 눈이 휘둥그레지며 말했다.

"어떻게?"

"팔을 다오."

흑이 말했다.

흑의 말에 오보현은 검을 든 팔을 얼떨결에 내밀었다. 하마터면 흑의 눈을 찌를 뻔했다.

흑이 말했다.

"다친 팔을 다오."

'이 날 잡아먹긴 뭣하니까 생각해 주는 척하면서 내 팔 하나 먹으려는 것 아니야?

좀 불안했다. 다친 짐승이 자기 팔을 잡숫고 힘을 회복하려는 것 같은 의심이 들었다.

하지만 더 생각할 게 없었다.

오보현은 왼팔을 묶고 있던 천을 검으로 잘랐다. 부러져 퉁퉁 부어오른 왼팔을 흑에게 불쑥 내밀었다.

죽으면 죽는 거고, 흑이 다쳤다 해도 자기를 잡아먹겠다면 도리가 없는 판이었다.

흑이 입을 벌리고 오보현의 팔을 덥석 물었다.

입이 커서 오보현의 어깨까지 들어갔고, 흑의 코에서 나온 바람이 오보현의 귀에 거친 소리를 냈다.

'역시, 젠장!

오보현은 에라, 모르겠다 하면서 덤덤히 있었다.

흑이 잠시 동안 오보현의 어깨 어림까지 입 안에 넣고 가만히 있었다.

오보현은 뭘 기다렸든 간에 기다리다가 속으로 '이 녀석이 나를 먹을까 말까 고민하나?' 하고 생각했다.

그때 흑의 혀가 오보현의 팔을 핥으면서 내려갔다.

오보현은 아주 이상한 느낌에 휩싸였다.

슈우우욱!

흑의 침이 어깨를 덮었는데 흑이 그의 손을 빨면서 나갔을 때는 팔 전신에서 뜨거운 열기가 피어올랐다.

아주 따뜻하고 온화한 불길 속에 팔이 있는 것 같았다.

열기 속에서 팔의 통증이 씻은 듯이 사라졌다. 증발해 버린 것 같았다. 열기가 어깨에서 가슴과 등을 지나 아랫배까지 내려가더니 사라졌다.

흑이 물고 있던 오보현의 왼팔을 뱉어냈다.

오보현이 보니 그의 왼팔은 부었던 흔적조차 없었다. 손가락을 움직여 봐도 전혀 아프지 않았다.

팔은 완전히 나아 있었다.

오히려 다치기 전보다 더 힘이 왕성하고 강해진 것처럼 느껴졌다.

주먹을 불끈 쥐어보았다. 주먹에서 뿌드득 소리가 났다.

"우와!"

오보현은 자기 왼손을 번쩍 들어 보면서 기뻐 소리쳤다.

흑이 힘없이 말했다.

"나를 데리고 갈 수 있겠느냐?"

오보현은 두 팔을 위로 쭉쭉 뻗어보며 흑을 잡았다.

"너무 커서 좀 끌리겠어."

흑을 들 힘은 있었다. 둔진에서 훈련받고 전사가 된 인물이라면 보통 삼백 근은 어렵지 않게 든다. 뛰어난 사람들은 육백 근 이상을 들기도 한다. 흑이 그 정도 무게인 것으로 보였다.

무겁긴 해도 오보현은 충분히 감당할 수 있었다.

한데 두 팔에 힘을 불끈 쥐고 흑을 업으려는데 정말 용솟음치듯 힘이 솟구쳤다.

오보현은 왼팔에서, 그리고 아랫배에서 열기가 확 전해지는 순간 단전 어림에서 불끈 치솟는 힘으로 자기도 모르게 소리쳤다.

"으얍!"

여섯 개의 발과 네 개의 날개를 가진 흑이 번쩍 들렸다.

오보현은 왼쪽 어깨에 흑의 두 번째 두 발을 걸치고 오른쪽 어깨에 흑의 세 번째 두 발을 걸쳤다.

흑의 머리와 뒷다리가 바닥에 끌리지 않도록 두 팔로 당겨서 들었다. 그렇게 하고 보니 마치 물지게를 진 것 같았다.

오보현이 물었다.

"어디로?"

흑이 말했다.

"좌측 복도 끝으로 가라. 그곳에 밑으로 내려가는 구름길이 있다."

“구름길?”

“우리 삼묘들이 오르내릴 때 쓰는 길이다. 밑에서 올라갈 때는 올라가는 구름길로 들어가고 내려갈 때는 내려가는 구름길을 쓴다.”

흑이 말했다.

오보현은 힘이 넘쳐서 주체할 수가 없을 지경이었다. 흑이 지시한 왼쪽 복도로 달려가면서 혼자 속으로 중얼거렸다.

‘구름을 타고 다닌다는 소리야, 뭐야.’

힘으로서는 흑을 지고 천 리를 달린다고 해도 뛸 수 있을 것 같은 기분이었다.

막다른 벽이 나왔다.

흑이 말했다.

“오른쪽에 문이 있다.”

정말 있었다.

오보현은 발로 문을 찼다. 새파란 돌로 만든 문이 펑! 소리를 내면서 박살났다.

흑이 문과 벽에 부딪치지 않도록 조심하면서 문으로 들어갔다.

“나를 내려놓고 왼쪽 문을 열어라. 부수지 마라.”

흑은 감정이 좀 상한 것 같았다.

삼묘씨의 보물을 훔치던 자들을 모두 죽여 버린 흑이었다.

이미 아무도 살고 있지 않는 곳이기는 하지만 오보현이 발로 문을 부수는 것을 좋아하지 않았다.

오보현은 시키는 대로 흑을 내려놓은 후에 문을 열었다. 옆으로 여는 문인데 청동으로 만들어진 것이었다. 바람이 확 불어 나왔다.

"들어가자."

흑이 말했다.

오보현은 흑을 다시 들쳐 메고 문으로 들어갔다.

한데, 깜깜한 문 안은 발을 딛고 설 데가 문 앞의 두 자 남짓한 곳뿐이었다.

그곳은 바닥이 없는 이상한 방인데 바람만 밑에서 세차게 불어왔다.

흑이 문을 닫으라고 했다.

오보현은 발끝을 들어서 문을 밀어 닫았다. 흑을 내려놓을 데가 없었기 때문이다.

문의 안쪽은 둥근 우물 같은 곳이었다.

뛰어내렸다. 멀쩡한 정신으로 혼자라면 결코 그럴 리가 없었겠지만 오보현은 흑 때문에 어쩔 수 없이 뛰어내렸다.

흑은 날개가 있으니까 바닥에 떨어져서 터진 물주머니가 되기 전에 방법이 있겠거니 하고 생각할 수밖에 없었다.

쏴아아!

추락이 아주 길었다. 조금 떨어지다 보니 여유도 가질 수 있었다. 밑에서 올라오는 바람 때문에 그렇게 빨리 떨어지는 것 같지도 않았다.

높은 데서 뛰어내리면 점점 더 빨라지게 마련인데도 흑이 말한 구름길에서는 그렇지가 않았다. 오보현은 이 정도 속도라면 땅에 떨어져도 다리가 부러지지 않을 수 있겠다 싶었다.

흑에게 물었다.

"누가 널 다치게 했어?"

"인간……."

흑이 분노를 누르면서 속삭이듯 말했다.

오보현은 뜨끔했다. 흑을 다치게 한 것이 사람인지 알고 있었는데 괜히 물었다.

흑이 말했다.

"악(樂)을 사용하는 여자와 검(劍)을 쓰는 남자였다."

'악이라는 병기도 있었나?'

오보현은 갸웃했다. 전설 속의 기수인 흑과 싸워서 중상을 입힐 수 있는 사람이 있다는 점도 이상했다.

흑이 말했다.

"그들은 내 극성(極性:천적)이었다. 나는 그들을 죽여야 하는데… 죽일 수 없었다. 그들은 함정을 준비하고 나를 기다렸다. 남자의 일검을 맞았다. 여자가 자기의 힘을 모두 불어넣은 검이었다."

"뭐 말인지 모르겠는걸."

오보현은 정말 몰랐다. 남자의 일검에 맞았는데 여자의 힘이 검에 들어가 있었다는 둥. 하지만 흑을 이 지경으로 만든 남자, 여자인만큼 정말 강한 연놈이라는 사실은 알 수 있었다.

흑은 암울하게 말했다.

"그들은 나를 죽일 때까지 포기하지 않을 것이다."

꿀꺽!

오보현은 침을 삼켰다.

"그들이 세다면, 흑은 수천 년을 산다던데, 그 연놈들이 늙어 죽을 때까지 어디 숨어버리지 그래?"

흑이 말했다.

"내가 다시 회복하면 그들을 죽일 수 있다. 나를 죽일 수 있는 건 아무것도 없어. 다치게 할 수 있는 것도 그들의 예악(禮樂)정도일 뿐."

오보현이 물었다.

"언제 회복하는데?"

흑이 지친 음성으로 말했다.

"자고 난 후에. 옛날 같으면 이 정도 상처에 칠백 년 정도 걸렸겠지만 지금은 하루나 이틀쯤 자고 나면 회복한다."

"그럼 잘 때 또 다치면?"

흑이 슬픈 듯이 말했다.

"잠을 더 길게 자게 되겠지."

오보현은 가슴이 쩌르르 울렸다. 흑의 말이 너무나 슬프게 들렸다.

흑은 자기가 아주 오랫동안 자고 일어난 이유를 알아낸 것 같았다. 누군가 자고 있는 흑을 난도질해 댄 것이다.

휘이이익!

밑에서 올라오는 바람이 아주 강했다.

오보현은 잠시 멈췄다가 다시 천천히 떨어져 내렸다.

흑이 말했다.

"이제 거의 다 왔다."

발이 바닥에 닿았다.

오보현은 문을 열고 나갔다.

흑은 더욱 지친 듯한 음성으로 길을 말했다. 흑은 금방이라
도 잠이 들 것 같았다. 어쩌면 길을 말하면서도 졸고 있는 것
같기도 했다.

오보현은 겨우 겨우 어떤 장소에 이르렀다.

그곳에는 빛이 가득했다. 야광주가 곳곳에 박혀 있었으며,
여러 가지 기묘한 석상들이 기둥을 따라서 줄지어 있었고, 삼
단의 단상 위에는 네모반듯하게 둘러쳐진 황금 사슬이 두 자
높이의 백옥 기둥에 걸려 있었다.

백옥 기둥은 여섯 개였다. 사각을 이룬 네 모서리에 하나씩
있었으며, 단상에서 올라가는 곳에는 문처럼 두 개가 있었다.
그곳에는 황금 사슬도 없었다.

전체적인 모습이 마치 고대의 신전(神殿)인 듯하였다.

아주 넓었으며 엉망으로 파괴된 곳이었지만 네모난 단상
은 피해가 없는 것처럼 보였다.

"나를 저 위에 내려다오."

흑이 말했다. 이미 거의 중얼거리는 소리였다.

"너는 삼극인을 찾아라. 검의 끝이 세 가락으로 나뉘어져 있는 검이다. 삼극인을 찾아오면 나를 금방이라도 깨울 수 있다."

"그게 어디 있는 건데?"

오보현이 물었다.

흑이 대답했다.

"물속, 빛이 솟아오르는 곳……."

흑은 오보현이 네모난 단상에 내려놓기도 전에 잠이 들고 말았다.

오보현은 흑을 내려놓고 단상에 퍼질러 앉았다.

얼음 밑에 있는 도시와 그곳에서 솟아오르는 빛기둥을 생각했다.

골이 아팠다. 어떻게 해야 그곳에 도착할 수 있을지 알 수 없었다. 어찌어찌 기다가 걷다가 떨어져서 또 걸은 것이 여기까지였다.

다시 돌아가는 길은 막막하기만 했다. 멀기도 멀 테고 머릿속에서도 길이 없었다.

"젠장……."

하고 중얼거렸다.

골치가 아파서 검의 넓은 면으로 이마를 툭툭, 쳤다.

흑을 힐끗 보니 입을 다물고 잠들어 있었다.

'이 자식이 자면서 침 흘리면 좀 받아서 돌아갈까? 그럼 만

유가 금방 낫겠지.'

조금 갈등이 생겼다. 하지만 자기를 믿고 잠든 흑을 보니 도저히 그럴 수가 없었다. 이 이상한 짐승은 슬퍼할 줄 알고 눈물도 흘린다.

욕하는 놈은 죽일 수도 있는 오보현이었지만 울고 슬퍼하는 건 도무지 어쩔 수가 없다.

잔인(殘忍)은 겁에 질린 초보자의 흔적이다. 전쟁을 오랫동안 경험한 사람은 적이 아닌 자의 슬픔 앞에서는 맥을 추지 못한다. 전쟁 속에서 지은 업 때문인지도 모른다.

하물며 흑은 죽여야 할 적도 아니다.

오보현은 투구 밑에 손을 넣어서 머리를 긁었다.

흑이 헌원의 후예 전부를 원수로 여기고 있기는 하지만, 어쩌면 모두 죽이겠다고 할지도 모르지만 오보현 자기의 원수나 적은 아니었다.

서로가 해를 끼친 것도 없었다.

싸우라는 명령이 떨어진 것도 아닌데 먼저 적으로 자처하고 나서서 죽을 까닭도 없었다.

엉덩이를 툭툭 털고 일어났다. 하여튼 삼극인이라는 것을 찾아서 흑을 깨우는 것이 혼자 길을 찾아 눈을 뚫고 나가는 것보다 더 빠를 것 같다는 생각도 들었다.

그때 갑자기 누군가 고함을 질렀다.

"여기다!"

"여기 흑이 있다!"

오보현은 깜짝 놀랐다.

오보현이 있는 단상 앞에는 이상한 모양의 기수들과 마수들의 석상이 세워져 있었고, 그 뒤에는 바깥으로 통하는 문이 열린 채 있었다.

야광주의 빛으로 대낮처럼 환한데 그림자를 만들며 여섯 명이 뛰어들어 왔다. 그들은 모두 흰옷을 입고 있었다.

어두운 곳에서 밝은 곳에 있는 흑을 본 후에 먼저 소리치며 들어온 것이었다.

오보현은 일어나려다가 그대로 있었다. 뛰어들어 온 사람들은 마치 그를 보지 못한 듯했다.

'아하!'

오보현은 속으로 생각했다. 그들은 투구를 쓰고 갑옷을 입은 채 단상의 계단에 걸터앉아 있는 오보현이 살아 있는 사람인 줄 몰랐던 것이다.

수십 개에 달하는 석상 중 하나로 여긴 것이 틀림없었다.

하지만 어떻게 엎드려 있는 흑은 그렇게 잘 보았는지 궁금했다.

흰옷을 입은 사람들은 모두가 삿갓을 머리에 썼으며 자기 키보다 긴 대나무 지팡이를 짚고 있었다.

우두머리인 듯한 사람이 양피지를 펴보며 말했다.

"흑의 신전이다. 틀림없다."

다른 사람이 말했다.

"사형, 저 위에 흑이 있습니다."

“여기에 있을 줄 알았다, 흑!”

먼저 말했던 우두머리가 지팡이를 바닥을 꽉 찍으면서 말했다.

“육정육갑(六丁六甲:둔갑신장)으로 지키면서 접근한다. 성천망(星天網)을 확인해라.”

여섯 사람이 육각의 별 모양을 만들며 다가왔다. 삿갓 아래로 그들의 흰 얼굴이 보였다. 긴 지팡이를 수평으로 잡고서 언제든지 창처럼 찌르거나 휘두를 준비를 한 것 같았다.

입으로는 연방 이상한 주문을 외우고 있었다.

귀에는 들려도 무슨 소린지 알 수 없었지만 느낌이 이상했다.

오보현은 그대로 가만히 있었다. 숨도 쉬지 않고 그냥 바라만 보고 있었다.

여섯 사람은 오보현을 무시한 채 흑에게 다가왔다.

오보현은 흑을 다시 업고 도망칠까 하는 생각을 해봤다. 그러나 어디로 가야 할지 알 수가 없었다.

여섯 사람과 싸우기에는 그들의 행색이 특이해서 조금 켕겼다. 흑을 잡겠다고 나선 점도 약간 겁을 주었다.

전설상의 기수 중에서도 우두머리인 흑을 아무렇지도 않게 잡을 생각을 하는 자들이 있다는 사실이 놀랍기만 했다.

사람이 오보현에게는 예전에 알지 못했던 괴물처럼 느껴졌다.

여섯 명이 오보현에게 불과 다섯 걸음 떨어진 곳까지 왔다.

그들도 조심해서 천천히 다가오기는 했다.

　오보현은 더 참지 못했다.

　최대한 멋있게 보이려고 애쓰면서 목소리를 깔고 말했다.

　“그만! 더 다가서면 베겠다.”

　“헉!”

　여섯 명이 놀라서 외치며 훌쩍 물러섰다. 우두머리도 예외가 아니었다.

　“누구냐!”

　우두머리가 오보현을 보면서 외쳤다. 그도 오보현이 산 사람이라는 것을 알고 대경실색한 것이다.

　오보현은 가만히 있는 것이 효과가 더 좋다는 걸 알았다. 여전히 미동도 하지 않고 음성만 근사하게 꾸며서 말했다.

　“나는 흑의 친구다. 너희들은 누구냐?”

『무제본기』 3권에 계속…

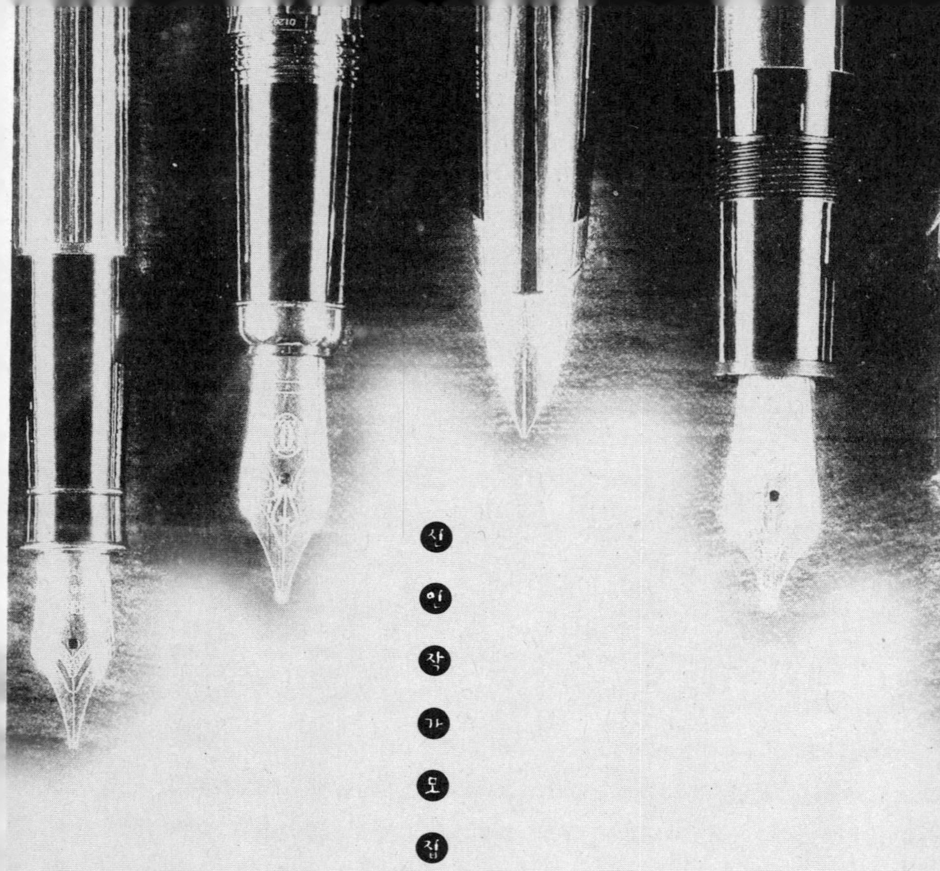

섀델 크로이츠

화사무쌍 편 전 2권
이경영 판타지 장편 소설

『가즈나이트』의 명성과 신화를 넘어설
이경영의 판타지의 새로운 상상력!

자신만의 독특한 세계관을 창조한 작가
이경영의 새로운 도전과 신선한 충격.

바란투로스의 특수부대 섀델 크로이츠의 리더 파렌 콘스탄.
야만족을 돕는 안개술사를 물리치기 위해 아시엔 대륙에서 온
불을 뿜는 요괴 소녀 카샤.
너무나 다른 두 사람이 운명의 길에서 만나다.
친구란 이름으로 시작된 모험, 그 앞에 놓인 난관과 운명의 끈은
어떻게 될 것인지……

"질투가 날 만도 하지."
요괴가 산신령을 엄마로 두는 건 흔한 일이 아니거든.
괜찮다, 파렌. 본좌가 아는 요괴들 전부 본좌를 질투하고 부러워하니까."
소녀는 손에 잔뜩 받은 빗물을 홀짝 마셨다.
파렌은 그 순수함에 웃음을 흘렸다.
그는 지금까지 자신이 봤던 그녀의 기이한 행동들을 어렴풋이나마 이해할 수 있을 것 같았다.
그렇게 친구가 된 둘은 그 길로 긴 여행을 떠나게 된다.

본문 중에-

세상을 보는 또 하나의 창 - inthebook.net
유행이 아닌 자유추구 - chungeoram.net

Book Publishing CHUNGEORAM

10대들을 위한 인생수업

작가 : 이빙 | 역자 : 김락준

10대들을 위한 나침반 같은 인생 교과서!
사회 초입에 들어서게 될 청소년들에게 들려주는
100가지 인생 이야기

내 인생의 방향잡기!
여행길에 오르기 전에 접해보자!

100가지 이야기, 100가지 명언

사람은 태어나면서부터 각기 다른 모습으로, 각기 다른 사고로 "인생" 이라는
여행길에 오르게 된다. 내가 지금 서 있는 이 위치에서 그리고 사회라는 공간에서
한 사람의 몫을 당당하게 해낼 수 있는 역량을 키워나가기 위해서는 어떠한 생각을
가지고 있어야 하는 걸까.

늦지 않게 준비하자! 스스로의 마음가짐이 자신의 미래를 결정한다!

설레는 마음으로 떠난 길일지라도 기존에 생각하고 있던 것과는 다르게 흘러가는
사회의 모습에 당혹스럽기도 할 것이다.

그러한 곳에 발을 들여놓기 위해 첫 발걸음을 막 뗀 청소년이라면 학교에서는
미처 배우지 못한 상황에 더욱이 큰 혼란스러움을 느낄 수밖에 없다.
시간이 흐를수록 사회가 한 인간에게 요구하는 것은 다양하고 세밀해지고 있다.
그러한 사회 속에서 자신만이 앞으로 나아가지 못해 제자리걸음을 하게 된다면 어떠할까.
미리 대비를 하지 않는다면 당신 역시 그러한 현상에 빠지는 또 한 명의 사람이 되고 말 것이다.

책장을 넘기는 순간, 책과 당신의 공감대가 형성된다!

적응을 위해 도움이 될 만한
인생의 지혜와 경험, 깨달음이 한가득 담겨있다.
그 속에 담긴 100가지 이야기 그리고 그와 관련된 100가지의 명언은
가슴 깊이 새겨 놓고 되뇌여 보기에 충분하다.

Book Publishing CHUNGEORAM

세상을 보는 또 하나의 창 - inthebook.net
유행이 아닌 자유추구 - chungeoram.net

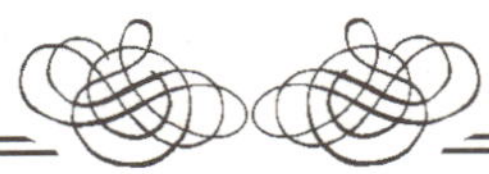

공부하는 감각의 차이가 자녀의 미래를 결정한다.
이 시대가 필요로 하는 명품 인재 만들기!

Luxury Study habit

올바른 습관이 명품 자녀를 만든다

명품 공부습관 87가지

저자 : 친위

역자 : 오혜령

❖ 똑소리 나는 부모의 똑소리 나는 자녀 교육법!

어린 시절의 습관은 평생을 결정한다.
제대로 바로잡지 못한 나쁜 습관은 자녀의 미래에 검은 그림자를 드리울 수도 있다.
대부분의 부모들은 아이의 잘못된 습관을 발견하면 언성을 높이는 경향이 있다.
하지만 그것이 문제 해결의 방법이 아님을 당신은 이미 알고 있을 것이다.
지금 당신은 적절한 대안을 찾지 못해 힘겨워 하고 있지는 않은가.
내 아이가 명품 인생으로 살아가길 희망하는 부모라면 이 책에 귀를 기울여 보자.

❖ 내 아이가 세상의 중심에 우뚝 설 수 있게 하는 방법!

이 책은 잘못된 공부습관과 대인관계 형성 등의 문제 등을
87가지 이야기를 통해 알아보고 그에 걸맞는 올바른 해결책을 제시해주고 있다.
이 한 권의 책을 통해 똑소리 나는 부모가 되어보자.
그리고 내 아이가 최고의 명품으로 거듭날 수 있도록 노력해보자.
이 책은 분명 당신에게 꼭 맞는 효과적인 자녀교육서가 될 것이다.

Book Publishing CHUNGEORAM

Rhapsody Of Cardinal

카디날 랩소디

송현우 판타지 장편 소설

놀라운 경험(the enormous experience)!

He created a completely new world.
It is a place who have never known and where never been able to imagine.
This splendid world will introduce the enormous experience for the
person only who reads.

그 누구에게도 알려진 것이 없으며 상상조차 할 수 없었던 새로운 세계를
작가는 완벽하게 창조해내었다.
이 멋진 세계는 독자들만이 체험할 수 있는 놀라운 경험으로 인도할 것이다.

판타지는 허구다? 아니다. 판타지는 일상이다.
우리의 삶은 연속된 판타지의 연장선상에 놓여 있고,
상상은 우리의 일상을 더욱 살찌운다.
『카디날 랩소디(Rhapsody of Cardinal)』를 경험하는 독자들은
더욱 풍부한 일상 속에서 새로운 삶을 경험할 것이다.
멋진 만남! 흥미로운 경험! 이것이 『카디날 랩소디』가 가진 장점이며,
작가 송현우가 독자들에게 바라는 꿈이다.

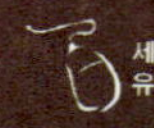
세상을 보는 또 하나의 창 - **inthebook.net**
유행이 아닌 자유추구 - **chungeoram.net**

Book Publishing CHUNGEORAM